로크미디어가
유혹하는
재미있는 세상

ROK
MEDIA
로크미디어

엑스트라 책사의 로열로드 7

2023년 1월 18일 초판 1쇄 인쇄
2023년 1월 25일 초판 1쇄 발행

지은이 mensol
발행인 강준규

기획 이기헌 왕소현 박경무 강민구 조익현
책임편집 이정규
마케팅지원 이원선

발행처 (주)로크미디어
출판등록 2003년 3월 24일
주소 서울시 마포구 마포대로 45 일진빌딩 6층
Tel (02)3273-5135 **Fax** (02)3273-5134
홈페이지 rokmedia.com **E-mail** rokmedia@empas.com

값 9,000원

ISBN 979-11-408-0307-1 (7권)
ISBN 979-11-354-8160-4 04810 (세트)

엑스트라 책사의 로열로드

mensol 퓨전 판타지 장편소설 ⑦

Contents

1장

본격적으로 시작된 회의.

각국은 이 외교전의 척도를 가늠하고 있었다.

먼저 크로싱에 대해선 이번 무대에서 내려왔다고 판단했다.

크로싱은 소인배 짓거리를 하다 자빠져 버린 멍청이들. 웨이드인 알스 일라인은 요주의의 인물이긴 했지만 이번 외교전엔 영향력이 없다는 결론을 내린다.

실제로 알스는 아무 말도 없이 얌전히 상황을 지켜보고 있었다.

크로싱에 대해선 그걸로 끝. 그런 결론 속에서 회의는 다음 이야기로 넘어갔다.

발라스를 어떻게 처리할지에 대해서다.

이를 두고 스벤너&서방. 그리고 알바드가 대립했다.

스벤너 측은 엘드릭 왕자의 배신에 적잖이 당황했지만 믿는 구석은 있었다.

바로 카시우스에게 숨겨진 삼건장이란 신분이다.

이 신분은 엘드릭 왕자도 알지 못하는 것이었다.

엘드릭 왕자가 카시우스를 처음 만난 건 그가 자신의 세력을 만들기 위해 서방을 방문했을 때였다. 영특해 보이는 카시우스를 마음에 둔 그는 카시우스를 자신의 인물로 만들었다. 그때가 카시우스가 12살일 적이다.

이건 바꿔 말해 카시우스가 12살이 될 때까지 행적은 모른다는 뜻이다.

이윽고 스벤너는 이런 제안을 하기에 이른다.

"국왕의 대리인을 맡은 카시우스 로이드에게 묻고 싶소. 발라스는 앞으로 어떤 방향으로 나가려는 것인지!"

알바드냐 스벤너(서방)냐. 둘 중 하나를 선택하라는 제안.

그 당돌한 제안에 엘드릭 왕자의 표정이 굳어 버렸다. 그제야 카시우스가 자신이 모르는 별도의 관계를 맺고 있었던 게 아닐까 하고 직감한 것이다.

"자, 잠깐 기다리시오!"

"빌랑은 빠져 있으시오!"

엘드릭 왕자는 어디까지나 뷜랑의 인물. 카시우스는 공식적으로 뷜랑을 등지고 나왔고, 뷜랑에서의 신분이 뚜렷하게 높지는 않았기에 문제가 안 됐지만 엘드릭은 아니었다.

이번 쿠데타에서 뷜랑의 개입은 공공연한 이야기였지만 일단 공식적으론 관련이 없다는 걸로 얘기가 되어 있었기에 뷜랑은 발언권이 없었다.

'설마, 설마 카시우스가!?'

그렇다면 카시우스에게 전권을 준 이번 일은 자충수가 되어 버린다. 엘드릭 왕자는 자신의 실수를 깨닫고 사색이 되어 버렸다.

"자, 카시우스 로이드! 말해 주시오! 발라스는 어떤 선택을 하려는 것인가!"

"……."

카시우스는 가라앉은 눈으로 주변을 둘러보았다.

스벤너 측을 바라보고, 그다음 엘드릭 왕자를 지그시 응시했다.

그가 말한다.

"그 전에 한 가지, 약속을 받고 싶은 것이 있습니다."

"약속?"

"만약 우리가 어떤 선언을 한다고 하면, 그 반대 세력에게 해코지를 당할 가능성이 높겠지요."

그야 그렇다. 스벤너 편을 들면 알바드와 중부 동맹에 의해 공격을 받을 가능성이 높다.

반대로 알바드 편을 들면 스벤너와 서방에게 공격을 받을 거다.

"그러니 지금 이 자리에서 약속했으면 합니다. 앞으로 5년 간. 어떤 국가도 발라스를 침공하지 않을 것을!"

뷜랑이 맺었던 불가침조약과 비슷하다.

발라스는 내부 상황을 다듬을 시간을 요구했다.

이건 스벤너에도, 알바드에도 도박이었다. 만약 카시우스 가 반대편의 손을 들어 버리면 발라스는 꼼짝없이 뺏겨 버 린다.

회의장이 술렁였다.

스벤너와 알바드는 고심에 빠졌다.

특히 알바드가 받은 충격은 작지 않았다.

카시우스가 배반했을 가능성이 대두됐으니까.

엘드릭 왕자의 표정도 급변했다.

"카시우스! 아, 아니. 아리오스! 네가 저자들과 어떤 밀약 을 맺고 있었는지는 모르지만 나를 믿어라! 나와 함께한 시 간을 믿어라! 우리라면 더 나은 국가를 만들어 갈 수 있다! 언제나 말하지 않았더냐! 우리가 새로운 국가를 만들자고! 대륙을 안정시킬 강국을 만들자고!"

이에 스벤너 측이 발끈한다.

"뷜랑 측은 닥치고 있으시오!"

"크윽!"

엘드릭 왕자는 카시우스를 설득하기 위해선 어쩔 수 없다고 판단했다.

이윽고 충격 발언을 한다.

"지금 이 자리에서 선언하겠다. 나 엘드릭 슈바르처는 빌랑에서의 모든 권한과 권위를 포기하겠다! 지금의 나는 야인이다!"

모든 걸 버리고 가겠다. 카시우스를 설득하기 위한 초강수였다.

"카시우스! 내가 너에게 가겠다. 우리가 함께하면 무서울 것은 없다! 서방도, 스벤너도!"

이에 카시우스의 표정도 흔들렸다.

스벤너 측은 안달복달하며 소리친다.

"카시우스 로이드! 네가 누구인지 기억해라!"

삼건장으로서의 역할을 잊지 말라는 경고.

카시우스는 선택하기 힘든지 주먹을 불끈 쥔다.

"조약을…… 체결해 주십시오. 발라스를 침공하지 않는다는 조약을……! 그 조약이 체결된다면 말하겠습니다."

각국의 외교관들이 눈빛을 주고받았다.

이건 사실상 건곤일척의 승부였다.

카시우스의 선택에 따라 대륙의 판도가 바뀐다.

물론 시간을 끈다고 하면 변수가 생길 수도 있긴 하다.

발라스는 현재 사실상 무정부 상태. 이런 불안한 상태에서 시간이 끌렸다간 또 어떤 일이 벌어질지 몰랐다.

　다만 그 형태는 누구도 원하지 않았다.

　스벤너도, 알바드도. 발라스를 단번에 집어삼킬 수 있는 이 찬스를 놓치고 싶지 않았던 것.

　게다가 각자 자신감이 있었다. 엘드릭 왕자는 카시우스가 자신을 배반하지 않을 것을.

　스벤너와 서방은 카시우스가 삼건장으로서의 역할을 다할 것을.

　그러니 서로의 패를 믿고 건곤일척의 승부에 나선다.

　"알겠소. 조약에 서명하겠소."

　"우리도 그리하지."

　스벤너와 알바드가 발라스 불가침조약에 서명을 하자 다른 국가들도 서명을 시작했다.

　잠자코 지켜보고 있던 나는 계속해서 느껴지는 위화감에 머리가 지끈거렸다.

　상황은 일목요연하다. 카시우스가 누구를 선택하느냐에 따라 승자가 결정된다.

　스벤너와 서방은 숨겨 뒀던 신분을 빌미로, 엘드릭은 그간의 관계를 내세우며 카시우스를 설득하고 있다.

'승산은……. 반반인가.'

나도 어떻게 될지 도무지 짐작이 가지 않았다.

"여기, 서명해 주십시오."

발라스 불가침조약에 대한 서명이었다. 나와 헬리안 공작이 서명을 하는 것으로 캘리퍼도 승낙을 했다.

그리고 마지막 크로싱이다.

"이따위 것……. 이따위 것을 인정할 것 같으냐!"

쥬라스는 노발대발하며 불응했으나 이미 과반수가 찬성을 한 상태였기에 이윽고 한숨을 내쉬며 사인을 한다.

그렇게 모든 국가의 서명이 끝나자 조약 체결의 선언이 이뤄졌다.

이걸로 발라스는 모든 국가와 불가침조약을 맺게 되었다. 빌랑과 똑같다.

남은 건 발라스가 어떤 국가와 우호 관계를 맺는가.

말이 우호 관계이지 사실상 종속 관계나 다름없다.

카시우스는 무거운 한숨을 내쉬었다.

이걸로 발라스에서의 일은 종료. 스벤너와 알바드. 어느 한 곳의 승리로 돌아가게 된다.

그랬어야 하는데.

나는 이 형태에 진득한 위화감을 느꼈다.

너무나도 잘 짜여진 형태였기 때문이다.

'그래 마치…….'

연극처럼.

그 순간. 내 뇌리에 머물던 조각들이 빛을 발했다.

－17년 전의 사건.

－가레스 국왕의 조사.

－갈레리안 퀸테르의 자살.

－삼사자 전쟁 시점부터 서방의 존재를 의식하고 있던 크로싱.

－서방과 관계를 맺은 주인공.

－엘드릭 왕자와 카시우스에게 달라붙은 첩자 달모어 스팅.

－에스텔이 느낀 기묘한 감각.

－게임에서 발생한 유미르의 주인공 암살 미수 사건.

나는 떠오른 그 조각들을 하나하나 엮어 보았다.

먼저 '17년 전의 사건'과 '가레스 국왕의 조사.' 그리고 '갈레리안 퀸테르의 자살.'이다.

17년 전의 사건은 말할 것도 없이 크로싱이 실행한 펜실론 재흥 세력 말살 사건이다.

이 사건에선 세 명 이상의 생존자가 있었다.

나와 유미르. 그리고 카시우스 로이드와 또 하나의 누군가.

그야 그렇다. 카시우스는 당시 3살에 불과했다. 그런 아이가 떠돌이 생활을 할 수 있을 리 없다. 그를 탈출시킨 누군가가 있다고 보는 편이 옳다.

그러나 가레스 국왕의 조사를 생각해 보자.

내 행적을 알아내기 위해 가레스 국왕이 했던 조사에선 그런 결과가 있었다.

아기를 안은 수인 여성 외에 소년이 하나 더 목격됐다고.

상식적으로 이건 아리오스 황자일 리가 없다.

세 살짜리 아이가 아무리 발육이 좋다 하더라도 소년이라 불릴 리는 없으니까.

그리고 마지막. 안톤의 아버지인 갈레리안 퀸테르의 자살이다.

갈레리안 퀸테르는 마지막 남은 펜실론 황가의 핏줄을 끊어 버리겠다는 쥬라스의 협박에 의해 자결을 했다.

다만 여기서 의문이 생긴다.

탈출한 자가 있었다면 그걸 지휘관이었던 갈레리안이 몰랐을 수가 있을까?

물론 쥬라스가 의도적으로 숨겨 버린 나와 유미르의 존재에 대해선 몰랐을 수 있다. 우리 어머니는 임신 중이었고, 출산도 당일 새벽에 이뤄졌던 것이기에 나란 존재는 몰랐을 가능성이 높다.

다만 아리오스 알메인은 아니다.

아리오스 황자는 중요 표적이었던 만큼 도주했다고 하면 갈레리안이 그걸 모를 리 없다.

아리오스 황자가 도주했다고 가정하면, 일이 끝나 자신이 죽인 것이 도적 떼가 아니라 황가의 세력이었다는 걸 깨달은 갈레리안이 어떤 수를 써서라도 도주한 아리오스를 구하려 했을 테다.

쥬라스가 마지막 남은 황가의 핏줄을 없애 버리겠다고 했을 때 아리오스의 생존 상황을 알았다면 자결을 하는 게 아니라 그를 보호하기 위해 노력했을 테다.

그러나 그러지 않았다. 왜?

'아리오스 황자는 그 시점에 이미 죽었다……? 갈레리안은 그걸 알고 있었고!'

그렇담 카시우스 로이드는 대체 누구인가?

여기서 다음 조각이 단서가 된다.

쥬라스는 삼사자 전쟁 시점부터 서방을 의식하고 있었다. 그 말은 즉, 더 이전 시점부터 서방을 의식했다고 해도 이상하진 않다.

본인이 말하길 십수 년 전부터 빌랑을 무너뜨릴 계획을 생각했다고 하니 서방에 대해서도 마찬가지일지도 모른다.

그렇다고 한다면 쥬라스 녀석의 특성상 서방에 첩자를 파견하지 않았을 리 없다.

'그게 카시우스 로이드였다면······?'

모든 조각이 맞춰진다.

아리오스 황자에 대한 정보를 알고 있던 쥬라스가 그 정보를 이용해 첩자를 만들어 낸 것이다.

이건 오직 쥬라스만이 가능한 짓이었다.

에스텔이 주인공에게서 느낀 감각도 그렇다.

내게 호의를 느낀 것도, 넌지시 힌트를 준 것도. 그가 크로싱의 첩자이기 때문이다.

카시우스에게 있어서 나는 같은 소속의 상관이나 다름없으니까.

달모어 스팅이 카시우스와 엘드릭 왕자에게 접근할 수 있었던 것도 설명이 된다. 이미 엘드릭 왕자에게 붙어 있던 첩자가 있었으니 달모어를 추가로 접근시키는 건 일도 아니었겠지.

마지막으로 유미르의 주인공 암살 미수 사건이다.

'그랬던 거야. 유미르는 크로싱의 사주를 받은 게 아니었어.'

그저 주인공과 이야기를 나누고는 그가 가짜라는 걸 깨달았던 것이다.

가짜란 즉, 펜실론 재흥 세력을 말살한 세력의 끄나풀이라는 것. 유미르와 나에겐 원수다. 유미르가 카시우스를 죽이기 위해 달려든 것도 이상하지 않다.

"그런……."

나는 압도되어 있었다.

쥬라스 파밀리온이라는 인물에게.

그가 파 놓은 함정에.

녀석은 씩씩거리며 분노를 드러내고 있었지만 애초부터 이상했다.

저렇게 감정을 드러낼 놈이 아니란 건 잘 알고 있었으니까.

저것도 연기의 일환이라는 거다. 평정을 잃었다는 걸 보여줌으로써 상대가 방심을 하게끔.

상대는 그 방심의 대가를 이제야 치르게 된다.

카시우스는 선언했다.

"우리는 서방과 스벤너는 따르지 않겠습니다! 서방은 빌랑에서의 학살을 발라스의 영토에서도 자행했습니다! 그들과 힘을 합친다는 건 언어도단! 있을 수 없는 일입니다!"

이에 알바드 측의 표정이 환해졌다.

승리는 알바드의 것.

그렇게 확신하고 있었다.

엘드릭의 경우엔 눈물까지 흘리며 감격했다. 카시우스야말로 자신의 모든 것이라고. 부하이자, 친구이자, 아들 같은 존재. 자신의 모든 것을 버려서라도 함께하고 싶은 존재.

그런 존재가 내뱉은 말에 엘드릭의 표정은 굳어 버렸다.

"알바드도 마찬가지입니다! 알바드는 호시탐탐 발라스를 노리던 국가! 그들을 믿을 수는 없는 겁니다!"

아우성이 터져 나왔다.

카시우스는 그 아우성을 짓누르듯 외친다.

"그들 외에 발라스가 믿을 수 있는 국가는 하나! 앞으로 우리 발라스는 크로싱과 함께할 것입니다!"

연극의 끝.

모든 것은 쥬라스의 손바닥 안에 있었다.

언젠가 그런 생각을 한 적이 있다.

기왕 게임 속에 들어오게 할 거라면 주인공의 몸으로 들어와 주게 하면 어디가 덧나냐고.

어째서 조연에 불과한 캐릭터에. 파멸이 예정된 캐릭터의 몸에 들여보낸 거냐고.

그건 정답이었다.

지금까지는 희박한 가능성이라 치부하며 부정해 왔던 그 가설.

알스의 주인공설이 사실이었던 것이다.

주인공인 카시우스 로이드가 아리오스 황자가 아닌 이상 그건 확실하다.

그도 그럴 게 크로싱의 첩자가 이야기의 주인공일 리 없으니까.

카시우스는 페이크. 진짜 주인공은 바로 유일한 황자인 알스 일라인이었다.

나는 그제야 스토리의 전말을 완벽히 이해할 수 있었다.

주인공, 혹은 서방의 세력에 의해 축출당한 알스는 주인공을 둘러싼 서방의 간계에 대해 알게 될 거다. 그리고 마침내 유미르의 주인공 암살 미수 사건의 진상을 깨닫고 주인공이 크로싱의 첩자인 것과 자신의 과거에 대해서 알게 된다.

'거기까진 확실할 거야.'

문제는 그 이후였다. 그런 전말을 안 알스가 크로싱과 손을 잡았을까 하는 것이다.

'아마 서방이나 스벤너와도 손을 잡진 않았겠지. 홀로 세력을 일으키거나 그도 아니면 캘리퍼 왕국에서 거병을 하거나. 방법은 많아.'

알스는 그 시점에 일곱 가신이라는 지지 기반을 가지고 있었다. 그중 하나인 성녀 알리시아가 첩자였긴 하지만 주인공이니 알아서 잘 해결하겠지.

그 이후의 부분은 이제 미궁에 빠졌다고 봐도 좋다. 이 이상의 단서가 없다.

"이, 이게 무슨……!?"

엘드릭 왕자는 사색이 되어 있었다. 꿈이라도 꾸는 것 같은 표정이다.

카시우스의 충격 발언에 회의장이 들썩였다.

"크로싱이라니!?"

"그게 무슨 소리인가!"

난리가 난 회의장.

그때였다.

"……픕!"

세상 모든 것을 비웃는 듯한 조소.

"푸하하하하하하하――! 아하하하하하하――!"

쥬라스는 미친 것처럼 웃어 젖혔다.

그 모습에 회의장의 사람들은 소름이 돋는지 몸을 부르르 떨었다. 누구 할 것 없었다. 내정 관리이건 장군이건. 모두가 그에게 두려움을 느꼈다.

쥬라스가 웃으며 소리친다.

"그러니까 말했잖습니까! 이 나를 능멸한 대가를 치르게 될 거라고! 아하하하하하――!"

시위를 압도하는 광기. 놈이 진정으로 무서운 건 그 광기 속에 범접할 수 없는 치밀함이 숨겨져 있기 때문이다.

가끔 그런 생각을 한 적이 있다.

저놈이 내 아군이라 정말 다행이라고.

저놈이 만약 내 적이었다면, 나는 대체 어떤 불안감을 안고 살아가야 했을까.

나는 엘드릭 왕자에게 일련의 동정을 느꼈다.

엘드릭 왕자는 모든 일의 원흉이 누구였나를 깨닫고 절규했다.

"쥬라스……! 네놈이……! 네놈이……!!"

가장 신뢰하던 부하의 배신. 달모어 스팅의 배반과는 차원이 다르다.

그가 카시우스에게 어떤 감정을 느끼고 있었는지는 그 얼굴을 보면 명백했다.

그의 눈에선 핏줄이 터져 피눈물이 흘러내렸다.

"네놈은 언제까지고……! 언제까지고 그런……! 쿨럭!?"

급기야는 각혈을 토하고 말았다. 분노만으로 각혈을 토한다니. 믿기지 않는 일이었다.

"커헉! 커흑……!"

그는 몇 번이나 피를 토해 내더니, 이윽고는 정신을 잃고 수행원들에게 부축을 받아 실려 나갔다.

쥬라스는 알바드 측에도 시선을 돌렸다. 자신을 쥐새끼라 조롱한 길리아스를 향해서다.

"이거 아깝군요. 카이엔 선생님의 놀란 표정을 꼭 보고 싶었는데 말입니다."

"네놈……!"

"훗, 어디 다시 한번 쥐새끼라 말해 보겠습니까?"

"큭!"

그때였다.

"이, 인정 못 한다!"

스벤너 측에서 항의가 터져 나왔다. 스벤너의 외교관은 격앙하여 소리친다.

"가, 갑자기 크로싱이라니! 이런 건 이상해! 무효다!"

"무효? 멍청한 소리를. 이번 일을 주도한 건 당신들과 알바드였습니다만. 모두 당신들 손으로 벌인 일이란 말입니다."

상황은 끝나 있었다.

쥬라스가 파 놓은 교묘한 함정 탓에 빼도 박도 못하게 되었다.

크로싱에 종속되기로 한 발라스는 5년간 모든 국가와 불가침조약을 맺었다. 어떤 국가도 건드릴 수 없다.

건드린다고 하는 건 국제 외교를 깡그리 무시하겠다는 뜻이니까.

그건 고립을 자초하는 일이다.

중립의 입장이던 에우로페와 툰카이도 상황이 어떻게 됐든 조약을 맺은 이상 준수해야 한다는 입장이었다.

그렇게 되자 다른 방법으로 이 상황을 타개하려는 시도가 있었다.

발라스 내부에서 다시 일을 벌이는 것이다.

아직 쿠데타 세력은 건재하다. 그 세력을 이용해 카시우스를 실각시키고 다시금 정권을 잡으면 된다.

크로싱이 본격적으로 개입하려면 아직 시간이 필요할 터.

알바드는 그 시간을 이용해 먼저 움직이려고 했다.

그러나 쥬라스 녀석이 그걸 예상 못 할 정도로 어수룩할 리 없다.

곧 첩보원으로 보이는 자가 알바드 측에 다가가 무언가를 속삭였다.

"뭐라고!?"

화들짝 놀라는 길리아스.

머지않아 크로싱의 군복을 입은 병사들이 나타나 이곳을 점거하기 시작했다.

쥬라스가 플라톤에 은밀히 숨겨 두었던 병사들이었다.

그 숫자는 대략 3만.

그들이 이곳 회의장. 그리고 왕궁을 점거해 버린다.

"알스. 자네는 알고 있었나?"

헬리안 공작의 물음이었다.

"아뇨. 몰랐습니다. 플라톤에 병력을 숨겨 두고 있었다 니……."

아마 일반 시민으로 위장시켜 숨겨 둔 것이겠지. 하지만 이런 번거롭고 요란한 작업은 첩보에 걸리기 쉽다.

그런데도 그 누구도 모르고 있었다니.

"……!?"

나는 그때 그 첩보를 떠올렸다.

캘리퍼의 첩보망을 통해 접했었던 그 정보.

－발라스에서의 뒷공작이 활발함. 올해에만 모든 국가를
통틀어 60여 명의 첩자가 제거된 것으로 보임. 첩자를 적극
적으로 제거하고 있는 세력이 있음.

당시 이 정보를 접했을 땐 가레스 국왕의 17년 전 사건에
대한 조사에 대해서만 주목을 했기에 딱히 관심을 가지지 않
았으나 이제는 알 것 같았다.

쥬라스 녀석이 한 것이다.

병력을 잠입시키는 것을 발각당하지 않기 위해서.

다시 말해 녀석은 대략 1년 전부터 이 상황을 예견했다는
것이다.

'괴물 같은 놈.'

나는 그 이상 녀석을 표현할 방법을 알지 못했다.

상황은 빠르게 정리됐다.

쥬라스는 플라톤과 수도를 점거한 뒤, 쿠데타 세력을 포섭
했다.

이미 크로싱의 병력이 영토 내부에 진입해 온 상황이었기에 쿠데타 세력은 항복을 하는 수밖에 없었다.

쿠데타 세력을 이끈 레지날드 공작은 처형당했고, 성녀 알리시아는 이용 가치가 있다고 판단이 되어 목숨만큼은 보존할 수 있었다.

이로써 발라스에 대한 대륙의 패권 다툼은 마무리가 되었다.

발라스는 크로싱에 사실상 종속. 5년간 불가침조약으로 인해 중립을 유지할 수 있었지만 5년 뒤에는 꼼짝없이 대륙의 혼돈 속에 빨려 들어갈 거다.

나는 이번 일을 끝으로 대륙이 소강상태에 접어들었음을 느꼈다.

최근 2년간 너무나도 많은 전쟁과 전투가 있었다.

각국은 그 과정에서 커다란 소모를 겪었다.

야심만만하게 대륙 진출을 천명했던 서방의 몰락을 예로 들 수 있다.

서방은 베카비아 원정과 이번 발라스 전쟁에서 도합 10만에 달하는 피해를 입으며 혼쭐이 났다.

듣자 하니 서방이 나에 대한 공포심을 갖게 됐다나 뭐라나.

내가 서방이 혼쭐이 난 두 전투 모두에 참가를 했기 때문이겠지.

서방은 그 피해를 수복해야만 했다. 이보 전진을 위한 일보 후퇴를 택한 것이다.

그들뿐만이 아니었다.

각국은 피해를 회복하고 수년 뒤에 발발할 전쟁에 대비하기 위해 몸을 웅크렸다.

"그래서요? 앞으로의 계획은 뭐죠?"

나는 남은 이야기를 듣기 위해 쥬라스 녀석과 독대하고 있었다.

녀석은 어깨를 으쓱인다.

"아직 정해 둔 건 없습니다."

"거짓말 마요. 설마 당신이 아무런 계획이 없을 리가 없잖습니까."

"훗, 딱히. 계획이 없다고 해도 상관이 없지 않을까 생각하고 있는 겁니다."

"그건 무슨 뜻입니까?"

쥬라스 녀석은 입꼬리를 올리며 답한다.

"이번 일을 보고 깨달았습니다. 저와 당신이 힘을 합친다면 대륙 통일은 크게 어렵지 않은 일일 거라고. 지형 조작을 통한 역병 유도 전략이었던가요. 저조차 생각하지 못했습니다. 뭐, 내가 그 서방의 장군이었다고 하면 절대로 당해 주지 않았겠지만."

그 부분은 동감이다. 쥬라스 녀석에게 그런 잔꾀는 통하지 않겠지.

이 녀석을 잡으려면……. 대체 어떤 방법을 써야 하는 걸까.

"알스, 당분간은 내실을 다지는 데 힘을 쓰세요. 앞으로 2년……. 아니, 정세가 조금 바뀌었으니 3년 뒤가 될지도 모르겠군요. 그때 당신은 우리 남부의 영토에서 거병하여 빌랑을 정복해 줘야겠습니다."

"정세가 조금 바뀌었다니. 상당히 많이 바뀐 것 아닙니까?"

그 천하 이분지계의 핵심은 내가 세운 국가와 크로싱이 겉으로는 적대 관계에 있어야 한다는 점이었다. 크로싱과의 결탁이 들통나면 방해가 들어오기 때문이다.

그것이 웨이드의 신분이 밝혀진 지금에선 어려워졌다.

내가 남부에서 거병을 하면 다른 국가들은 자연스레 크로싱과의 커넥션을 의심할 거다.

쥬라스도 동감을 하는지 고개를 끄덕인다.

"그 부분에 대해선 조금 더 연구를 해 보려고 합니다. 당신도 좋은 생각이 있으면 말해 주세요."

그런가.

쥬라스는 이 소강상태에 접어든 3년간 대륙 통일에 대한 새로운 계획을 짜려는 것이다.

그러니 지금 당장은 계획이 없다고 해도 이상하진 않았다.

그렇게 쥬라스와 앞으로의 이야기를 나눈 뒤에는 본론으로 들어갔다.

"그보다 슬슬 얘기해 주지 않겠습니까? 카시우스 로이드에 관한 것을."

"하핫, 언제 물어보나 했습니다. 뭐, 간단한 이야기입니다."

쥬라스는 17년 전 사건의 진상에 대해 먼저 말했다.

"당시 저는 당신의 어머니를 가장 먼저 발견했습니다. 그리고 당신을 숨겨 주기 위해서 그 지점을 떠날 수가 없었죠. 제가 복귀를 했을 시점엔 이미 모든 일이 끝나 있었습니다."

"모든 일이 끝나 있었다……?"

"예, 당신과 그 수인 여자를 제외한 모두가 몰살된 겁니다."

"역시……!"

그 몰살된 사람 중엔 아리오스 황자도 있었다.

"저는 그걸 보고 생각했죠. 이대로 끝내기엔 재미가 없다고. 그러니 아리오스 황자에 대한 정보를 이용해 첩자를 만들기로 했습니다. 정통성에 목마른 세력들. 가령 서방 민족 같은 경우는 이 정보를 접하면 반드시 그 첩자에게 접근할 거라 생각했죠."

그게 바로 카시우스 로이드다.

"특무대 1번 뻐꾸기. 알스, 당신은 뻐꾸기가 어떻게 알을 낳는지 알고 있습니까?"

"탁란……입니까."

"맞습니다. 녀석들은 다른 새의 둥지에 알을 낳죠. 그렇게 다른 새의 둥지에서 태어난 뻐꾸기의 새끼는 다른 종의 새끼들을 둥지 바깥으로 밀쳐 내고 둥지의 주인이 됩니다. 카시우스에겐 그런 임무를 주었죠."

"그때 당시 그는 무척 어렸을 텐데요. 훗날 배신한다는 가능성도 있고. 여러 가지 변수가 많지 않았습니까?"

"그렇죠. 그렇기에 그의 어머니와 여동생을 인질로 잡고 있습니다. 지금 이 순간까지도."

"……."

"왜 그런 표정을 짓습니까?"

"……최소한 그 인질의 목숨은 보장해 줬으면 합니다. 내 얼굴을 봐서라도."

이미 그 인질들은 죽고 없다. 그런 식의 결말이라면 카시우스의 인생은 얼마나 비극적인 걸까.

"핫, 알스. 혹시 기억합니까? 릴리아라는 소녀를."

"기억에 없습니다만."

"당신은 만나지 못한 모양이군요. 멜로디아나 공주와 에스텔 디안테의 친구입니다."

그렇게 들으니 얼핏 기억이 나는 것 같기도 했다. 에스텔의 집에 놀러 왔던 여자애 중 하나가 릴리아라고 그랬던 것 같기도 하고, 아닌 것 같기도 하고.

"맥락으로 보면 그녀가 카시우스의 여동생이라는 겁니까?"

"맞습니다. 어머니도 풍족하게 잘 살고 있죠. 특무대의 대원들 대부분이 그렇습니다. 그런 복지가 없으면 특무대도 저를 따르지 않거든요."

그도 그렇다.

"이야기를 되돌리겠습니다만. 그렇게 서방에 침투한 카시우스는 제 기대 이상의 성과를 보여 줬습니다. 그에게 무예와 학문의 재능이 있었던 거죠."

그 덕에 생각 이상으로 중추에 침투할 수 있었다.

급기야는 삼건장의 지위를 얻으며 엘드릭 왕자의 측근이 되었다.

"다만 거기서 조금 계산 착오가 있었습니다. 그 엘드릭 왕자가 카시우스를 제게 침투시키려 했던 겁니다."

"그래서 당신이 카시우스를 노예로 잡고 있던 겁니까!"

"맞습니다. 우스웠죠. 내가 침투시킨 스파이를 반대로 내게 침투시키려 하다니 말이죠."

카시우스가 자기 밑에 있어도 의미가 없었기에 쥬라스는 그를 다른 국가에 넘기기 위해 노예로 데리고 다니며 팔려고 했다.

만약 녀석과의 체스 대결에서 내가 키시우스를 얻었다면

카시우스는 나를 감시했을 거라는 거다.

"제가 그런 행동을 취하자 엘드릭 왕자는 혹여 카시우스가 다른 국가에 넘어가 호된 꼴을 볼지도 모른다는 생각에 다급히 본인이 사들였어요. 그렇게 그는 뷜랑의 로이드 후작가로 입양된 겁니다."

그 이후의 일은 지금 벌어진 대로다.

카시우스는 마침내 탁란에 성공하여 발라스라는 둥지를 빼앗아 크로싱에 바쳤다.

자그마치 17년에 걸친 작전. 쥬라스가 그 정도로 심혈을 기울였으니 상대가 당하는 것도 어쩔 수 없다는 생각이 들었다.

쥬라스 녀석과의 대화는 솔직히 말해 즐거웠다.

상대의 높은 안목에 감탄하게 되는 느낌이라고 할까.

다만 꺼림칙한 기분이 드는 건 어쩔 수 없었다. 녀석 특유의 화법 때문이다.

마치 모든 것을 알고 있다는 듯한 말투.

말투만 그런 거면 그러려니 하겠지만 실제로 알고 있다는 게 문제였다.

녀석은 찻잔을 홀짝이고는 말했다.

"알스, 당신에게 주고 싶은 물건이 있습니다."

"당신이 제게 선물이라니. 드문 일도 있네요."

"우리 사이에 특별한 일도 아니지 않습니까."

"우리 사이라니……. 이상한 소리 마시죠."

"홋, 어쨌든. 받으십시오."

그러면서 쥬라스는 내게 책 한 권을 내밀었다.

마법 연구 일지의 네 번째 권을.

"이건……!?"

"이걸 찾고 있지 않습니까?"

어떻게 그걸 알고 있냐. 내 생각이 표정에 드러났는지 쥬라스는 씨익 웃는다.

"당신이 마법에 관심이 있다는 건 쿠라벨 성국의 터를 방문했다는 정보를 듣고 짐작했습니다. 게다가 캘리퍼 국왕의 지지를 얻어 낸 것도 그렇죠. 캘리퍼 국왕인 가레스는 펜실론 제국 시절 마법 개발의 선두에 섰던 자. 당신이 그에게서 마법에 대한 어떠한 정보를 얻었다는 것 정도는 쉽게 알 수 있었습니다."

"평범한 사람은 거기까지 생각하진 않거든요. 그래서 이 책은 어디서 난 겁니까?"

"발라스의 국왕이 가지고 있었습니다. 카시우스가 제게 넘겨주더군요. 이걸 보고 생각했죠. 캘리퍼의 국왕도 비슷한 걸 가지고 있었던 거라고. 틀립니까?"

"그러니까 좀! 다 아는 듯이 말하지 좀 말라고요!"

각국의 국왕이 가지고 있는 네 권의 책. 어쨌든 그중 네 번째 권은 발라스가 가지고 있었다.

나는 이참에 쥬라스 녀석에게 그 부분을 묻기로 했다.

쿠라벨 성국을 멸망시킨 일을 말이다.

내가 쿠라벨 성국을 지키던 결계에 대해 말하자 쥬라스는 고개를 끄덕였다.

"역시 그건 마법이었군요. 어쩐지 이상하더라니."

"어떻게 파훼한 겁니까?"

"별거 없습니다. 병사들이 이상을 보이는 지점들을 일일이 조사해 그 지형을 파괴한 것뿐이에요."

나는 그것이 절대 쉬운 일은 아니었을 거라 확신했다.

"마법에 대해선 어떻게 생각합니까?"

"글쎄요. 굳이 필요한 거라곤 생각하지 않습니다. 우린 이미 거창한 마법 같은 것 없이도 잘 살아왔으니까요."

"그건 그렇죠."

나도 마법이 굳이 필요하지 않다는 입장이었다.

그래도 기왕 책을 얻었으니 한번 읽어 보기로 했다.

2장

쥬라스와의 대담을 끝마친 나는 레인폴로 향하는 마차에 몸을 실었다.

품에는 쥬라스가 준 마법 연구 일지가 있었다.

'아즈키엘 로디오스란 자가 남긴 마법 연구 일지…….'

추측하건대 이 마법 연구 일지는 중요한 역할이 있을 거다. 알스가 주인공으로 판명이 됐기 때문이다.

나는 처음 펜실론 제국 강경파와 온건파. 두 세력의 대립이 스토리의 핵심이라 생각했으나 강경파의 명맥은 옛날 옛적에 끊겼다.

온건파이자 마법 연구파의 후손인 알스만 남아 있을 뿐.

아마 게임 스토리에도 강경파와 온건파의 대립이 나오긴

할 테지만 카시우스 로이드 자체가 거짓된 인물이니만큼 메인이 되진 않았을 테다.

그렇다는 건 마법의 부흥이야말로 스토리의 최종 목적 중 하나라고 생각해 볼 수 있다.

네 권의 연구일지를 각국의 왕들이 가지고 있다는 걸 보면 알 수 있다. 알스는 대륙 통일에 나서며 이 네 권의 책을 차례대로 모으게 될 거다.

그게 게임 스토리의 일부였겠지.

'공교로운 상황이 됐는걸.'

그도 그럴 게 지금 내 손에 있는 건 마지막 권이다.

게임의 스토리를 건너뛰어 버린 탓에 변화가 일어난 것이다.

2권, 3권을 읽지 않고 4권을 읽어도 될까 싶었지만 큰 차이는 없을 것 같았다.

게다가 다행스럽게도 저자인 아즈키엘 로디오스는 4권의 서두에 지난 일에 대한 힌트를 남겨 두었다.

수인들에 대한 마법 실험은 최종적으로 실패로 돌아갔다. 멜카이저라는 실험체가 주도한 반란으로 인해 실험체들이 대부분 탈주하고 말았다. 우리는 즉각 그들에 대한 수배령을 내렸다. 이번 실험의 내용이 세간에 알려진다면 아무리 수인들을 대상으로 한 것이라 해도 우리는 강한 비난에 직면하겠지.

수인들을 대상으로 한 마법 실험. 그것이 2권과 3권의 내용이었던 모양이다.

나는 절로 눈살이 찌푸려졌다.

놈들은 영리했다. 탈출한 수인들은 대륙 내에는 안전한 곳이 없을 거라 판단했는지 서방으로 도주했다. 나는 즉각 서방에 대한 토벌령을 진언했지만 내부 정황이 어지러웠던 탓에 받아들여지지 않았다. 하여 어쩔 수 없이 정보를 통제하는 방식으로 일을 덮어 버리기로 했다. 서방에서 대륙으로 오는 정보를 모조리 차단한 것이다. 다행히 이번 일은 그런 식으로 덮을 수 있었다. 후에 듣자니 도주한 수인들은 서방에 위치한 디엘럼이란 지역에 정착했다고 한다.

가스파르는 말했다. 디엘럼은 어느 시점부터 급격히 타락하기 시작했다고.

수인들의 도피처에 불과했던 그곳이 인간 혐오 집단으로 바뀌었다고.

'그런가.'

수인들을 향한 인체 실험. 거기서 탈주한 자들이 디엘럼에 정착했다고 하니 이젠 그 분노가 납득이 갔다.

쥬라스가 일종의 만악의 근원이라고 하면, 이 아즈키엘 로디오스란 자도 마찬가지의 존재였던 셈.

어차피 수인들에게 행한 실험에서 얻어 낸 건 없었다. 게다가 이미 다른 대상을 찾은 상태였다. 바로 순혈 엘프의 존재다. 쿠라벨 성국은 진입이 불가능했지만 다른 곳이 있었다. 수소문을 한 끝에 북서부의 산지에 거주하는 플로란드 부족에 순혈 엘프가 있다는 사실을 알아내었다. 그곳은 왕래가 가능한 곳이었던 만큼 나는 곧장 병력을 보냈다.

　리시테아의 고향. 애쉬도 어렸을 적엔 그곳에서 자랐다고 했다.

　짜증이 난다. 조사 결과 이곳에 있던 순혈 엘프 다섯은 불과 수개월 전에 떠났다고 한다. 심지어 그들의 목적지는 쿠라벨 성국이었다고 하니 추적은 불가능하다. 나는 혹여나 단서가 있을까 싶어 플로란드 부족을 수색하여 마법에 대한 단서를 찾아보았다. 그런 와중, 아주 흥미로운 정보를 접하게 되었다. 그건 마법은 아니었다. 그저, 이 세계에 대한 고찰이었다. 엘프가 쓴 것으로 보이는 그 서적에 이런 말이 쓰여 있었다. '이 세계는 신에 의해 분단됐으며 세계는 둥그런 형태로 이뤄져 있다.'라고.

　그건 마치 사람이 비행기를 만들어 날아다닐 수 있다는 말을 들은 고대인의 반응 같았다.

우스웠다. 세상이 둥그렇다고? 말도 안 된다! 그렇담 대륙 북부에서 출발한 배가 계속 직진하면 대륙 남부에 도착할 수 있다는 말이 아닌가? 하지만 그런 일은 일어나지 않았다! 과거에도 탐사를 보낸 배들은 세계의 끝에 떨어져 박살 나고 말았다. 그러니 세계가 둥그렇다는 건 있을 수 없는 일이다.

세계의 끝? 나는 처음 들어 보는 이야기였다.

"올라프."

"응?"

나는 마차에 누워서 콧노래를 흥얼거리고 있던 그에게 물었다.

"이 세계엔 끝이란 게 있는 겁니까?"

"무슨 소리야?"

바다에 대해 설명을 하자 올라프는 애매하게 고개를 끄덕였다.

"어렴풋이 그런 얘기를 들어 본 적이 있어. 대해를 나간 배는 절대로 돌아오지 못한다고. 세계의 끝에 떨어져 사라져 버린다고 말이야."

나도 이 세계가 항해를 통한 세계 일주를 성공하지 못했다는 건 알고 있었지만 그건 그저 탐사를 나간 배가 돌아오지 못했을 뿐이라고만 생각했다.

그러나 자세히 이야기를 들어 보니 뭔가 달랐다. 마치 무언가의 벽이라도 존재하는 듯이 말한다.

나는 그 매력적인 가설에 사로잡혀 있었다. 사실 해류의 흐름이란 걸 생각하면 세계가 둥그렇다는 가설이 더 어울리니까. 게다가 만약 세계가 평평하다고 한다면 세계의 끝이 있는 지점에서 관측할 수 있는 건너편의 수평선은 무엇이란 말인가? 그곳엔 무엇이 있다는 말인가? 나는 점점 더 많은 가설을 세웠고, 검증에 나섰다. 그리고 확신했다. 정말로 이 세계는 둥그렇고, 바다 너머에 또 다른 세계가 있음을.

마법을 넘어 과학의 진상에 다가간 아즈키엘.
그렇기에 그는 그걸 주장한 것이다.

나는 황제에게 대대적인 신대륙 탐험을 요청했다. 지금까지 했던 시도와는 다르다. 수백 척의 배를 이용해 세계의 끝을 돌파한다. 한 대만 빠져나간다고 해도 된다. 다른 세계의 존재를 확인한다면 그것만으로 인류의 성공이다! 다만 이미 제국의 실권은 마법의 연구를 반대하는 강경파가 잡고 있었다. 신대륙 탐험대를 조직하는 데에는 제법 시간이 걸릴 것 같다.

거기서 일지가 끝이 났다.
이후의 이야기는 내가 알고 있는 그대로였다.

강경파가 실권을 잡으며 신대륙 탐험은 흐지부지되어 그 규모가 대폭 축소됐다. 실제로 탐험대가 출발했는가의 여부조차 알 수 없었다.

'신대륙……?'

그야 있다고 생각하는 편이 자연스럽다. 나는 무조건 있을 거라고 생각했다.

하지만 문명화된 사람이 살고 있을 거라고는 생각지 않았다. 그 정도로 문명화된 사람들이라면 그들이 먼저 우리 대륙을 방문했을 테니까.

기껏해야 우리랑 비슷하거나 혹은 원시 수준의 원주민이 살고 있겠지.

하지만 정말로 세계의 끝이란 이름의 벽이 존재했다면? 그것이 서로 간의 왕래를 막고 있었다면?

"……."

나는 뭔가의 사건이 일어날 것 같은 직감을 느끼고 있었다.

레인폴에 돌아온 나는 즉각 일라인 저택으로 향했다.

그곳에서 쉬고 있는 유미르를 만나기 위해서다.

이제 임신 3개월 차에 접어든 그녀는 서서히 배가 나오고

있었다. 아직은 옷에 가려져 눈에 띌 정도는 아니었지만 나
는 알 수 있었다.

"도련님, 어서 오세요. ……앗!?"

순간 여러 가지 감정에 북받쳐 오른 나는 그녀를 꽉 끌어
안았다. 그것만으로 부족하긴 했지만 아무래도 보는 눈이 있
기에 꾹 참았다.

"휘유! 휘유! 우리 막둥이도 어른 다 됐네!"

율리아 누나는 휘파람을 불며 야유를 보낸다. 다른 가족들
도 따뜻하게 미소 짓고 있다.

나는 이번 일에 대해 가족들에게 설명을 한 뒤 유미르를
데리고 바로 돌아오기로 했다. 어머니와 율리아 누나는 서운
한지 하룻밤을 자고 가는 게 어떠냐고 제안했지만 에둘러 거
절하고 재빨리 저택에 돌아왔다.

다른 사람의 눈치를 볼 필요가 없어지자 나는 주저하지
않고 그녀와 입을 맞추었다. 유미르는 포근하게 받아들여
준다.

그러나 내 저택이라도 눈치가 없던 것은 아니었던 모양이
다.

"어흠!"

응접실 쪽에서 들려오는 불편한 헛기침 소리. 나는 화들짝
놀랄 수밖에.

"루트거!?"

거기에 에스텔과 에오니아도 있었다. 에스텔은 멍한 얼굴로 바라보고 있었다. 에오 또한 놀랐다는 얼굴이다.

루트거가 말한다.

"미안하네, 엿볼 생각은 없었네만."

"아, 아뇨."

거실에서 애정 행각을 벌인 내 쪽이 나쁜 거긴 했다.

보아하니 루트거는 내가 왔다는 걸 눈치채고 응접실에서 막 나온 듯했다. 그 즉시 애정 행각을 목격했으니 뻘쭘할 수밖에.

"오, 오늘은 무슨 일로 온 거죠?"

"음, 다름이 아니라 아카데미에 관해 묻고 싶은 게 있어서 말이야. 이번에 펜실론 아카데미가 문을 닫은 건 자네가 가장 잘 알고 있겠지."

"그랬죠."

"그 대안으로 크로싱에선 이 레인폴에 새로운 고등 아카데미를 만들면 어떻겠냐고 제안을 한 것 같네. 캘리퍼와 크로싱, 베카비아의 합동 아카데미를 말이지."

그러고 보니 쥬라스가 그런 말을 했던 것 같기도 하다.

펜실론 아카데미를 대체할 합동 아카데미를 만들면 어떻겠냐고. 후보지로는 여러 곳이 있었다. 캘리퍼와 크로싱의 국경선에 위치한 레인폴도 그중 하나였다.

"비스케타 크렌에게서 그 부분을 물어봐 달라는 부탁을 받아 자네를 찾아온 것이네."

"그거라면 저기, 올라프에게 물어봐 주면…… 아."

그러고 보니 올라프는 메이센에 관한 일을 처리하고 오겠다며 이곳에 돌아온 뒤 곧장 에우로페로 떠났다.

"어흠! 바쁘다면 다음에 얘기해도 괜찮아. 뜨거운 와중에 미안하게 됐네. 다만 너무 뜨거운 건 어떨까 싶군. 임산부와 관계를 할 때는 되도록 조심스럽게……."

"아, 알겠습니다! 알겠으니 일에 관한 이야기를 하죠!"

나는 유미르를 에오에게 맡기고 루트거와 에스텔을 이끌어 응접실로 향했다.

그러나 좀처럼 이야기가 진행되지 않았다. 낯부끄러운 모습을 보였다는 생각에 머리가 혼란스러웠기 때문이다.

게다가 에스텔이 뚫어지게 내 입술을 응시하고 있었기에 더더욱 집중이 안 됐다.

이윽고 내게 말해 온다.

"알스 님은……. 의외로 적극적이시군요. 평소와는 다른 모습인지라 무척 놀랐어요."

"윽……!"

나는 억지로 일에 집중하는 척을 하기로 했다.

레인폴에 돌아온 나는 쌓여 있던 격무에 시달려야 했다.

이젠 웨이드의 신분이 드러난 상황이었기에 내가 대놓고

레인폴의 업무를 본다고 해도 이상하게 생각하는 사람은 없었다.

아예 나에게 서류를 가지고 오는 크로싱의 관리가 있었을 정도다.

당면한 주요 업무는 루트거가 말했던 고등 아카데미에 관한 건이었다. 갈 곳을 잃은 펜실론 아카데미 학생들을 수용하기 위해선 못해도 2주일 안에 완성을 해야 했기 때문이다.

다행히 이미 건축하고 있던 아카데미가 있었기에 기일은 맞출 수 있었다. 쿠라벨 성국의 사람들을 위해 짓고 있던 아카데미다.

처음부터 큼지막하게 설계를 했던 덕에 고등 아카데미를 넣을 자리도 충분했다.

이렇게 되면 초, 중, 고가 합쳐진 아카데미가 되겠지만 나는 오히려 이게 더 이상적인 형태라고 생각했다.

"나쁘지 않네요. 차라리 초등 아카데미와 중등 아카데미도 통합을 해 보는 게 어떨까 싶어요."

아카데미 건물을 앞에 두고 그렇게 말하고 있는 건 소피아 베론이었다.

이번 아카데미 구상엔 베카비아도 포함되어 있었던 만큼 그녀는 베카비아의 책임자로서 레인폴을 방문하고 있었다.

소피아는 내가 경영하는 레인폴의 현황이 궁금했는지 며칠간 머물기로 결정했다.

할 일이 없어진 애쉬도 리시테아를 만나기 위해 이곳에 놀러 와 있었고, 에리나와 도로시도 캘리퍼 학생 대표로서 이곳을 찾아와 있는 상황이었기에 내 지인들은 대부분 모여 있다고 해도 무방했다.

'좋은 기회인걸.'

나는 이참에 단합 대회 같은 걸 해 볼 생각이었다.

앞으로 2~3년은 전쟁이 없을 테다. 그때까지 내가 할 수 있는 일은 인재 영입과 내부 단합 정도였다.

인재 영입은 둘째 치더라도 내부 단합이 무척이나 중요했다.

아직도 내 가신들끼리 단합이 안 되는 상황인데 외부에서 인재를 영입해 봐야 무슨 소용이냐는 거다.

그런 생각을 하고 있는 상황에서 에오니아가 내게 말해 왔다.

"알스 님."

"응?"

에오는 입을 삐죽 내밀고 있었다. 마치 줄곧 참아 왔지만 이제는 도저히 못 참겠다는 그런 얼굴이다.

화를 내고 있다고 할까.

그녀가 내게 화를 낼 정도의 일이라고 하니 살짝 쫄렸지만, 막상 별거 아니었다.

"공치사는 언제 하시려는 건가요?"

"공치사? 아……. 그러고 보니 안 했네."

굳이 할 필요를 느끼지 못했기 때문이다. 딱히 커다란 전공을 세운 사람이 없었으니까. 준비해 둔 선물도 없었고.

"벌써 일주일이나 지났잖아. 이번엔 그냥 넘어가지 뭐."

"아……! 그런……."

에오는 세상이 끝난 것 같은 표정이 되었다. 왜 그렇게 충격을 받았는지는 모르겠지만 눈물까지 글썽인다.

나는 재빨리 말을 바꿨다.

"……라는 건 농담이고. 당연히 해야지."

"휴우!"

나는 이왕 하는 것이니 이 논공행상과 단합회를 겸하기로 했다.

마침 마법 연구에 관한 실마리를 찾아보기 위해 쿠라벨 성국의 옛터를 다시 방문해 볼 생각이었다.

혼자 가기도 심심했으니 단합 여행 겸 가신들은 물론이고 소피아나 애쉬같이 그 전쟁에 참여했던 자들도 전부 데려가기로 한 것이다.

3장

레인폴 아카데미가 개방하기 전까지 대략 일주일 정도의 시간이 있었다.

그사이 여행을 가는 게 어떠냐 제안하자 다들 흔쾌히 승낙을 해 주었다.

가신들은 물론이고 지인들도 마찬가지였다.

소피아는 크로싱의 내부를 구경할 수 있다는 생각에 기뻐하며 승낙을 했다. 호위로서 귄터가 따라온다고 한다.

애쉬는 별로 가고 싶어 하지 않았지만 혼자 놔둬 봤자 헌팅이나 하고 돌아다닐 게 뻔하다는 판단에 리시테아가 끌고 왔다.

에리나는 일행 사이에 어떻게 끼어야 하는지 몰라 망설였지만 에스텔이 데리고 왔고, 메이센에 대해선 올라프가 따로 제안하진 않았지만 도로시가 권유를 했다. 지난번 전쟁에서 함께 일하며 제법 친해진 모양이다.

여기에 비스케타 크렌. 그리고 율리아 누나와 어머니 클레어까지 함께하기로 하여 아기인 가웨인을 포함해 도합 21명의 일행이 여행에 나섰다.

지인들만 모았는데 21명이라니. 새삼 가슴이 웅장해진다.

우리는 마차 다섯 대를 이용해 이동하기로 했다. 나는 네 명씩 알아서 마차에 타라고 한 뒤 어떻게 짝을 이루는지를 관찰을 하기로 했다.

'역시나 이렇게 되는가.'

예상대로 친분이 있는 사람들끼리 짝을 이뤘다.

다만 친분이 없는 사람이 있었던 만큼 어색한 조합이 만들어지기도 했다.

짜여진 조는 이러했다.

[1마차-리시테아, 일리야, 에오니아, 비스케타]

[2마차-가스파르, 안톤, 루트거, 애쉬]

[3마차-에스텔, 에리나, 메이센, 소피아]

[4마차-유미르, 클레어, 알스, 율리아]

[5마차-올라프, 귄터, 도로시, 애거트]

서로 간의 친분이 부족한 건 척 봐도 5마차였지만 넷 다 친화력이 좋은 만큼 의외로 어색하지 않을 것 같았다.

오히려 가장 어색한 마차는 2마차와 3마차였다. 그나마 3마차는 인싸력이 높은 에리나와 소피아가 있고, 전부 여성들이니 그렇다 쳐도 2마차는 답도 보이지 않았다.

나는 얼마나 어색한 기류가 흐르는지 궁금해져 마차가 경유지에 도착한 뒤 2마차에 옮겨 타 보기로 했다.

"오, 오오! 알스! 네가 와 주는 거냐!"

애쉬는 구원이라도 받은 것 같은 표정을 지었다. 보아하니 지금까지 한마디도 제대로 나누지 않은 모양이다.

그나마 내가 합승한 이후에는 물꼬가 텄다.

"애쉬, 넌 왜 여기에 탄 거야?"

내가 묻자 애쉬는 목소리를 낮추며 속삭인다.

"나라고 여기 타고 싶었겠냐! 리시테아가 억지로 밀어 넣은 거라고!"

애쉬가 다른 여자들에게 접근하지 못하도록 막은 건가. 굿 플레이다.

애쉬는 딱딱한 분위기는 질색이라며 깊은 한숨을 내쉰다.

가스파르와 루트거는 이러한 고독이 익숙한지 별다른 반응이 없었지만 안톤은 달랐다.

"안톤, 당신이 가장 의외네요. 분명 일리야 스승이랑 같이 탈 거라고 생각했는데."

"하하, 미라벨 님의 시선이 따가워서 말입니다. 차라리 여성들이 함께 타는 게 낫다고 생각해서 리시테아 님과 바꾸기로 했습니다."

"아이는요?"

"일리야가 돌보고 있습니다."

화제가 끊기자 다시 숨 막히는 공기가 흘러갔다. 다들 과묵한 성격이니만큼 이야기가 잘 이어지지 않았다.

나는 어떻게든 화기애애한 분위기를 만들고 싶었으나 특히 가스파르가 비협조적으로 일관한 탓에 불가능했다.

'가스파르가 관심을 가질 만한 화제라고 하면……'

이참에 그 이야기를 해 보기로 했다.

"넷에게 조언을 구하고 싶은 게 있어요. 곧 태어나는 아이에 대해서입니다만. 이름은 뭐로 정하는 게 좋을까요?"

그러자 가스파르의 귀가 움찔했다.

루트거도 흥미가 생겼는지 고개를 끄덕이며 말한다.

"보통은 가족이나 부모의 이름과 비슷하게 하는 경우가 있지. 알스 자네와 유미르 양의 아이이니 아들이면 알미르. 딸이면 슈미르가 어떤가."

절망적인 작명 센스. 가스파르는 버럭 화를 낼 지경이었다.

"에잇! 이름이 그게 뭐냐!"

"뭐가 어때서 그러지?"

뻔뻔하게 나오는 루트거. 나도 헛웃음이 나왔다.

"하나 묻고 싶은데. 에스텔의 이름은 당신이 지은 거 아니죠?"

"그, 그거야 물론 아내가 지은 거긴 하다만. 뭔가 이상한가?"

이름에 대한 화제는 적중했다. 가스파르가 활발하게 이야기하기 시작하며 마차의 분위기가 한결 풀어졌다.

아이 이름에 대한 소득도 있었다.

아들이라면 간츠, 노리스, 율핀.

딸일 경우엔 에르니, 엘리, 알리사 등등이 후보에 올랐다.

나는 내 마차로 돌아와 그 이름들을 유미르와 상담해 보기로 했다.

쿠라벨 터에 도착한 우리 일행은 준비된 여관에 짐을 풀었다.

도착한 시점엔 아직 해가 저물지 않은 상황이었기에 잠시나마 활동을 할 수 있었다.

나는 곧장 군의 관리 시설로 향했다.

발굴의 현황 보고를 받기 위해서였다.

지난번 에오, 비스케타와 이곳을 방문해 엘프들의 숲을 확인했던 나는 후에 한 가지 조치를 취해 놨었다.

아무리 생각해 봐도 그 엘프들의 숲이 수상했기 때문이다.

비스케타가 언급한 엘프들의 비밀 창고도 그렇고, 에오니아에게 들린다는 불가사의한 목소리도 그렇고. 그곳에 무언가 비밀이 있을 거라 생각했다.

그리고 만약 비밀이 있다면 하나뿐이었다. 지하 공간이다. 그 외에는 나무밖에 없는 숲에 불과했으니까.

다만 처음 그 숲을 수색했던 병사들은 지하 공간에 대해선 실마리를 잡지 못했다. 하여 나는 그 지하 공간이 생각 이상으로 훨씬 더 깊게 형성돼 있다고 판단했다.

그렇기에 군의 전문 인력을 투입해 지하를 최대한 깊숙하게 조사하라 명령을 내려 놨다.

그로부터 어느덧 3개월. 슬슬 성과가 나올 시점이었다.

타이밍이 괜찮았는지 작업을 맡았던 장교는 기쁜 얼굴로 보고를 한다.

"마침 잘 오셨습니다. 막 지하 공간에 대한 단서를 잡은 참입니다."

"꽤나 시간이 걸렸군요."

"예, 깊이가 깊이였던지라. 대체 어떻게 팠는지 모르겠지만 무척이나 깊은 곳에 만들어져 있었습니다."

듣자 하니 지하 10층 정도의 깊이에 형성돼 있다고 한다. 이렇게나 깊은 지점에서 공사를 하기 위해선 그 지하로 내려

가는 구멍이 커다랗게 만들어져 있을 수밖에 없는데 그게 발견이 안 된 탓에 수색이 더뎌진 것이다.

내가 투입한 자들도 전문 인력이었음에도 처음에는 막막했다고 한다. 무작정 땅을 파 내려간 뒤에야 인위적인 공사의 흔적을 발견하고, 그걸 토대로 수색을 시작했다고 한다.

"지금은 그 지하 공간의 규모를 바탕으로 입구의 존재를 찾고 있는 중입니다. 잘만 하면 내일 중으로는 발견을 할 수 있지 않을까 싶습니다."

"그거 좋군요."

가는 날이 장날이라는 걸까. 정말 타이밍이 좋았다.

그리고 하루를 묵고 다음 날 오전의 일이었다.

군의 장교가 밝은 표정으로 말해 왔다.

"웨이드 님. 입구가 발견된 것 같습니다. 보러 오시겠습니까?"

논공행상과 더불어 가벼운 파티의 준비를 하고 있던 나는 그 준비를 올라프에게 맡겨 둔 채 비스케타를 데리고 현장으로 향했다.

에오도 데려가려 했지만 그녀는 질색하며 가려 하지 않았기에 어쩔 수 없이 두고 왔다.

그렇게 도착한 엘프들의 숲은 난장판이 벌어져 있었다.

이전에 왔을 땐 웅장하고 아름다운 자연이 펼쳐져 있었지만 이젠 공사의 흔적으로 인해 황폐화되어 있었다.

곳곳에 구덩이가 파져 있었고, 방해가 되는 나무들도 모조리 베어져 있었다.

이를 두고 비스케타가 말한다.

"엘프들이 이 광경을 보면 우릴 저주할 거예요."

"하하……. 뭐, 자연의 생명력이라면 금방 복구가 될 거예요."

수색 인력들은 어느 나무의 앞에 모여 있었다. 그들은 그 나무를 두들기거나 치거나 하며 무언가를 조사하고 있었다.

내가 다가가자 담당자로 보이는 남자가 얼굴을 밝힌다.

"아, 오셨습니까. 반갑습니다, 웨이드 님. 저는 특무대 93번 장교 요리스라고 합니다."

"예, 반가워요. 그래서, 그 지하로 들어가는 입구가 여기입니까?"

"정확히는 이 나무의 아래에 입구가 숨어 있는 것 같습니다. 그렇기에 이전 수색대는 발견하지 못한 것이지요."

"나무의 아래에 입구가? 그게 가능한 일입니까?"

"일반적으론 불가능합니다. 아마 입구를 덮기 위해 나무를 옮겨 심었다고 사료됩니다만. 이렇게나 거대한 나무를 옮겨 심는다는 게 과연 가능한 일인지는 회의적입니다. 엘프들에게 어떤 비법이 있었다고밖엔 생각하기 힘듭니다."

어쨌든 입구의 존재를 확인한 이상 가차 없었다.

"그럼 이제부터 나무를 베도록 하겠습니다."

콱! 콱! 연이은 도끼질에 두꺼운 거목도 버티지 못하고 쓰러졌다.

쿵! 나무는 마치 지진이 일어난 것 같은 소리를 내며 쓰러졌다. 그리고 남은 그루터기까지 쪼개자 반경 2m 정도 되는 구멍이 나타났다.

그 구멍은 나무의 뿌리들이 복잡하게 얽혀 가로막고 있었다.

"이게 입구……?"

"확실히 좁군요. 이 정도 넓이라면 시설을 만들기 위한 자재를 옮길 수는 없었을 것 같습니다만……. 일단은 수색을 해 보도록 하겠습니다."

드디어 모습을 드러낸 엘프들의 비밀 창고.

물론 내가 먼저 들어갈 순 없었다.

나는 그에게 말했다.

"어떤 위험이 있을지 모릅니다. 요리스, 이번 수색에는 자원하는 자만 들어가게 하십시오. 그리고 그 자원자들에겐 웨이드의 이름으로 20배에 달하는 보수를 추가로 주겠다고 언질을 해 두고요."

"그런 배려를 해 주실 필요는 없는데……. 감사합니다."

"아뇨, 당연한 겁니다. 그럼 부탁하겠습니다."

수색 희망자는 금방 나왔다. 내가 20배에 달하는 보수를 추가 지급한다고 오히려 자기가 먼저 들어가겠다며 난리를 피웠다.

그 의욕에 넘치는 모습을 눈에 새기며 나는 파티가 준비되고 있는 곳으로 돌아갔다.

이번 여행은 단합 대회의 성격이 강했기에 목적은 논공행상보다는 가신들의 친목 도모에 있었다.

그러기 위해 여러 가지 이벤트를 기획하는 중이었다.

이번 논공행상도 그중 하나에 불과했다.

나는 특별히 전공 7위까지 발표를 하며 상을 뿌리기로 했다.

7위에는 루트거와 귄터. 6위에는 가스파르와 애거트가 뽑혔다.

"다음 전공 5위! 애쉬 드란발트, 리시테아 데어윈드!"

"오, 뭐야. 나도 주는 거냐!"

애쉬는 앞선 수상자들의 포상을 보곤 잔뜩 기대하고 있었다.

그러나 그에게 주어진 건 없었다. 반면 리시테아에겐 1,000만 실란의 상여금이 하사됐다.

애쉬가 항의한다.

"뭐야! 왜 나는 없는 건데!"

"그야 넌 내 가신이 아니잖아."

"리아도 네 가신은 아닌데!?"

"일단은 내 밑에서 일하고 있으니까."

리시테아는 만족스럽게 고개를 끄덕이고 있었다. 애쉬는 부러운 듯한 눈빛으로 그 모습을 바라본다. 1천만 실란이라고 하면 현대로 치면 1억의 금액이다. 국가 논공행상이 아닌 개인의 논공행상에서 나오는 것치곤 꽤 큰 금액이었다.

"다음 전공 4위! 소피아 베론! 안톤 퀸테르!"

난 더 이상 연말 시상식의 공동 수상을 욕할 수 없는 처지가 됐다.

이젠 왜 그렇게 공동 수상으로 상을 뿌려 댔는지 알 것 같았다. 그러지 않고선 하나하나 기분이 상하지 않게끔 조절하기가 어렵기 때문이다.

"둘은 민간인 구출 작업을 훌륭히 수행해 줬어요. 전투에서도 제 역할을 잘해 줬습니다. 하여 4위입니다."

"영광입니다!"

안톤은 만면의 미소를 지으며 3천만 실란 상당의 포상을 받아 들었다. 당연하지만 소피아에겐 없다.

"꽤, 꽤나 통이 크네요. 갑자기 논공행상을 한다기에 애들 장난인 줄 알았더니만……."

소피아는 입맛을 다신다.

이렇게 금액을 크게 책정한 건 당연하지만 가신이 아닌 자들에게 보여 주기 위함이었다. 내가 이렇게나 대우를 잘해 주고 있다는 걸 어필하는 것이다.

"다음 전공 3위! 메이센 로이피어, 도로시 그림우드!"

"우왓! 나야!? 메이센 선배님! 어서 나가요!"

도로시는 메이센을 끌고 내 앞으로 나왔다. 국가 논공행상 에선 그렇게나 떨더니 그래도 이 자리는 마음이 편한지 함박 웃음을 짓고 있다.

메이센은 어색한 웃음을 지을 뿐이다.

나는 둘에게 5천만 실란 상당의 포상금을 전달했다.

솔직히 나로서도 지출이 이만저만이 아니었지만 내겐 쥬라스라는 훌륭한 자금원이 있기 때문에 큰 부담은 없었다.

"고마워, 알스. 근데 그건 받지 않을게."

"어?"

"딱히 돈에 대한 욕심이 있는 것도 아니고. 이번 전쟁도 민간인들을 구하기 위해서였으니까. 가능하면 그것들은 발라스의 민간 복구 작업에 써 줬으면 하는데. 안 될까?"

역시 도로시라고나 할까.

메이센도 깨닫는 바가 있었는지 도로시와 마찬가지로 포상을 반려했다.

그러자 여기저기서 박수가 쏟아졌다. 애쉬는 은근슬쩍 리시테아에게 '좋은 뜻이니까 우리도 반려하자.'라며 재촉했지만 리시테아는 애쉬의 옆구리를 꼬집을 뿐이다.

안톤도 상금을 반려하려 했지만 일리야 스승이 무서운 얼굴로 그 팔을 꽉 잡으며 말렸다.

"다음 전공 2위입니다만……. 에오니아 미라벨, 올라프. 둘입니다."

귀신같았다. 에오니아는 이번에도 2위를 사수해 냈다.

"에오니아 미라벨, 너는 적의 정보망을 차단하고, 유격 전투에 있어서도 성과를 올려 줬어. 올라프 당신은 목책을 구축하고 쳐들어오는 적을 완벽하게 격퇴해 줬습니다. 하여 2위입니다."

포상으로는 1억 실란의 포상금이 주어졌다.

다만 직전에 도로시가 반려를 한 탓에 둘의 입장이 난처해져 있었다.

애초에 돈에 관심이 없는 에오니아는 쿨하게 반려를 했지만 올라프는 못내 아쉽다며 표정을 구겼다.

"5, 5할만 반려하면 안 될까?"

이에 다른 이들의 야유가 울려 퍼졌다.

"그럼 7할! 7할을 반려할게!"

그렇게 올라프는 3천만 실란만 받아 갔다. 그것만으로도 만족스럽긴 한지 희희낙락하며 자리로 돌아간다.

"……응?"

그러나 에오는 아니었다.

그녀는 크게 실망한 것 같은, 그러면서도 일말의 기대를 품고 있는 듯이 자리를 지키고 있었다.

"전공 1위는…… 알스 님이신 건가요?"

그녀도 마땅히 전공 1윗감이 없다는 걸 알고 있었던 것이다.

나는 솔직하게 인정했다.

"맞아. 전공 1위는 저입니다! 그러니 논공행상은 이걸로 끝이에요!"

사실을 말하자면 포상으로 줄 돈이 조금 모자랐기 때문이다.

수열을 보면 전공 1위가 받아야 하는 금액은 대략 2억 실란이다. 거기까지 줄 돈도 없었고, 무엇보다 이렇게나 사람이 많으면 전공 1위가 가지는 의미가 남달라진다. 가신들 사이에서 우열이 생긴다고 할까. 그러니 확실한 전공을 세운 사람이 없는 상황이라면 내가 1위를 하기로 했다.

"논공행상은 이걸로 끝이니 이젠 파티를 즐겨 주세요."

그러자 분위기가 풀어지며 각자 담소를 나누며 식사를 시작했다. 음식은 비스케타가 준비한 것으로, 쿠라벨 성국의 전통 음식이라고 한다.

나도 배가 고팠기에 식사를 하려 했지만 꽉! 에오가 내 소매를 붙잡았다.

"……알스 님."

"왜 그래?"

에오의 얼굴은 더없이 심각했다. 마치 인생의 중대 기로에선 것 같은 그런.

"이번 논공은 알스 님이 1위를 차지하셨으니 가신들 중엔 제가 1위라고 생각해도 되겠습니까……?"

마치 애원하듯, 그런 허락을 내려 달라는 것 같았다.

나는 가볍게 대답해선 안 될 것 같은 감각을 느꼈다.

엄밀히 말해 2위는 2위일 뿐이고, 그렇게 치면 올라프도 있으니 사실상 1위라고 할 수는 없었지만 왜인지 본능은 그렇게 말해선 안 된다며 소리치고 있었다.

나는 한참을 곱씹은 뒤 답했다.

"맞아. 사실상 1위라고 봐야지."

올라프도 이해를 해 줄 거다.

내 대답에 에오는 놀란 것처럼 주춤하더니 이윽고 결심을 굳힌 듯 말한다.

"그렇다면 오늘 밤……. 말씀드리고 싶은 것이 있습니다. 들어 주실 수 있으십니까?"

"물론이지."

"예, 그럼 밤에 찾아뵙겠습니다."

나는 그제야 그녀가 내게 하고 싶은 말이 무엇인가를 알아챌 수 있었다.

'그런 거였나.'

아무래도 나도 마음의 준비를 해야 할 것 같다.

여행 둘째 날이 끝난 밤.

나는 에오를 만나기 전에 긴급하게 가족회의를 소집했다.

어머니, 율리아 누나. 그리고 유미르까지.

셋을 앞에 두고 에오에 관한 이야기를 꺼냈다.

그러자 율리아 누나가 버럭 소리 질렀다.

"막둥이 너!"

"윽……!"

율리아 누나에게 혼나는 건 대체 얼마 만일까. 아마 수년 으로 부족하고 10년 정도는 뒤로 넘어가야 그런 기억을 찾을 수 있을 테다.

그만큼 드문 일이었다.

"막둥이 네가 다른 여자를 만나는 것까진 뭐라고 하지 않 아! 그래도 유미르가 임신 중일 때는 자중해야지!"

"며, 면목 없습니다. 하지만 저쪽에서 먼저 얘기를 하고 싶어 해서……."

"말대답!"

"옙."

어머니는 복잡한 표정이었다.

"미라벨 양이 좋은 사람이라는 건 충분히 안단다. 너를 얼 마나 생각해 주는지도. 그래도 이런 건 섣불리 결정해선 안 되는 일이란다. 알고 있니? 네 아버지에게도 이런 비슷한 일이 있었어. 그렇지만 나를 생각해서 거절을 했단다."

확실히. 아버지는 부인을 어머니 한 명만 두고 있다.

어머니가 말하고자 하는 건 지금 내 행동이 유미르에게 상처가 될 수도 있다는 것이다.

나도 그 부분에 대해선 뭐라 할 말이 없었다.

유미르를 슬쩍 바라보자 의외로……. 아니, 예상대로 내게 미소를 지어 보인다.

"저는 괜찮습니다. 도련님과 이런 관계가 된 것 자체가 기적이라 생각하고 있어요. 도련님께서 다른 부인을 얼마나 들인다고 해도 저는 받아들일 겁니다."

그 모습에 율리아 누나가 답답함에 가슴을 친다.

"유미르 넌 욕심이 너무 없어! 이럴 땐 어떻게 그럴 수 있냐고! 나만 바라보는 거 아니었냐고! 하면서 화를 내야 된다고!"

"화가 나지 않아요. 에오니아는 제게 있어서도 친구와 같은 사람이고……. 분명 그녀 또한 도련님을 행복하게 해 줄 거라는 걸 알고 있으니까요. 저는 오히려 기쁩니다. 도련님의 곁에 그런 반려자가 생긴다는 것이요."

"그, 그릇이 커……!"

전율하는 율리아 누나.

나는 유미르와 눈을 맞추고 물었다.

"정말 괜찮아?"

"괜찮아요, 도련님. 게다가 지금의 저는 그……. 도, 도련님의 욕정을 풀어 드릴 수 없는 상태이니…….."

"그건 무슨 소리야!?"

"아, 아무튼. 저는 정말로 괜찮습니다. 그러니 에오니아에 대한 대답은 편하게 해 주세요."

"알겠어. 정말…… 미안해. 그리고 고마워."

나는 몇 번이나 그렇게 말하곤 숙소의 내 방으로 돌아왔다.

그리고 자정이 되기 직전. 소심한 노크 소리가 들려온다.

"들어와."

"……."

에오는 삶은 문어처럼 얼굴을 붉히고 있었다. 눈알을 이리저리 굴리며 눈치를 봤다.

그러고는 대뜸 폭주를 시작했다.

가능하면 내가 먼저 말하고 싶었지만 그녀가 선수를 친 것이다.

"부탁드립니다! 제게 아이를 내려 주십시오!"

"뭐라고!?"

에오는 횡설수설을 시작했다.

"바, 발키리에겐 후학을 기를 중요한 의무가 있습니다! 전 가능하면 그걸 제 아이에게 물려주고 싶습니다! 다른 관계를 원하는 건 아닙니다! 그저 아이만 내려 주신다면……!"

그녀 나름대로의 타협점이었던 모양이다. 깊은 관계가 되지 못할 거라고 지레 판단하고 타협을 해 버린 것이다.

"진정하고. 일단 여기 앉아 봐."

나는 그녀를 침대에 앉혔다.

조금 진정이 된 후에는 유미르와 했던 이야기를 꺼냈다.

에오는 토끼 눈을 뜬 채 이야기를 듣고 있다.

"그게……. 정말인가요?"

"그래."

"아으……."

에오는 어쩔 줄 몰라 했다.

그 모습이 귀여워 보여서, 나는 알면서도 말했다.

"에오 너는 싫지? 하긴, 아무리 그래도 이건 아니지?"

"싫지 않습니다!"

버럭 소리치는 에오.

"오히려 그렇게 되기를 줄곧 꿈꿔 왔습니다! 그러니……!
아……!"

폭주해 버린 그녀는 다시금 얼굴을 붉혔다.

나는 대답을 돌려주었다.

"나야 최근에야 깨닫게 된 거지만……. 나도 그렇게 됐으면 좋겠다고 생각했어."

"……!"

막대기처럼 몸을 굳히는 에오.

나는 그녀에게 입을 맞추며 그 긴장을 천천히 풀어 주었다.

에오니아는 곧 긴장을 풀며 내게 몸을 맡겨 왔다.

여행 셋째 날.

느지막이 잠에서 깬 나는 기분 좋은 기지개를 켰다.

슬쩍 침대에서 에오를 찾았지만 아무래도 아침이 밝기 무섭게 나간 것 같다.

숙소 바깥으로 나가자 이 지역 특유의 청량한 공기가 폐를 가득 채웠다.

나는 그 공기의 맛을 즐기며 몇 번이나 심호흡을 했다.

그러던 차. 군 장교로 보이는 자가 내게 다가왔다.

수색을 맡은 자들인가 했으나 그렇진 않았다. 쥬라스가 보낸 정보원이었다.

"웨이드 님. 이것이 이번 대륙 회의의 결과입니다."

지난번 발라스 사건 이후 또 한번 외교전이 있었다고 한다. 이건 그 내용이었다.

"역시나."

각국은 웅크리기에 들어갔다.

앙숙인 에우로페와 툰카이가 불가침 협정을 맺은 것이 단초였다.

그렇게 되자 스벤너가 움직이기 힘들어졌다.

발라스와 빌랑이 모든 국가와 불가침조약을 맺은 지금 상황에서 스벤너가 공격할 수 있는 국가는 에우로페와 툰카이뿐이었는데, 그 두 국가가 손을 잡아 버리니 스벤너도 움직이기가 힘들어졌다.

그로 인해 스벤너도 빌랑에 변화가 생기는 시점을 기다리며 수년 후를 기약했다.

"적어도 3년간은 전쟁이 없을 것 같다……. 그것이 쥬라스의 예측이군요."

"예. 재상님께선 그렇게 말씀하셨습니다."

"그 녀석이 그렇게 말했다면 틀림없겠죠. 고맙습니다."

"해야 할 일을 한 것뿐입니다. 아, 그리고 웨이드 님. 쥬라스 님께서 한 가지 더 부탁을 하셨습니다."

"뭐죠?"

"멜로디아나 공주님에 대한 호위를 요청하셨습니다."

"디아나를요?"

"공주님께서 오늘 정오쯤엔 이곳에 도착하실 예정입니다. 모르셨습니까?"

"아……."

그러고 보니 에스텔이 멜로디아나도 초대를 한다고 했다.

"근데 호위요? 굳이 그럴 필요가 있습니까? 이곳은 크로싱의 땅인데요."

"재상님께서 뭔가 안 좋은 징조를 느끼신 모양입니다. 그분이 그런 직감을 느낄 땐 보통 큰 사건이 일어나곤 했으니까요."

"하하, 무슨 점쟁이도 아니고. 하여튼 알겠습니다. 확실하게 돌려보낼 테니 안심하라고 해요."

지금 이곳에 얼마나의 사람이 있는데. 어떤 도적단이라고 해도 우리를 덮칠 순 없다.

나는 별다른 위기감을 느끼지 않았다.

엘프들의 비밀 창고를 수색하는 데에도 별문제는 없었다.

수색대의 담당자인 요리스는 내가 들어가도 좋을 것 같다며 고개를 끄덕였다.

"어떻게 지었는지는 모르겠지만 굉장히 견고합니다. 숨구멍도 제대로 갖춰져 있고. 식량만 충분하다면 한 달여간은 그곳에서 생활해도 문제가 없을 정도입니다."

"그 정도입니까. 그럼 들어가 보도록 하죠."

나는 오전 중에 간단한 탐사를 끝마치기로 했다. 안톤에게 얘기를 해 둔 뒤 요리스와 함께 엘프들의 비밀 창고로 내려가 보기로 했다.

지하로 향하는 좁아 터진 나선 계단을 10분여 정도 내려가자 고풍스러운 느낌의 커다란 문이 눈앞에 나타났다.

문을 열고 들어가자 수색대의 병사들이 눈에 띄었다.

그들은 창고의 물건들을 조심스레 발굴하고 있었다.

과연 전문가들이라고 할까. 이미 안전 구역을 확보해 둔 상태였다. 유물에 대해서도 안전하고 보물이 될 만한 물건들은 따로 챙겨 둔 상태다.

"모두 수고하고 있군요. 이것들은 만져도 괜찮은 것들입니까?"

"옛, 그렇습니다!"

딱히 고가의 보물이라고 할 것들은 없었으나 눈에 띄는 게 하나 있었다.

"이건······."

의식용으로 사용되는 화려한 창이었다.

길이 1m 정도의 단창이었는데, 그 완성도가 제법이었다.

양손에 무기를 쥐는 체스터류는 장창이 아닌 단창을 주로 사용하곤 하는데, 이건 그 용도로 딱이었다.

부웅! 한번 휘둘러 보니 더욱 마음에 들었다. 가벼우면서도 견고하다고 할까. 창촉의 날카로움도 더할 나위 없었다.

혹시나의 상황을 대비해 허리에 차고 있던 검을 왼손에 쥐어 양손의 밸런스를 확인해 보았다.

"나쁘지 않은걸. 좋아, 이건 내가 챙겨야지."

예상치 못한 득템이었다.

그 외에도 여러 가지 보물들이 많았다. 그것들은 지상으로 끌고 올라가 감정을 맡겨 둘 생각이었다.

"요리스, 당신이 생각하기에 이곳은 어떤 용도로 사용되는 곳 같습니까?"

내 물음에 요리스는 미간을 좁혔다.

"이런 말을 드리긴 뭐하지만 당신이 말했던 창고의 용도는 아닌 것 같습니다."

"역시 그런가요."

내가 보기에도 그랬다. 창고로 사용했다고 보기엔 물건들이 너무 없었고, 무엇보다 공간이 휑했다.

특히 중앙에 형성된 공간에는 아무것도 놓여 있지 않았다.

"미루어 보건대 의식용으로 사용했을 가능성이 높지 않을까 합니다."

"의식……."

"예, 지금 발굴되고 있는 물품들도 의식용으로 사용되는 그런 물건들이 많습니다. 당신이 챙겨 둔 창과 같이 말이죠."

"……혹시 무덤의 가능성은 없습니까?"

"무덤이요?"

홀연히 자취를 감췄다던 엘프들.

나는 이곳이 그들의 비밀 무덤이 아닐까 싶었다.

내 말에 요리스는 납득이 간다며 고개를 끄덕였다.

"그럴지도 모르겠군요. 망자를 기리기 위한 의식의 제단이라고 하면 납득이 갑니다. 그렇다면 이 밑을 더 파 봐야겠습니다."

"천천히 해도 좋습니다."

일단은 이곳에 대한 수색이 먼저였다.

"대장님! 흥미로운 물건을 발견했습니다!"

한 수색대원이 나와 요리스가 있는 곳으로 달려왔다. 그 손엔 책이 한 권 쥐여 있었다.

나는 그것이 귀중한 단서가 되리라 확신했다.

곧장 책을 넘겨받아 펼쳐 보았지만 그 문자를 읽을 수가 없었다. 요리스가 말한다.

"엘프들의 문자이군요. 해석할 사람을 구하려면 시간이 걸릴지도 모르겠습니다. 지금에 와서야 엘프들의 문자를 해석할 수 있는 사람은 드무니까요."

나는 떠오르는 인물이 있었다.

'그래, 비스케타라면 읽을 수 있을 거야!'

나는 즉각 비스케타를 불러와 줄 것을 요구했다.

마침 시간이 정오가 가까워지기도 했기에 수색을 하고 있던 병사들에겐 위로 올라가 식사를 하라고 지시했다.

금방 도착한 비스케타는 내가 내민 책을 보고는 깊은 흥미를 드러냈다.

그녀는 곧 그 내용을 내게 해석해 주기 시작했다.

알스가 모습을 감췄다는 건 가신들도 알고 있었다.

다만 안톤도 함께 없어진 걸 보고는 다른 일을 처리하고 있을 거라며 알아서 납득을 하고 있을 뿐이었다.

그러던 중, 크로싱의 장교로 보이는 남자가 비스케타를 데려가자 에오니아는 가슴을 옥죄는 불안감에 눈살을 찌푸렸다.

'무슨 일이지? 설마……'

그 엘프들의 비밀 창고인지 뭔지를 탐사하러 간 걸까.

그걸 막을 권리는 그녀에게 없었으나 가능하면 알스가 그곳에 들어가지 않았으면 했다.

"미라벨? 왜 그러고 있습니까. 얼굴이 창백해요."

리시테아가 걱정스럽다며 물었다.

그녀에게 걱정을 샀다는 생각에 굴욕감을 느낀 에오니아는 억지로 표정을 고쳤다.

"저는 잠시 자리를 비우겠습니다."

그 엘프들의 숲엔 두 번 다시 가고 싶지 않았으나 알스가 걱정됐다.

그 기색을 눈치챈 유미르가 묻는다.

"에오, 도련님은 지금 위험한 일을 하고 계신 겁니까."

"그게…… 나도 잘 모르겠어."

"……."

"그래도…… 나는 그렇게 생각해."

"알겠습니다. 안내를 해 주세요. 저도 함께 가겠습니다."

유미르가 간다고 하자 알스의 어머니 클레어와 누나인 율리아까지 따라붙었다.

무리가 생기자 할 일이 없던 다른 일행도 엘프들의 숲을 구경하겠다며 따라왔다.

그렇게 다 같이 엘프들의 숲에 도착한 순간이었다.

"으아아악……!"

에오니아는 머리를 감싸 쥐며 주저앉았다.

다시금 들려오는 목소리. 에오니아는 자신의 이성을 가져가 버릴 것 같은 그 압박감에 필사적으로 저항하기 시작했다.

"에오니아!?"

"이게 대체……?"

에오니아가 그런 과민 반응을 보이자 다른 이들은 자연스럽게 이곳에 있는 알스가 위험한 게 아니냐는 생각을 할 수밖에 없었다.

클레어와 율리아는 곧장 구멍을 지키고 있는 안톤에게 따지고 물었다.

안톤은 난감할 뿐이었다.

"그렇지 않습니다. 안전은 이미 확보해 두었습니다. 너무 걱정하지 마시고 기다려 주십시오."

괜히 여럿이 갔다간 오히려 없던 위험이 생길 수도 있는 만큼 안톤은 침착하게 진정을 시켰다.

안톤도 당황스럽긴 마찬가지였다. 에오니아는 그만한 절규를 하고 있었다.

구멍이 뚫려서 그런지 지난번에 이곳을 방문했을 때보다도 더한 환청을 느끼는 중이었다.

보다 못한 올라프가 중재를 했다.

"안톤 씨. 그렇게 안전한 거라면 몇 명 정도는 들여보내도 괜찮지 않을까요? 알스 녀석의 안전만 확인하면 다들 진정할 거예요."

"으음……."

"비스케타 씨도 여기에 온 거잖습니까? 그렇담 정말로 위험하지는 않은 거겠죠. 그걸 확인하기만 하면 되는 겁니다."

안톤은 담당자인 요리스를 바라보았다. 요리스는 애매하게 고개를 흔들었다.

"당장의 안전은 확보했다지만 혹시 모르니 그 이상의 문제는 일으키고 싶지 않습니다. 웨이드 님께서도 정오가 지나기 전까지는 나오신다 하셨으니 기다리는 게 어떻습니까?"

정론이었기에 당장은 진정을 했다.

그때 점심 식사를 위해 수색대의 병사들이 올라왔다.

올라프는 눈을 빛내며 그들에게 안정성에 대해 물었다.

병사들은 요리스를 곁눈질하더니 말한다.

"지반과 천장 모두 탄탄합니다. 독성 물질도 없고요. 섣불리 물건을 건드리지 않는다면 괜찮을 거라고 봅니다만."

"들었습니까? 된다고 합니다!"

요리스는 요지부동이었다. FM대로 일을 처리하는 그에겐 웨이드의 명령이 최우선이었다.

"그만큼 안전하다는 걸 알았으니 괜찮지 않습니까?"

안전하니까 들여보내 달라. 안전하니까 참고 기다리고 있어라.

둘 다 맞는 말이었다.

올라프도 에오니아가 비명을 지르며 몸부림치고 있지만 않았어도 그러려니 하고 따랐을 것이다.

'방법이 없군. 이 요리스란 작자. 단호해!'

올라프는 포기하고 고개를 절레절레 흔들었으나 그때였다.

"흠, 그렇담 내가 명령하면 어떤가. 그래도 들어주지 않을 테냐."

"멜로디아나 공주님!? 오신다는 말은 들었습니다만……."

"훗."

멜로디아나는 에스텔을 보며 맡겨 달라는 듯 씨익 웃고는 요리스에게 말했다.

"나도 엘프들의 유물에 대해선 흥미가 있다. 그렇게나 안전하다면 나도 들어가 봐도 괜찮겠지."

"그, 그것이……."

멜로디아나는 왕족이다. 그 서열은 객장인 알스보다 훨씬 높다.

그제야 안톤이 한숨을 쉬며 거들었다.

"요리스, 괜찮을 거다."

"……알겠습니다. 그러면 일부만 들어가도록 하십시오."

그렇게 선별된 인원은 친구인 멜로디아나, 에스텔, 그리고 그 호위로 일리야가 따라붙었다.

셋은 장교의 도움을 받아 구멍을 내려가기 시작했다.

엘프들이 남겨 둔 책.

나는 비스케타가 읽어 주는 내용에 귀를 기울이고 있었다.

─우린 이 세계에 실망했다. 결국 주신이 주장한 인간과의 완전한 공존은 불가능했다. 인간은 그 숫자가 많아지면 많아질수록 교만해지고, 이기적으로 변했다. 자신들만이 유일한 지성체라 생각하기라도 하는 듯, 다른 종족을 배척했다. 우리는 펜실론이란 통일 국가와 교류를 하여 희망을 이어 가 보려 했으나 그들은 도리어 우리 엘프들을 납치하려는 시도를 했다. 이 세계에 대한 희망을 완전히 접기로 했다.

이 세계에 대한 희망을 접는다?

주신이 주장한 인간과의 공존?

뭔가 걸리는 키워드들이 많았다.

　

－몇몇 장로들은 우리의 태도가 문제가 아니었냐 성찰했다. 쿠라벨 성국이란 새장 속에 스스로를 가두고, 처음부터 인간과 공존을 할 생각은 없던 게 아니냐고. 틀린 말은 아니다. 다만 맞는 말도 아니었다. 인간과의 적극적인 공존을 주장하며 독립해서 떨어져 나갔던 플로란드 부족의 순혈 엘프들이 도움을 요청해 왔으니까. 이젠 지긋지긋하다고 말하면서. 우린 최후의 계획을 실현에 옮기기로 했다.

　

최후의 계획. 나는 그 말이 계속해서 귓가에 맴돌았다.

　

－주신이 세운 분단 결계의 힘은 절대적이었다. 이 결계 내부에선 순수한 마나의 힘이 극도로 약해진다. 간단한 마법을 사용하는 것도 어려웠을뿐더러, 마나를 쌓는 것 자체가 불가능에 가까웠다. 우리는 수백 년간 연구를 거듭한 끝에야 한 가지를 깨달았다. 지하로 내려갈수록 분단 결계의 영향력이 약해진다는 걸 말이다. 하여 지하 깊숙한 곳에 이 수련장을 만들고 그곳에서 마나를 수련하기 시작했다.

이 부분을 읽고 있던 비스케타도 고개를 갸웃했다.

"분단 결계라니……."

"이곳은 수련장이었던 거군요."

엘프들은 이곳에서 마법을 수련했다. 그들이 말하는 최후의 계획을 위해서.

'최후의 계획……?'

그 키워드에 대해 고민하고 있던 차. 뒤가 소란스러워졌다.

"멜로디아나!? 당신이 왜……."

에스텔과 일리야 스승도 있었다. 안내를 맡은 요리스는 깊은 한숨을 내쉬며 사정을 설명했다.

"어이쿠, 에오니아가……. 알겠어요. 저는 안전하다고 전해 줘요."

"예."

요리스는 다시 지상으로 올라갔다.

나는 셋에게 안전 구역을 벗어나지 말라 전한 뒤 다시 비스케타에게 돌아왔다.

셋은 알아서 주변을 둘러보기 시작했다.

지상의 분위기는 흉흉했다.

에오니아의 절규가 계속해서 강해졌기 때문이다.

그녀는 마치 누군가에게 몸을 뺏기려 하지 않는 것처럼 몸부림쳤다.

보다 못한 리시테아가 그녀를 데리고 이곳을 빠져나가려 했다. 마침 요리스가 알스의 안전을 확답한 상황이기도 했고.

그러나 그때였다.

뚝! 에오니아에게 들려오던 목소리가 돌연 끊겨 버렸다.

"아……!?"

에오니아는 머리가 맑아졌으나 도리어 더욱 큰 불안감을 느꼈다.

자신에게 목소리가 들리지 않는다는 건, 다른 누군가로 타깃을 바꾼 거라고 생각했으니까.

"알스 님!"

에오니아는 구멍으로 뛰어 들어갔다. 유미르도 그 모습에 위험을 느끼고 뒤를 따라갔다.

둘이 너무나 빠르게 들어가 버린 탓에 요리스는 어쩌지도 못했다.

그 모습에 일행은 혼란에 빠졌다.

먼저 움직인 건 가스파르였다. 유미르가 들어가 버리자 그도 따라간 것이다.

"젠장, 모르겠다! 나도 들어가겠어!"

이에 올라프가 뒤를 따르고, 다른 일행도 지하 유적으로 향했다.

소피아 또한 유적에 대한 궁금증이 있는 상황이었기에 귄터와 함께 슬쩍 들어왔다.

지상에 남게 된건 루트거와 안톤뿐이었다.

루트거는 지상에 몇 명 정도는 남아야 한다는 판단이었고, 안톤도 마찬가지였다.

책은 일종의 일지와 같은 것인지 내용이 길지 않았다.

나와 비스케타는 어느덧 후반부를 읽고 있었다.

–마침내 때가 왔다. 우리는 마지막 계획을 앞두고 있었다. 분단 결계의 힘이 어떻게 작용할지 모르는 상황이니 실패할 가능성도 분명히 있었다. 이 방법이 정말 옳은 것일까는 모르겠다. 하지만 이 방법밖에 없다고 생각했다. 우리는 플로란드 부족의 엘프들이 도착한 즉시 계획을 실행했다. 그런데 플로란드 부족의 엘프들이 부탁을 해 왔다. 혹여나 대륙에 남은 다른 동포들이 올 것을 대비해 이곳에 대한 메시지를 남겨 두자고.

동포란 다른 게 아니다. 엘프, 혹은 엘프의 피를 이어받은 자다.

나에겐 에오가 떠올랐다.

'설마 에오에게 들린다는 목소리가……?'

비스케타도 그렇게 생각하는지 다음 내용을 빠르게 읽어 갔다.

 ─그 부탁을 받아들여 강제성을 넣어 둔 주문을 걸어 두기로 했다. 엘프의 피를 이어받은 자, 우리의 목소리를 따라올지니. 이곳은 지맥에 의해 마나가 자연히 회복되는 곳. 시간이 지난 뒤에는 그대들도 우리의 뒤를 따라올 수 있느니라. 그 주문을 알려 주도록 하겠다.

그때였다.

"알스 님!"

에오니아였다. 그 뒤를 줄줄이 소시지처럼 다른 사람들이 따라붙었다.

"무슨……. 왜 전부 왔어요!?"

"도련님, 괜찮으십니까!"

"유미르 너까지! 괜찮다니까 그러네! 하여간 호들갑들은 알아줘야 한다니까."

그때 문득. 비스케타는 눈살을 찌푸리며 리시테아에게 시선을 돌렸다.

"리시테아, 당신. 플로란드 부족이라고 했었죠."

"예, 그렇습니다만?"

"당신, 엘프와 피가 섞여 있습니까?"

리시테아는 고개를 흔든다.

"부모님에게 그런 말을 들은 기억은 없습니다."

비스케타는 안도의 한숨을 쉰다.

'잠깐.'

엘프의 피가 섞여 있는 사람? 그렇게 따지니 한 명이 더 있었다.

엘프의 피가 짙게 발현함으로 인해 저주스러운 질병을 겪었던 소녀가.

아니나 다를까. 일리야 스승이 소리쳤다.

"알스! 뭔가 이상하다! 에스텔이 갑자기……!"

에스텔은 부들부들 떨고 있었다. 에오니아와 달리 강인하지 않았던 그녀는 그 목소리의 힘에 저항하지 못했던 것 같다.

자신의 머릿속을 울리는 목소리를 그대로 따라 하기 시작했다.

"유크라시아…… 펠리프틴……!"

그것은 무언가의 주문 같았다.

그녀가 주문을 중얼거리기 시작하자 우우웅! 주변이 빛나기 시작했다. 그와 동시에 휑한 공간이라고 생각했던 중앙에 기이한 문양이 그려지기 시작했다.

'이건…… 마법진!?'

나는 즉각 소리쳤다.

"당장 이곳에서 나가요!"

그러나 늦고 말았다.

그 마법진에 붙잡히기라도 한 것처럼 발이 천근만근처럼 무거웠던 것이다.

"꺄아아아!"

"이건 뭐야!"

아비규환이 벌어진 상황.

이 소란을 듣고 밖에 있던 안톤이 재빨리 내려왔다. 계단을 거의 이용하지 않고 그냥 뛰어내렸는지 엄청난 속도였다.

"대체 이건……!?"

안톤은 나를 구하기 위해 다가오려 했으나 주문으로 인해 결계 같은 것이 만들어졌는지 다가오지 못했다.

"하아앗!"

그는 무기를 빼 들어 캉! 그 결계를 강타했으나 소용없었다.

나는 최선의 판단을 내렸다.

"각자 가까운 사람과 손을 잡아요! 끌어안아도 좋습니다!"

내 지시에 그나마 가까이 있던 사람들끼리 어떻게든 발을 움직여 손을 맞잡았다.

　내게는 유미르와 에오가 다가오려 했으나 거리가 여의치 않았다.

　"에오! 너는 비스케타 씨를 부탁해! 유미르 너도……."

　그러나 유미르의 근처엔 마땅히 사람이 없었다. 나도 마찬가지. 나와 유미르는 서로에게 손을 뻗었으나 거리가 있었다.

　가스파르가 이를 악물며 유미르에게 다가가려 했지만 파직! 하는 소리와 함께 홀로 사라졌다.

　그걸 시작으로 하나둘, 섬광과 함께 모습을 감췄다.

　나는 그 모습을 눈에 새기고 싶었지만 더 중요한 일이 있었다.

　마침 루트거까지 도착을 했는지, 눈을 부릅뜬 채 바라보고 있었다.

　나는 둘에게 말했다.

　"우리는 반드시 돌아올 거예요. 그때까지 뒷일을 부탁합니다. 안톤, 루트거……!"

　그리고 파직! 내 시야가 백열했다.

　마치 놀이기구를 타는 것 같은 감각이었다.

　몸이 붕 뜬 것 같았고, 속이 울렁거렸다. 눈에 보이는 건

형형색색의 세계.

마침내 그 색이 옅어지고.

풀썩! 나는 땅에 내려앉았다.

"허억! 허억! 허억!"

나는 구토감을 억지로 참아 내며 주변을 둘러보았다.

나무와 푸른 하늘이 보였다. 지인들의 인기척은 느껴지지
않았다.

'여긴 대체……'

설마 서방 민족의 구역일까 하는 생각부터 들었다.

주변 나무들의 생김새가 처음 보는 것들이었기 때문이다.
새의 지저귀는 소리도 생소했다.

나는 지금까지의 조각들을 짜 맞춰 지금 상황을 해석해 보
았다.

−조건부 가입 캐릭터임에도 심상치 않은 뒷배경이 있는
에오니아.

−마법 연구 일지 마지막 권에서 언급된 신대륙.

−연구 일지에서 언급된 세상의 끝의 존재와 엘프의 일지
에서 언급된 분단 결계.

−홀연히 사라진 엘프들.

−갑자기 행해진 공간 이동.

도출된 답은 하나뿐이었다. 게임으로 따지면 그런 거다.

나는 DLC의 영역에 와 버린 것이다.

에오니아는 그 DLC의 열쇠였던 것.

"어떻게 이런 일이……."

이 상황을 아주 예상을 못 했냐면 그렇지는 않았다. 그렇기에 주의를 기한 것이었지만 설마 에스텔이 발단이 되어 일이 벌어질 거라곤 꿈에도 생각지 못했다.

타이밍이 더럽게 안 좋았다고 할까.

나는 우선 당면한 상황을 헤쳐 나가기로 했다.

다른 이들도 걱정이 됐지만 내 걱정부터 해야지.

다행히 무기는 가지고 있었다. 왼쪽 허리에 검이 있었고. 그 창도 무의식적으로 챙긴 모양이다.

'우선은 이곳이 어디인지를 가늠해 봐야겠어.'

여기가 어떤 국가인지가 궁금한 건 아니었다. 그것보다 더 개괄적으로. 이곳이 같은 행성인가, 같은 시간이 흐르고 있나를 확인해 보고 싶었다.

혹여나 내게는 찰나의 시간일지라도 본래 세계에서 수백 년이 지나 있다거나, 그런 일이 벌어지면 곤란하기 때문이다.

그걸 위해 일단은 야영 준비를 하며 밤을 기다렸다.

그렇게 밤이 짙어진 뒤에는 하늘의 별들을 관찰했다.

"휴우!"

절로 안도의 한숨이 나왔다.

나는 방위를 기억하기 위해 별자리를 외워 두고 있었다.

그 별자리를 관찰한 결과 아무래도 이곳도 같은 행성인 모양이었다.

'같은 대륙일 가능성도 충분히 있어.'

정말로 서방 민족의 영역일지도 모른다.

그렇담 어떻게든 복귀를 할 순 있다.

그런 희망회로를 돌리고 있는 내게, 그 존재는 모습을 드러냈다.

나는 등골을 타고 흐르는 오한에 몸을 떨었다.

소름이 돋는 살기.

처음엔 그것이 인간이라고 생각했다. 짐승이 내뿜는 살기는 독특한 야성이 있어 구분하기가 쉬웠으니까.

반면 지금 이 살기는 너무나도 농후하고, 순수했다.

그렇기에 인간이라 생각했던 거지만.

그르르……!

"아……!?"

뭐라 말이 나오지 않았다.

덩치가 자동차만 한 짐승. 아니, 이걸 짐승이라 부를 수 있는 걸까.

적어도 나는 이런 동물을 본 적이 없었다.

사자 같은 머리에 코끼리 같은 몸통을 가진 괴물. 그 이빨

에선 역겨운 피 냄새가 풍겨 왔다.

"몬스터……?"

그런 표현이 적당했다.

"젠장! 대체 어떻게 돌아가고 있는 거야!"

나는 놈의 적의에 맞서 검과 창을 빼 들고 대치를 했다.

쿠오오오!

놈은 포효하며 내게 달려들어 왔다.

포효하며 달려드는 괴물.

놈이 육중한 앞발을 들어 짓밟으려 했기에 나는 막을 생각
조차 하지 못하고 피해야 했다.

'미쳤어!'

공격의 중량감이 다르다고 할까. 사람이 휘두르는 무기의
위력은 그래 봤자 예상이 간다.

그 강한 안톤의 공격도 막기로 작정을 하면 나라도 한 번
정도는 막을 수 있다.

하지만 이건 체급 자체가 다르다.

눈앞에 있는 놈의 체중은 어림잡아도 3톤 이상이다. 성인
남성 40명을 합한 수준이다.

"쳇!"

나는 도주를 선택하고 싶었으나 이곳의 지리를 모르는 상
황에서 도주를 하는 건 어떤 결과를 초래할지 알 수 없었다.

'차라리 단번에 처치하는 게 낫겠어.'

이놈의 피 냄새가 진동하면 이놈에게 이목이 끌리며 오히려 나에 대한 경계도는 낮아질 테다.

'이놈이 어떤 괴물인지는 모르겠지만…….'

나는 놈이 재차 달려드는 틈을 역이용했다.

상대의 체급이 말도 안 된다곤 하지만 그만큼 민첩함은 떨어지는 편이었다.

게다가 나도 사람 수준에선 초인의 레벨에 있다. 곰이나 호랑이 같은 건 간단히 이길 수 있는 수준.

이놈의 공격을 회피하는 건 식은 죽 먹기나 다름없었다.

나는 그 공격을 피해 내며 탓! 근처의 나무를 박차 놈의 등에 올라탔다.

쿠오오오!

놈은 발광하며 몸부림쳤으나 곧바로 푹! 놈의 두개골에 창을 박아 넣었다.

놈의 머리가 얼마나 단단한들 오러가 실린 창을 막아 낼 수는 없다.

녀석은 피거품을 내뱉으며 풀썩 주저앉았다.

나는 깊게 박힌 창을 빼내고 놈의 등에서 떨어져 내렸다. 놈이 죽은 만큼 지금에서야 그 모습을 자세히 관찰할 수 있었다.

'이건 역시…….'

동물이 아니다. 책에서나 언급될 것 같은 괴물.

"……."

나는 머릿속에서 세워지고 있는 가설들을 정리하고 있었다.

'아니, 지금은 그럴 새가 없겠네.'

안심하고 있을 틈은 없었다.

이놈의 피 냄새를 맡고 또 어떤 것들이 접근할지 몰랐으니까.

나는 창에 묻은 피를 닦은 뒤 등에 메었다.

그렇게 자리를 떠나려 할 때였다.

스르르르! 빛과 함께 산화하는 괴물의 사체.

"무슨……!?"

그 커다랗던 몸이 순식간에 사라졌다. 그리고 그 빛이 사라지자 정체불명의 오물들만이 그 자리에 남았다.

코가 아플 정도의 악취를 내뿜는 오물. 전쟁터를 다니며 온갖 악취를 겪었던 나조차도 참기 힘든 것이었다.

그래도 이 기묘한 현상은 조사를 해야 했다.

나는 창을 이용해 그 오물들을 헤집었다.

"이건……. 시체?"

마치 소화 중이었던 듯, 끈적한 육편들과 함께 뼈가 보였다.

무엇의 뼈인지는 알 수 없었다. 그 괴물 놈이 뼈째로 씹었는지 제대로 된 형체를 유지하고 있는 뼈는 없었으니까.

그러나 나는 알 수 있었다.

이 중의 인간의 시체가 있었다는 걸.

왜냐하면 그 오물들 사이에 옷감으로 보이는 천의 흔적이 보였으니까.

게다가 결정적으로 그것이 있었다.

"이건……!"

금속이라 그런지 아직 소화가 되지 않은 목걸이였다.

나는 그걸 창끝으로 집어 꺼냈다.

은으로 만들어진 목걸이였다.

이런 말을 하긴 뭐하지만 이건 좋은 신호였다. 이게 아직 그 괴물의 위장 속에 있었다는 건 이걸 착용하고 있던 사람이 잡아먹힌 지 얼마 되지 않았다는 거니까.

즉, 이 주변엔 사람이 있다. 그렇게 생각해도 되겠지.

목걸이를 챙기고 이곳에 표식을 남긴 나는 물의 소리를 찾으며 조심스럽게 이동을 개시했다.

그 도중 물의 소리가 들려왔다.

하지만 내가 기대하던 강물의 소리와는 달랐다.

'파도가 치는 소리!'

뭐가 됐든 좋은 신호였기에 나는 소리가 나는 곳으로 향했다.

촤르르륵! 어두운 탓에 파도가 치는 모습은 잘 보이지 않았으나 거친 파도의 소리는 분명하게 확인할 수 있었다.

그리고 그 해안가에 있는 민가의 존재까지도.

그 민가에서 불빛이 새어 나오고 있었다.

나는 완만한 절벽을 뛰어내려 그 민가로 향했다.

'뭐지 이건?'

움막처럼 보이는 민가의 벽엔 부적으로 보이는 것들이 덕지덕지 붙어 있었다. 함정인가 싶어 창끝으로 툭툭 건드려 보았으나 별일은 일어나지 않았다.

민가 주변을 전부 확인한 나는 조심스레 그 문을 노크했다.

"계십니까!"

민가 안에서 부스럭거리는 소리가 들렸다.

창문 쪽에서 나를 바라보는 시선이 느껴졌다. 곧 철컥! 문의 잠금쇠를 풀고는 문을 열었다.

모습을 드러낸 건 장년의 남성이었다. 어부로 생활을 하는지 집 안에선 물고기 비린내가 풍겨 왔다.

그는 경계심 가득한 눈으로 나를 위아래로 훑어보았다.

그러고는 익숙지 않은 언어를 구사했다.

"어디서 오셨소?"

그런 뜻이란 건 어림짐작할 수 있었다. 대충 말은 알아들었으니까.

지독하게 알아듣기 힘든 사투리 같다고나 할까.

나는 몸짓 발짓을 섞어 가며 그와 소통을 시도했다.

상대도 어렴풋이 내 말을 이해하겠는지 민가로 들여보내
주었다.

'곤란한걸. 설마 언어조차 제대로 통하지 않다니.'

생각보다 훨씬 더 위태로운 상황이었다.

다행히 민가의 남성은 나를 살갑게 대해 주었다.

왜 그러냐 물으니 그는 내 검과 창을 가리켰다.

그러고는 이렇게 말한다.

"구원자 연맹에서 오신 것 아니오? 곧 구원자 연맹에서 사
람이 올 거라고 하더니. 당신인가 보군."

구원자 연맹? 나는 그것에 대해 물었다.

그러자 내가 그 소속이 아니란 걸 눈치챘는지 실망한 얼굴
이 된다.

그러면서도 차근차근 설명해 주었다. 나는 그사이 이곳 언
어에 대해 빠르게 이해를 했다. 기본적인 틀은 비슷하다. 사
투리라고 생각하고 이해하면 그만이다.

물론 어려운 일이긴 했다. 현대의 미국인이 고대의 영어
를 접한 느낌이라고 할까. 아니, 그래도 그것보단 쉬운 느낌
이다.

자신을 루돌프라 소개한 남자는 구원자 연맹에 대해 간략

히 설명을 해 주었다.

전부 이해하지는 못하겠지만 미루어 보건대 해결사, 혹은 모험가나 용병 같은 존재들인 것 같다.

"괜찮다면 언어에 관련한 책을 하나 주실 수 있겠습니까?"

"어부의 움막에 그런 게 어디 있겠소."

"……그렇겠죠. 그렇다면 지도 정도는 있지 않습니까?"

해안가의 집이니만큼 그 정도는 있으리라 생각했다.

다행히도 루돌프는 물고기를 말리고 있는 서랍 아래를 뒤지더니 종이 하나를 건네주었다.

"구원자 연맹에서 건네준 물건이오. 현황을 꽤 자세하게 표시해 두었지. 참고로 우리가 있는 곳은 이곳이오."

"……."

지도를 본 나는 뭐라 말을 잇지 못했다.

글자를 읽기 어려웠던 나는 루돌프에게 지도의 해석을 요구했다.

루돌프는 귀찮아하지 않고 알려 주었다. 그 눈빛엔 뭔가 나에게 기대하는 것이 있는 것같이 보인다.

꿍꿍이속이야 어찌 됐든 내겐 도움이 됐다.

언젠가 우리 대륙의 지도를 보고 그런 생각을 한 적이 있었다. 대륙의 형태가 너무 단순하다고. 그러니 바다 너머에 다른 세계가 있을 거라곤 예상을 했었다.

그건 사실이었던 것 같다.

나는 물어보지 않을 수 없었다.

"여기 이 마대륙이란 곳은 뭐죠?"

"마왕이 사는 곳이지!"

"어, 어째서 그런 생각을 하는 겁니까?"

"글쎄, 나도 자세히는 모르는데 사람들이 그러더라고. 마대륙을 둘러싸고 있는 강력한 결계가 마나의 흐름을 불안정하게 해서 몬스터가 들끓는 거라고. 분명 마왕이 한 짓이라고 말이야. 그러니 결계 안엔 그 마왕이 살고 있는 거지."

나는 확신했다.

이 마대륙은 내가 있던 대륙이다. 물론 그곳엔 마왕 따위는 살지 않는다. 마왕은커녕 몬스터 따위도 없다.

"여기 이 잃어버린 땅은요?"

"몬스터들이 완전히 점거해 버린 곳이지. 도무지 사람이 살 수 없게 된 지역이야."

그에게 듣자니 불과 2백여 년 전에는 상황이 더 심각했다고 한다. 북대륙도, 남대륙도 모조리 몬스터에게 점거돼 서대륙의 엘란 왕국을 제외한 모든 국가가 멸망했다고 한다.

그 엘란 왕국도 몬스터의 공격을 버티지 못하고 멸망 직전의 상황에 있었으나 반달린이라는 대현자가 위기를 타파할 수 있는 마법을 개발하여 상황이 반전. 대대적인 반격에 나서며 지금의 상황이 됐다고 한다.

"이 구원자 연맹이라는 건요?"

"거긴 조금 복잡해. 나도 엘란 왕국의 국민으로서 뭐라고 말하기 부담스럽네."

뭔가 사정이 있는 듯했다.

어차피 지금의 내겐 중요하지 않을 테니 신경 쓰지 않기로 했다.

그보다 내가 당면한 상황이 더 중요했다.

DLC의 세계.

아니, 그보단 히든 루트라는 편이 어울릴 거다.

예상을 해 보자면 게임의 알스가 이 세계를 알게 되는 건 모든 일이 끝나고 난 뒤일 거다.

그야 신대륙에 대한 단서가 있었던 건 마법 연구 일지 4권이었으니까. 게임의 스토리대로 차례대로 책을 획득했다고 하면 4권은 가장 마지막에 얻었을 테다.

그렇게 책을 얻고, 대륙의 통일을 해낸 알스는 본격적으로 마법 연구에 들어간다. 펜실론 제국이 인구 증가에 따라가지 못하고 멸망했던 것 같은 일이 일어나지 않게 대책을 세우려 했을 거다. 그 도중 에오니아를 통해 이 세계를 알아내고, 마법의 부흥을 위해 이 세계로 뛰어든다.

그게 가장 합리적인 추측이겠지.

하지만 지금의 나는 스토리의 나비효과로 인해 많은 단계를 건너뛰었다.

무엇보다 대륙은 여전히 난세에 있었다.

'내가 있던 곳으로 돌아가야만 해.'

내가 없으면 어떤 형태로 일이 벌어질지 알 수가 없었다. 스벤너와 서방이 대륙을 통일할 수도 있었고, 혹은 쥬라스가 패도를 걸으며 모든 국가를 무릎 꿇릴지도 모른다. 빌랑이나 알바드 같은 곳이 변수가 될 수도 있다.

다행히 대륙은 막 소강상태에 접어든 상황이었던지라 시간적인 여유가 있었다. 대략 2~3년 정도는 내가 없어도 괜찮을 거다.

그래도 뭐가 됐든 돌아가지 않으면 곤란하다.

최종 목표는 3년 안에 내가 있던 곳으로 돌아가는 것.

마음속으로 그렇게 정한 나는 부가적인 문제를 생각했다.

다름이 아니라 나와 함께 휘말린 가신들과 지인들에 관한 것이다.

혼자 돌아갈 수도 없는 노릇이니 일단은 그들을 찾아 합류를 해야 했다.

'걱정되는걸.'

일리야 스승이나 가스파르 같은 사람들이야 알아서 잘할 테니 걱정이 덜했지만 거기엔 전투 인원보단 비전투 인원이 더 많았다.

에스텔과 에리나도 그랬고. 어머니와 율리아 누나도 그렇다. 멜로디아나와 소피아 공주, 메이센도 마찬가지.

게다가 그들이 어디에 떨어졌는지도 알 수 없었다.

최악의 경우 망망대해에 떨어졌을 수도 있다. 그나마 차악이 잃어버린 땅에 떨어진 것이었을 정도로 상황은 낙관적이지 않았다.

'엘프들이 설계를 한 마법이니까 아무리 그래도 바다에 떨어뜨리진 않았겠지만……'

제대로 된 설계를 했다면 서로 다른 곳에 떨어지지도 않았을 거다. 그렇게 생각하니 불안감이 치솟았다.

'아니, 아직 모두가 흩어졌다고 판단하기엔 일러.'

이 섬 어딘가에 있을지도 모른다.

나는 루돌프에게 이 섬을 안내해 줄 수 있겠냐고 물었다.

그러자 루돌프는 기다렸다는 듯이 말한다.

"그렇담 내일 마을에 가 보지 않겠나?"

"역시 마을이 있군요."

"음. 하지만 조금 문제가 있거든."

"문제요?"

"지금 이곳엔 괴물의 거처. 즉, 던전이 있어. 그래서 나도 섣불리 마을에 돌아가지 못하고 이곳에 있던 거지."

"던전……?"

"자네 정말 모르는 게 많군. 그 부분에 대해선 내일 촌장님에게 들어 보도록 해. 나보단 촌장님이 더 자세히 설명해 주실 테니까."

"알겠습니다."

오늘은 여러 일이 있었기 때문인지 나도 피곤했다.

어서 잠을 자고 싶었지만 그 괴물이 떠올랐다. 그 괴물이라면 이런 허름한 움막 따윈 간단히 짓밟을 수 있을 거라는 생각에 신경이 곤두섰다.

'아마 그 괴물은 던전에서 나온 건가 보군.'

거기까지 생각이 미치자 어째서 루돌프가 이런 허름한 곳에 느긋하게 있었나, 민가 바깥에 왜 마법진이 그려진 부적이 붙어 있었나에 대한 조각이 맞춰졌다.

그에 대해 물어보자 루돌프는 고개를 끄덕인다.

"맞아. 그건 괴물들에게서 모습을 숨겨 주는 물건이지. 구원자 연맹에서 구매한 거라 효과는 확실하네."

"국가가 아니고요?"

"그게⋯⋯. 하하. 국가는 우리같이 외진 곳까진 신경을 써 주지 못하거든. 그러니 우리가 알아서 살아남는 수밖에. 그런 거니까. 마음 편히 자도 괜찮네."

확답을 받으니 긴장이 풀렸다.

나는 벽에 등을 기대앉아 잠을 청했다.

마법과 몬스터가 판을 치는 세계. 골치 아픈 일에 말려들어 간 건 분명했으나 난 순응하는 속도가 빠른 편이었다.

상황을 받아들이고 그 상황을 해결할 방법을 찾기로 했다.

지금은 동료들을 찾는 것.

최우선 목표는 비전투 인원들과 임신 중인 유미르를 찾는 것이었다.

유미르의 출산까지 남은 기간은 대략 6~7개월. 그 전에 반드시 유미르만큼은 찾아내기로 했다.

해가 밝자 우리는 마을로 갈 채비에 들어갔다.

루돌프의 설명에 의하면 마을은 섬의 중심부에 있다고 한다. 인구는 대략 500명.

"마을에 도착하기까지는 대략 30분이면 될 거야."

"오래 걸리지 않네요. 그런데 당신은 왜 어제 돌아가지 않은 거죠?"

"그야 지금은 위험한 시기이니까. 올 때는 좋았는데 막상 돌아가려고 하니 겁이 나더라고. 그래서 그냥 여기서 하루를 보내기로 했지. 그보다 어서 가자고. 얘기는 가면서도 할 수 있으니까."

"예."

루돌프는 건조해 뒀던 물고기들을 짐짝에 싣고는 그것들을 등에 멨다.

그 비린내가 제법 지독했다. 돌아가는 것이 겁이 났다는 것도 이 강한 냄새에 괴물들이 꼬일 것을 우려했기 때문인 것 같다.

루돌프는 불안한 듯이 주변을 곁눈질하며 초조한 듯 발걸음을 빨리했다.

"어휴, 불안해 죽겠군."

"……잠깐만요."

"왜 그러나!?"

"앞에서 소리가 들립니다."

"소리?"

나는 루돌프의 뒤에 바짝 달라붙었다.

"천천히 앞으로 가세요."

"앞으로 가라니! 내, 내가 뒤에서 가면 안 되겠나?"

"적이 우리를 뒤에서 덮치는 상황이 되면 곤란해집니다. 제가 당신 뒤에 바짝 달라붙는 형태가 호위에 있어선 가장 이상적이에요."

"그, 그렇군. 자네. 이런 일에 능숙한가 보군."

능숙하냐 아니냐고 물으면 능숙하다고 할 수 있다.

그야 나는 어린 나이에도 큼직한 전쟁을 수차례나 겪었으니까. 생사의 기로에 선 경험은 또래보다 분명하게 많았다.

앞으로 나아갈수록 소리가 또렷해졌다.

그건 사람의 목소리였다.

"젠장! 이렇게까지 몬스터가 들끓는 상황이라곤 안 했잖습니까!"

"미, 미안합니다! 분명 어제까지는 괜찮았는데……!"

"됐습니다! 레나, 델로프! 주민들을 엄호해! 커스! 너는 퇴로를 만들어!"

10명의 사람들이었다.

4명의 전투원이 마을 주민들로 보이는 사람들을 호위하며 뒷걸음질을 치고 있었다.

그 주위로는 흉악한 인상의 괴물 열 마리가 그들을 포위하고 있었다.

내가 어제 만났던 그 괴물보단 확실히 체급이 작았지만 그래도 성인 한 명분의 체급은 가지고 있었다.

늑대를 닮은 것 같기도, 하이에나를 닮은 것 같기도 한 기묘한 괴물이었다.

"헬하운드 무리가 있는 걸 보면 짐승계 던전인 모양이군. 이런 산속에서 짐승계 던전은 짜증 나는데……!"

그렇게 중얼거리고 있는 리더 격의 남자는 그제야 나와 루돌프를 눈치챈 모양이었다.

그건 괴물들도 마찬가지였다.

쿵! 쿵! 괴물들은 루돌프가 메고 있는 생선의 비린내에 코를 찡그리며 우리 쪽을 응시했다.

"히익!?"

루돌프가 비명을 지른다. 나는 그에게 속삭였다.

"루돌프, 셋 하면 사람들이 있는 곳으로 뛰어요."

"뭐?"

"하나, 둘, 셋! 빨리 뛰어요!"

"읏……!"

루돌프는 이를 악물며 뛰었다.

그러자 괴물들이 반응하여 달려든다.

무기를 빼 든 나는 먼저 오른손의 창으로 루돌프에게 달려드는 짐승의 머리를 꿰뚫었다.

그러고는 몸을 돌리며 왼손의 검으로 반대편 놈의 목을 베어 냈다.

크르르릉!

두 놈이 사망했지만 놈들은 오히려 지금이 호기라 여겼는지 나를 집중적으로 노렸다.

'속도가 제법 빠르지만……!'

나를 상회할 정도는 아니다.

오러를 끌어 올린 나는 놈들의 공격을 서커스처럼 교묘히 피해 내며 양손의 무기를 이용해 모조리 도륙 내 버렸다.

이것이야말로 체스터류의 강점이었다.

놀라울 정도로 난전에 강하다는 것.

끼이잉!

마지막 남은 한 놈은 겁을 먹고 도망가려 했지만 창을 던져 사살했다.

스르륵! 어제와 똑같이 마력으로 변해 사라지는 괴물들.

"휘유! 힘들었네."

나는 가볍게 한숨 쉬며 무기를 갈무리했다.

"놀랐다면 미안해요, 루돌프 씨. 놈들이 갑자기 우리로 표적을 바꿔 버리면 곤란해지는 상황이어서 어쩔 수 없었어요."

"……아. 아, 그래."

루돌프는 얼이 빠져 나를 바라보고 있었다.

비단 그뿐만이 아니었다. 다른 일행도 멍한 표정으로 나를 응시하고 있었다.

일행과 합류한 나는 자세한 상황을 전해 들을 수 있었다.

듣자 하니 이들은 실종자를 수색하고 있었다는 듯하다.

"엘론이 사라졌다고요!?"

자초지종을 전해 들은 루돌프가 비명을 지르듯 소리친다.

일행 중 촌장으로 보이는 남자가 침울한 얼굴로 고개를 끄덕였다.

"그래. 마침 도와줄 분들이 와서 수색을 시작한 참이다만……."

촌장은 내게로 시선을 돌렸다.

"귀하께서는 혹여 엘란 왕국 소속이십니까?"

"예? 아닙니다."

"그렇담 구원자 연맹이십니까!? 실례가 안 된다면 소속을 밝혀 줄 수 있겠습니까?"

"저는 소속이 없습니다. 구원자 연맹이란 것에도 소속되어있지 않아요."

촌장은 내가 구원자 연맹이 아니란 것에 크게 실망했는지 한숨을 쉬고는 말한다.

"남은 얘기는 나중에 하도록 하지요. 지금은 우선 실종자의 수색이 먼저입니다. 엘론이란 사냥꾼입니다. 식량을 구하기 위해 덫을 확인하러 산으로 향했다가 돌아오지 못했습니다."

"촌장님!"

전투원의 리더 격의 남자가 격노하며 묻는다.

"어째서 이런 시기에 사람들을 밖으로 내보낸 겁니까!"

"어쩔 수 없었습니다. 부적을 붙이고 집 안에서만 지내는 것도 한계가 있었어요! 왕국에선 우리를 외면하지. 구원자 연맹에서도 좀처럼 도와줄 사람이 오질 않았으니까요! 그사이 비축해 뒀던 식량이 전부 떨어져 버렸단 말입니다!"

그래서 루돌프가 어부의 움막에 있었던 모양이다. 어떻게든 식량을 가져오기 위해서.

"후우! 심정은 이해합니다만……. 아마 그 엘론이라는 사냥꾼은 목숨을 부지하지 못했을 겁니다. 분명 헬하운드에게 먹혀 버렸을 거예요."

나는 문득 어제 그 괴물을 죽이고 챙겨 둔 목걸이가 생각 났다.

혹시나 해서 보여 주니 촌장은 눈을 부릅떴다.

"그, 그건……!"

"산속에서 조우한 괴물을 처치하고 그 위장 속에서 발견한 겁니다."

"큭, 엘론의 것이 맞습니다……! 엘론……. 미안하 다……!"

실종자의 말로를 알게 된 이상 이런 곳을 헤맬 이유는 없 었다.

우리는 기수를 틀어 마을로 향했다.

섬 중앙에 조그맣게 형성돼 있는 마을엔 우울한 분위기가 가득했다.

나는 슬쩍 루돌프에게 물었다.

"얼마나 이러고 있었던 겁니까?"

"벌써 한 달이야. 한 달을 이러고 지냈지."

"한 달이나……!"

한 달이면 식량이 고갈될 만했다.

"어쩔 수 없는 일이야. 내륙은 내륙대로 자기들 일이 급하 니까. 그걸 처리하고 난 뒤에야 우리 같은 외지에도 사람을 보내 주거든. 이번 격동은 제법 규모가 있었던 것 같아. 아직까지도 지원을 오지 않는 걸 보면……."

"저기 저 넷은요? 그러고 보니 어제 구원자 연맹이란 곳에서 곧 사람이 올 거라 하지 않았습니까?"

"맞아. 이쯤 온다고 했는데……. 아마 저들은 구원자 연맹 사람이 아니라 단순한 용병인 것 같아. 물불 가릴 처지가 아니었던지라 연맹은 물론이고 용병들에게도 의뢰를 냈었거든. 그걸 보고 온 거겠지."

루돌프는 좌절 섞인 한숨을 내쉬었다.

이미 마을은 한계에 달해 있었다. 실종자의 사망 소식에 마을 사람들은 오열하기 시작한다.

"잠시 괜찮겠습니까?"

용병의 리더였다.

자신을 토레스라 소개한 남자는 내게 공동 임무를 제안했다.

"실력이 괜찮으신 것 같은데. 이번 일을 함께 처리해 보지 않겠습니까? 많지는 않겠지만 당신의 몫도 떼어 주겠습니다."

왜 나를 실력자 취급하는지는 모르겠다. 물론 내가 약한 편은 아니긴 하지만 대륙에서 나보다 강한 자는 얼추 100명은 넘게 있었다.

'아니, 달리 생각하면 전체에서 100등 정도는 한다는 뜻이니 상당히 강하다는 뜻이 되는 건가?'

내 주변에 워낙 괴물들이 많다 보니 무감각해진 걸지도 모른다.

나는 고개를 흔들며 거절의 표시를 보냈다.

"미안합니다. 제가 지금 그럴 경황이 아니라서요."

몬스터가 어쩌고 던전이 어쩌고. 나는 별 관심이 없었다. 지금은 우선 마을을 탐문해 지인들의 행방을 조사하는 게 먼저였다.

다만 이 섬을 떠난다고 했을 때 이들이 타고 온 배를 얻어 타야 하는 상황이 올 수도 있기에 여지를 남겨 두기로 했다.

"가능하면 몇 시간 정도만 기다려 줄 수 있겠습니까? 마을 사람들에게 물어보고 싶은 게 있습니다."

내 말에 다른 용병들은 제각각의 반응을 보였다.

"토레스, 지체할 시간은 없다고. 오늘 안에 처리하고 돌아가야지 다음 의뢰의 기한을 지킬 수 있어."

"그래. 여기에 더 있다간 우리가 가지고 있는 식량까지 달라고 할 지경이구만. 기껏해야 헬하운드 우두머리 정도밖에 없을 텐데 어서 처리하고 돈이나 받자고."

남자 둘은 그런 반응을 보였으나 여성은 그렇지 않았다.

"그, 그래도. 혹시 모르니 함께 가는 게 좋지 않나요? 저분의 실력도 믿을 만한 것 같고……."

그러자 남자들은 조소한다.

"하아……. 레나 너는 정말."

"하여간 잘생긴 녀석만 보면 사족을 못 쓰는구만."

"됐으니까 어서 가자!"

그렇게 넷은 던전을 토벌하겠다며 장비를 갖추고 섬의 산지로 떠났다.

홀로 남게 된 나는 사람들을 탐문하며 정보를 수집했다.

마땅한 정보를 얻게 된 건 탐문을 하고 2시간이 지난 시점이었다.

어제 산지로 나갔다가 돌아온 사냥꾼이었다. 괴물에게 잡아먹힌 사냥꾼과 마찬가지로 식량을 구해 오기 위한 작업을 했던 자라고 한다.

그가 말했다.

"그러고 보니 이상한 놈을 하나 만났었지."

"이상한 자……?"

"엄청난 덩치가 내게 다가왔거든. 당시엔 곰이라도 나타난 줄 알고 부리나케 도망갔지만 지금 생각해 보면 사람이었을지도 모르겠다는 생각이 드네. 뭔가 알아듣기 힘든 말 같은 게 들렸으니까."

"이 마을 사람일 가능성은요?"

"이 마을에 그 정도의 덩치를 가진 사람은 없어."

그자가 내 지인이라고 봤을 때, 후보군은 둘밖에 없다. 일리야 스승과 귄터다.

일리야 스승은 키가 180cm 정도로 그렇게까지 큰 편은 아니었으나 인상이 무섭고 위압감이 크기 때문에 그렇게 착각을 할 수도 있다.

반면 귄터는 인상은 순박하나 덩치 자체가 커다랗다.

이 사냥꾼의 착각일지도 모르겠지만 조사할 가치는 있다고 생각했다.

'지금이라도 그 용병들에게 합류하는 편이 좋을까.'

그러나 그때였다.

쿠오오오오--!

섬 전체를 울리는 듯한 포효 소리.

나는 몸 안쪽에서 뭔가 찌릿한 것을 느꼈다.

"꺄아아!"

"괴, 괴물!"

마을 사람들은 사색이 되어 집에 틀어박혔다. 그 집엔 어부의 움막에 붙여 놓은 것과 똑같은 부적이 덕지덕지 붙어 있었다.

'어쩔 수 없지.'

일단 혼자라도 사람의 흔적을 추적해 보기로 했다. 도중에 용병들을 만나면 합류하면 된다.

나는 촌장에게서 간단한 식량을 받은 뒤 산으로 향했다.

나는 산지에 대한 경험이 제법 있는 편이었다.

산지에서 펼친 큰 전쟁만 세 번이었고, 어릴 적 스승에게서 서바이벌 생활을 배우기도 했다.

사람의 흔적을 찾는 건 일도 아니었다.

'명백히 동물과 다른 흔적이 있군. 이게 몬스터들의 흔적인가.'

발자국 자체가 이질적이라고 할까. 게다가 행동 원리도 오직 살육과 포식에 치중된 것 같았다.

곳곳에 일반 동물들의 피가 보였다.

'오히려 알기 쉬운걸.'

그 몬스터들은 가리지 않고 모든 걸 먹어 치운다.

일반적으로 맹수들의 사냥이라고 하면 먹을 만큼만 먹고 먹기 힘든 부분은 버리고 간다.

그 잔해를 다른 동물들이 먹고, 완전히 썩어 버린 시체가 벌레와 토지의 양분이 되며 자연은 순환한다.

하지만 그놈들은 사체를 남길 생각이 없었다. 일단 먹으면 어떤 방법으로든 소화가 가능하다고 말하는 것처럼 전부 먹어 치운다.

그 덕에 그 흔적을 쉽게 찾을 수 있었다.

'이건!'

작은 동물의 뼈였다.

발굴이 되어 있는 걸로 보아 인위적인 손길이 있었음을 알 수 있었다.

무엇보다 모닥불을 피운 흔적이 남아 있었다.

마을의 사냥꾼이 한 게 아니라면 다른 누군가가 했다는 것이다.

그게 누군지는 알 수 없으나 내 지인이라고 한다면 귄터가 아닐까 생각했다.

'당시 위치를 봐도 그래.'

갑작스레 마법이 발현한 그때. 귄터는 내 옆에. 소피아는 내 우측에 있었다.

귄터는 소피아를 지키기 위해 뛰었다. 그래서인지 아이러니하게도 마지막 순간에는 나와 가장 가까이에 있었다.

'이 가설이 사실로 드러난다면 큰 수확이 될 거야.'

가까이 있거나 붙어 있던 자들은 같은 곳에 떨어진다는 거니까.

나는 필사적으로 당시의 상황을 떠올렸다.

'에오와 비스케타 씨는 나와 멀리 떨어지지 않은 곳에서 서로를 끌어안고 있었어.'

그 외에도 애거트와 어머니. 율리아 누나와 올라프. 일리야 스승과 에스텔이 서로 붙어 있었다.

'쳇, 그 이상은 떠오르질 않네.'

나는 복잡한 속마음을 추스르며 흔적을 쫓아 산으로 깊숙이 들어갔다.

더더욱 여기에 있던 인물이 권터라는 생각이 들었다.

산지를 잘 이해하고 있는 스승이라면 더 깊숙이 들어가지는 않았을 테니까.

"……."

깊숙이 들어갈수록 피의 흔적이 짙어졌다. 마치 인외마경이라도 펼쳐진 듯한 이질감.

게다가 곳곳에서 나를 감시하는 듯한 살기 어린 시선이 느껴졌다.

'숫자는 대략 여덟인가…….'

일단 여기는 도망치는 게 현명하다는 판단이 섰으나 아직은 감당할 수 있는 숫자였던 만큼 도박을 한번 걸어 보기로 했다.

나는 숨을 가다듬고 외쳤다.

"권터--!! 나는 여기 있습니다!"

메아리치며 울리는 내 목소리. 이에 자극을 받았는지 몬스터들이 내 주위를 둘러싸기 시작했다.

아까 만났던 늑대 형태의 몬스터도 있었고, 고양잇과의 몬스터도 있다.

숫자는 여덟.

도박이 성공하려면 여기선 버텨 줘야 했다.

나는 무기를 빼 들고 놈들에게 겨눴다.

"덤벼."

크오오오오!

내 살기에 반응해 일제히 덤벼드는 녀석들.

픽! 나는 측면에서 달려드는 녀석의 머리를 창으로 찔러 절명시킨 뒤, 창을 꽂은 채 그놈의 몸을 크게 휘둘렀다.

퍽! 퍽! 여기에 두 놈이 얻어맞아 바닥을 뒹굴었다.

나는 그 참을 이용해 앞에서 달려드는 놈을 상대했다.

휘릭! 먼저 허리를 숙이며 파고들어 왼손의 검으로 한 놈. 그리고 손목의 스냅으로 시체에 꽂혀 있던 창을 빼낸 뒤 콱! 콱! 다른 두 놈을 단번에 처치했다.

'나머지 넷!'

나는 반대로 녀석들에게 달려들었다.

내가 공세로 전환하자 녀석들은 그제야 잘못 건드렸다는 걸 깨닫곤 허둥지둥 도망가려 했다.

나는 두 놈을 검으로 해치우고 나머지 한 놈에게 창을 던져 처치했지만 마지막 한 놈은 반대편으로 도망친 탓에 처치할 겨를이 없었다.

'쳇, 하나를 놓쳤나.'

도망간 놈이 동료를 불러올 가능성이 높았다.

'어쩔 수 없지. 일단 마을로 돌아가는 수밖에.'

그러나 그때였다.

콱! 도망가는 괴물의 머리를 움켜쥐는 우악스러운 손바닥.

그 악력이 얼마나 강하면 괴물이 끙끙거리며 몸부림쳤다.

이윽고 콰직! 악력만으로 그 괴물의 머리는 부숴졌다.

나는 그제야 그 사람의 모습을 제대로 확인할 수 있었다.

순박한 인상의 괴물 같은 덩치.

"귄터! 역시 당신이었군요!"

"후우! 나야말로. 역시 알스 너였군."

귄터는 한시름 놓은 듯한 표정으로 안도의 한숨을 내쉬었다.

그는 아직 상황을 완전히 이해하지 못했는지 내게 자초지종을 물어 왔다.

나는 우선 자리를 피해 귄터에게 상황을 설명하기로 했다.

알스가 귄터와 해후를 하고 있는 와중. 마을에선 새로운 소란이 일고 있었다.

촌장은 감격스러운 얼굴로. 한편으론 곤혹스럽다는 얼굴로 손님들을 맞이하고 있었다.

두 명의 남자와 두 명의 여성으로 된 팀.

"구원자 연맹의 분들께서 드디어……!"

"다른 섬 마을을 들르느라 늦고 말았습니다. 이곳의 상황을 알려 주겠습니까?"

"그것이……."

촌장은 난감하다며 이야기를 털어놨다. 참다못해 용병들에게도 의뢰했던 것을. 그 이야기를 듣자 그들은 눈살을 찌푸렸다.

"용병들에게도 의뢰를요? 이보십시오. 우리는 한가한 몸이 아닙니다. 우리를 헛걸음시켰다는 게 알려지면 다음부턴 구원자 연맹의 도움은 받을 수 없을 겁니다."

"정말 죄송합니다! 죄송합니다! 사정이 너무 힘들었던지라! 용서해 주십시오!"

"나 참."

촌장은 연신 허리를 숙이며 용서를 구했다. 여차할 때 믿을 수 있는 건 돈에 미친 용병들이 아니라 구원자 연맹이었으니까.

"켈리, 그쯤 하죠. 이분들 사정이 딱한 건 사실이니까. 게다가 엘란 왕국의 사람들에게 친절하게 대하라는 연맹장님의 말을 잊었어요?"

"쳇."

켈리는 촌장에게 캐물었다.

"용병들은 언제쯤 던전으로 향했습니까?"

"3시간 전쯤입니다. 거기에 더불어 훌륭한 실력을 가진 남자 한 명도……."

"훌륭한 실력? 흠. 그쪽도 용병인가 보군. 어쨌든, 3시간이나 지났으면 상황은 이미 끝났겠는걸. 출현한 몬스터는 고작 헬하운드라고 하니⋯⋯."

헛걸음을 해 버렸다며 혀를 차는 켈리.

그때였다.

쿠오오오오오––!!

섬을 뒤흔드는 분노의 포효.

이에 켈리의 표정이 급변했다.

"뭐, 뭐야. 설마 이 소리는⋯⋯! 루니아!"

"예! 색적!"

루니아란 여자가 주문을 외우자 그 지팡이에서 진동과 같은 마력이 퍼져 나갔다.

약 10분간 그 자리에 서서 진동을 느끼고 있던 여마법사는 이윽고 눈을 뜨며 소리쳤다.

"틀림없어요! 6급 위험 지정 던전! 야생의 어머니입니다!"

켈리를 비롯한 구원자 연맹의 사람들은 아연한 표정을 지었다.

그가 소리친다.

"어서 구원이동의 설치를 시작해! 한시가 급하다!"

켈리의 표정엔 더 이상 여유가 없었다.

그는 확신했다.

던전을 토벌하러 간 용병들도. 그리고 촌장이 말한 실력자도 이미 목숨을 잃었을 거라고.

권터에게 현 상황에 대한 이야기를 전달한 나는 그에게 물었다.

"그런데 당신은 왜 산지 깊숙한 곳으로 가고 있었던 거죠?"

"그야 위험하기 때문이야. 이곳에서 하루를 보내 보니까 알겠더라고. 이곳엔 정체를 알 수 없는 위험한 괴수들이 살고 있다는 걸."

그래서 산 깊숙이 들어가고 있었다? 마을을 찾는 게 아니라? 선뜻 이해하기 힘들었지만 이어지는 말을 듣고는 단숨에 납득했다.

"알스 너처럼 다른 사람들도 이곳으로 온 것일 수 있잖아? 너나 일리야 안페이 같은 사람은 걱정이 없지만 소피아 공주님이나 다른 영애들에게 이곳은 굉장히 위험한 곳이야. 그러니 혹시나 안전을 확인하기 위해 산지로 들어가고 있었던 거지. 그들이 마을로 갔다면야 뭐가 됐든 안심할 수 있으니 마을은 먼저 체크할 대상이 아니라고 생각했거든."

"과연."

의외로 사려가 깊었다.

힘이 있는 자신이 가장 위험이 되는 괴수들의 소굴을 확인한다는 거다.

나는 마을의 탐문을 우선시한 반면 권터는 즉각 다른 이의 안위를 확인하기로 한 것.

그렇게 얘기를 들으니 귄터의 말이 맞는 것 같았다.

솔직히 나는 이 산지의 괴수니 던전이니 별 관심이 없었지만 귄터가 발견된 이상 얘기가 달라진다.

또 다른 누군가가 이곳에 있을 가능성은 충분하다.

"나는 괴수들의 소굴에 가 볼 생각이야. 알스, 너는 마을에 돌아가 있어도 좋아."

"아뇨, 저도 같이 갈게요. 지금 그 던전으로 용병들이 소탕을 나갔으니 그들과 합류하여 움직이는 게 좋을 것 같습니다."

"용병들이? 마침 잘됐군."

그렇게 우리는 주위를 경계하며 흉흉한 기운이 짙어지는 곳으로 서서히 발걸음을 옮겼다.

마을을 찾은 구원자 연맹의 무리는 허둥지둥하고 있었다.

"켈리! 구원이동 마법진의 설치가 끝났어요!"

"좋아, 바로 준비해!"

그들은 속이 바짝바짝 타들어 가고 있었다. 그만큼 상황이 촉박했다.

그런 그들을 보고는 촌장이 애가 타 묻는다.

"무, 무슨 문제라도 생긴 겁니까?"

"생겼다마다. 여차할 땐 마을 주민들 모두 다른 섬으로 대피를 해야 할 겁니다. 이동을 위한 배는 충분합니까?"

"세 번 정도 왕복을 한다면 될 겁니다. 한데 정말로 그런 일이……?"

"정말로 벌어질 수 있습니다."

그렇게 되면 이 섬은 몬스터가 점거한 곳. 다시 말해 잃어 버린 땅이 되어 버린다.

이 소식에 마을 주민들은 패닉 상태에 빠졌다.

참다못한 루돌프가 묻는다.

"하, 하지만 조금 전에 위험 지정 6급이라고 하지 않았습니까! 6급이라면 그래도 하위에 속한 것 아닙니까? 당신들이라면 충분히 처리할 수 있지 않습니까!"

던전의 위험 지정은 특급을 제외하고 1급부터 9급으로 나뉜다. 급이 낮을수록 위험도가 높다.

6급이면 루돌프의 말대로 하위 등급이긴 했다.

하지만 야생의 어머니는 독특한 특성을 지니기에 위험성을 등급만으로 판단할 수는 없다.

"하여간 외지 사람들은 아무것도 모르는군……."

켈리는 답답한 숨을 토해 냈다. 대꾸할 시간도 아깝다며 곧장 출발했다.

전위 둘과 중위의 마법사. 후위의 궁수로 이루어진 그들은 최근 주가를 높이고 있는 유망한 팀이었다.

그들은 5급부터 8급까지의 던전을 주로 토벌하곤 했으니

6급 던전인 야생의 어머니는 적당한 상대이긴 했으나 야생의 어머니는 변수가 있었다.

"켈리! 이걸 봐!"

궁수 젤슨이 가리킨 곳엔 피범벅이 된 남자가 누워 있었다. 용병 토레스였다. 그는 온몸이 갈기갈기 찢겨 사망한 상태였다.

다른 셋은 더욱 큰 녀석에게 통째로 포식을 당했거나 끌려갔는지 형체가 남아 있지 않았다.

"쯧, 이러니까 용병들은……. 아깝다고 구원이동을 사용하지 않으니 이렇게 되는 거라고……!"

켈리는 혀를 차고는 혈흔이 이어진 방향을 응시했다.

"어미가 있는 곳은 저곳인가 보군! 어서 가자!"

"하, 하지만 켈리! 우리만으론 위험할 수도 있어요! 마을 사람들의 이야기를 들어 보면 이미 던전이 생긴 지 한 달은 지났다고 해요. 그렇담 어미가 이미 출산을 했을 수도 있다고요! 그러면 우리만으론 감당이 안 돼요!"

야생의 어머니는 하위 던전이지만 어떤 조건을 충족할 경우 상위 던전으로 변하게 된다.

바로 몬스터의 우두머리인 어미가 출산을 했을 때다.

어미는 그 출산을 위한 양분을 얻기 위해 온갖 짐승계 몬스터를 영역에 풀어놓는다.

그렇기에 그 잡스러운 몬스터들을 보고 최하위의 9급 던전이라 착각을 하는 경우가 수두룩하다.

용병들이 헬하운드 던전이라 생각하고 섣불리 토벌을 나선 것만 봐도 알 수 있다.

그렇게 어미가 자식의 출산을 성공했을 경우 던전은 6급의 야생의 어머니가 아니라 4급 위험 지정의 야생의 왕자로 변하게 된다.

그 야생의 왕자가 성장기를 거쳐 성숙기가 되면 야생의 왕이라 불리며 상위 위험 등급인 2급 위험 지정을 받게 되는 거다.

그렇기에 야생의 어머니는 6급임에도 요주의의 대상이었다.

"지금은 연맹에 보고하고 명령을 기다리는 게 낫지 않겠어요?"

"아니, 아직 어미는 출산하지 못했을 거야. 출산한 어미는 반드시 죽게 돼 있어. 아까 그 포효는 분명히 어미의 것이었으니 아직은 출산을 하지 못했다는 거야. 막 출산을 하는 시기라고 한다면 아직 왕자가 힘을 완전히 얻지 못한 상황일 테니 우리가 대처할 수 있고. 그러니 잔말 말고 빨리 가자!"

불길한 속내를 추스르며 움직이는 그들.

그때 이미 알스와 귄터는 어미와 조우하고 있었다.

나는 귄터와 함께 산지의 중심부로 향했다.

그곳에서 비명과 같은 포효 소리가 계속 들려왔기에 다가 가는 건 어렵지 않았다.

'점점 더 피 냄새가 짙어지고 있어.'

역겨울 정도였다. 전쟁터를 전전하며 피 냄새에 익숙해진 나조차도 속이 울렁거릴 정도였다.

"이거, 생각 이상으로 위험할지도 모르겠는걸."

귄터도 불길한 예감을 느꼈는지 그렇게 중얼거렸다.

그렇게 중심부에 다다른 우리는 그놈을 발견했다.

쿠오오오!

분노와 고통에 찬 포효 소리를 내지르는 괴물.

생김새는 악어와 표범이 합쳐져 있는 것 같은 느낌이었다. 악어 특유의 두껍고 울퉁불퉁한 피부에 표범 같은 점박이 무늬가 보였다.

덩치는 그렇게까지 크지 않은 것 같았지만 임신을 했는지 배가 크게 부풀어 있었다.

"알스, 이건 기회야. 지금 숨을 끊어 놓자."

"그래야겠네요."

그러나 곧 쿵쿵거리는 소리와 함께 다른 괴수들이 모습을 드러냈다.

내가 첫날에 상대를 했던 그 육중한 괴물도 있었고, 잡스런 녀석들도 있었다. 그들은 임신한 개체를 지키려는 듯 무작정 우리를 공격해 들어왔다.

"이런! 귄터! 이쪽부터 빠르게 정리해요!"

"어쩔 수 없지!"

상대의 숫자는 도합 스물.

나 혼자라면 정면에서 상대하긴 어려운 숫자였지만 귄터가 있는 지금은 달랐다.

"우오오오옷!"

귄터는 오다가 주운 큼지막한 통나무를 휘둘러 놈들을 후려쳤다. 이에 얻어맞은 괴물들은 비명조차 지르지 못하고 절명했다.

이윽고는 집채만 한 크기의 괴물에게도 통나무를 내리찍어 그 머리를 박살 내 버린다.

'오러를 사용하지 못함에도 이 정도의 괴력이라니.'

만약 귄터가 오러를 사용할 수 있었다면 어떻게 되었을지 상상이 가질 않았다.

그렇게 귄터가 5마리를. 내가 6마리를 순살시켜 버리자 괴물들도 겁을 집어먹었는지 주춤했다.

"알스! 저걸 봐!"

귄터가 가리킨 건 한 괴물이 입에 물고 있는 인간 여성이었다. 이미 잘근잘근 씹혔는지 피범벅이 되어 사망한 상태였기에 형체를 확인하기 힘들었다.

권터는 저것이 우리 일행이 아니냐며 소리친 것이지만 나는 옷을 보고 알아챘다.

"아니에요! 저건 용병 일행 중 하나입니다!"

레나라고 했었나. 내게 같이 가지 않겠냐 제안을 했던 여성이다.

"그걸 다행이라 해야 할지 모르겠지만……! 일단 우리 일행은 보이지 않는 것 같군."

이미 먹혔다는 가설이 있긴 했지만 그건 생각하지 않기로 했다.

"어쩌겠어? 확인을 한 이상 이대로 물러나도 상관은 없을 것 같은데."

"기왕 여기까지 한 거. 전부 정리하는 게 좋겠어요. 마을 사람들에게 배를 빌릴 명분도 생길 테고."

이때 나는 딱히 위기감을 느끼지 않았다.

다른 개체들도 큰 위협이 되지 않았고. 우두머리로 보이는 녀석도 산통을 겪는지 무력화돼 있었으니까.

우리는 다른 개체들을 빠르게 처치한 뒤 우두머리에게 다가갔다.

쿠오오……! 쿠오오……!

가쁜 숨을 몰아쉬며 나를 노려보는 우두머리.

그 눈빛엔 증오와 조롱이 섞여 있었다.

'뭐지?'

그 눈빛의 의미는 잘 모르겠으나 상관은 없었다. 나는 가볍게 점프하여 푹! 우두머리의 머리에 창을 박았다.

녀석은 공기 빠지는 소리를 내며 허무하게 사망.

다른 개체가 그랬던 것처럼 이 녀석도 빛으로 화해 사라질 거라 생각했지만 그럴 기미가 보이지 않았다.

그때 귄터가 소리친다.

"알스! 배를 봐!"

"……!?"

미친 듯이 꿈틀거리는 우두머리의 배.

나는 주저하지 않고 그 배에 창을 찔렀다.

그것이 막히고 말았다.

'창이 멈췄다!?'

무언가에 붙잡힌 것처럼 요지부동인 창.

"쳇!"

나는 왼손의 검에 오러를 잔뜩 실어 창을 잡고 있는 배 속의 무언가에게 휘둘렀다.

촤르륵! 검에 의해 배가 갈라지고. 그와 함께 안에 있던 놈이 모습을 드러냈다.

후욱! 후욱……!

양수에 범벅이 되어 젖은 채 나를 노려보는…….

"수인!?"

틀림없었다. 짐승이라기엔 인간의 형태를 하고 있었다.

특이한 점이 있다면 가스파르와 같은 순혈 수인들보다도 훨씬 더 짐승에 가까워 보였다는 것이다. 가스파르와 동일 선상에 놓기 힘들었을 정도로.

놈은 자신의 어미를 곁눈질하고는 분노에 찬 포효를 했다.

쿠오오오옷!

"윽!"

심장을 움켜쥐는 듯한 야성의 울음. 그 울음소리에 내가 멈칫한 사이 녀석은 달려들었다.

캉! 기기기긱! 창과 검을 교차하여 녀석의 발톱을 막아 낸 나는 그 힘에 밀려 몇 걸음이나 뒷걸음질 쳐야 했다.

'강하다!'

지금까지 상대했던 괴수들은 비교조차 되지 않을 정도로.

샤아아앗!

녀석은 오른손의 발톱을 세워 내 목을 찢으려 했다.

나는 고개를 숙이며 그 공격을 피한 뒤 놈의 우측으로 빠 져나갔다.

그와 동시에 왼손의 검을 끌어당기며 놈의 팔을 노렸다. 피셔 파르틴의 왼팔을 베어 냈던 그 기술이었다.

그러나 픽! 녀석이 몸을 빼내며 내 공격은 고작 생채기밖 에 만들지 못했다.

"대체 얼마나 빠른 거야……!"

이 공격으로 확신했다.

눈앞의 상대는 내가 목숨을 걸고 싸워야 했던 피셔 파르틴과 동등하거나 그 이상일지도 모른다고.

"알스! 고개를 숙여라!"

"……!"

부웅! 고개를 숙인 내 머리 위로 휘둘러지는 통나무.

이 공격은 아무리 녀석이라도 받아 내기 힘들었는지 뒤로 폴짝 뛰어 물러났다.

"고마워요, 귄터."

"천만에. ……그런데 알스. 이거 괜찮겠냐? 무척 위험해 보이는 녀석인데. 우리 똥 밟은 거 아니야?"

"똥 밟은 거 맞는 것 같네요. 하지만 더럽다고 피할 수 있을 것 같지도 않아요."

내가 어미를 죽인 걸 알고 있는지 나를 보는 눈빛이 심상치 않았다.

"혹시 도망가다 보면 지원이 오지 않을까?"

"저 꼴을 보면 용병들은 전부 죽은 것 같아요."

구원자 연맹이 오늘내일 온다고 하긴 했지만 그런 막연한 정보를 믿고 작전을 세울 순 없었다.

"이놈은 여기서 우리가 처리합니다. 귄터, 보조해 줘요."

"젠장, 어쩔 수 없지."

나와 귄터는 자세를 잡았다.

녀석은 망설이지 않고 우리에게 달려들었다.

캉! 기기긱! 부웅!

숨 막히는 긴장감 속에서 오고 가는 공격들.

권터는 보조를 하며 움직이고 있었고, 나는 오러를 극한으로 끌어올린 채 녀석과 정면에서 맞붙고 있었다.

샤아앗!

내 왼 목덜미를 노리는 손톱. 나는 왼손의 검으로 그걸 흘려 내며 의도적으로 힘을 뺐다.

팅! 상대의 힘을 이기지 못하고 하늘 높이 떠오르는 검.

녀석은 승기를 잡았다고 생각하고 몰아붙이려 했지만 함정이었다.

검을 놓음과 동시에 양손으로 창을 잡은 나는 녀석의 급소를 노리고 쾌속의 5연격을 찔렀다.

휙휙휙! 머리, 목, 심장, 다시 목과 머리.

이 급소를 정확히 노린 공격에 녀석은 엉거주춤하며 뒤로 물러난다.

'걸렸다!'

나는 몸을 360도 회전시키며 그 회전력을 이용해 창대를 크게 휘둘렀다. 목표는 공중에서 떨어져 내리고 있는 검이었다.

탕! 창대는 회전하며 낙하하고 있는 검의 밑 부분을 정확히 타격. 검은 뒤로 물러나고 있는 녀석에게 쏘아졌다.

'체스터류 비기, 비뢰!'

창대를 회전시켜 때려 낸 것이었기에 검이 날아간 속도는 그야말로 벼락같았다.

놈조차 피하지 못하고 다급히 손으로 막아야 했을 정도다.

푹! 심장을 보호하기 위해 양 팔뚝을 교차하며 막아 내는 녀석. 검은 양 팔뚝을 전부 관통했으나 아슬아슬하게 가슴은 찌르지 못한다.

"지금이에요! 귄터!"

"그래! 으라아앗!"

귄터는 말뚝을 박으려는 듯 녀석의 팔에 꽂혀 있는 검의 밑동을 주먹으로 때리려 했다.

"……!"

녀석은 이 공격을 막기 어렵다고 판단. 기행을 펼친다.

찌이이익! 양 팔뚝에 검이 박힌 상황에서 힘을 주어 스스로 팔을 찢어 버린 것이다.

그 덕에 어떻게든 팔의 자유를 얻은 녀석은 귄터의 공격을 받아 내며 우당탕 바닥을 굴렀다.

"무슨 저런 터프한 녀석이……."

귄터는 어이가 없다며 중얼거렸다.

더 놀라운 건 거기서부터였다.

찢어져 있던 녀석의 상처가 급격한 속도로 아물기 시작한 것이다.

"실화냐……."

그래도 타격이 없진 않았는지 녀석은 손을 부들부들 떨고 있었다.

"아무래도 저놈을 죽이려면 급소를 찌르는 것밖에 없는 것 같아요. 아니, 저 회복력을 보면 심장을 찔러도 죽을지 말지 확신이 안 가네요."

"그렇담 머리를 부수는 것밖에 없다는 건가. 알스, 놈의 의표를 찌를 수 있는 기술은 얼마나 남아 있지?"

"글쎄요. 기술은 많지만 녀석을 당황시킬 수 있을 만한 기술이라면……."

"그럼 나를 믿어 보지 않겠어?"

"무슨 생각이 있나 보군요."

"별거 아니야. 알스, 너의 그 창. 튼튼하냐?"

"……!"

그런 건가.

나는 고개를 끄덕이곤 바닥에 떨어져 있던 검을 주워 들었다.

회복을 끝마친 녀석은 덜덜 떨리는 자신의 손을 바라보더니 희미하게 웃었다. 마치 재밌는 적수를 만났다며 기뻐하는 듯한, 자신을 성장시킬 먹잇감이 눈앞에 있다는 것에 희열을 느끼는 듯한. 묘한 미소였다.

나는 녀석에게 무기를 겨눴다.

"누가 네 먹이가 될 것 같냐."

"……."

"덤벼. 그 머리통을 날려 줄 테니까."

그 이상 말은 필요 없었다. 녀석은 손톱을 바짝 세운 채 재차 달려들었다.

나는 정면에서 응전. 귄터는 다시 통나무를 주워 들어 견제하듯 휘둘렀다.

그러던 때였다.

녀석은 내 수비가 제법 견고하다고 판단. 귄터를 먼저 처치하는 방향으로 선회했다.

귄터는 공격은 좋아도 수비는 뛰어나지 않은 편이었다. 갑주를 착용하고 있는 상황도 아니었던지라 녀석의 손톱을 막아 낼 방법이 마땅치 않았다.

귄터는 통나무를 가로로 세워 녀석의 공격을 받아 내려 했으나 서걱! 통나무는 절반으로 절단이 나 버렸고, 귄터의 가슴엔 마치 곰이 할퀸 것 같은 자상이 생겼다.

"귄터!"

"난 괜찮아! 계획대로 가자!"

귄터는 오히려 공세에 나섰다. 자신이 잘하는 건 공격뿐이

라고 말하듯 내 앞으로 나와 절반으로 잘린 통나무를 양손에
쥐고 휘둘렀다.

다만 통나무가 잘려 있던 탓에 그 공격 길이는 많이 짧아
져 있었다.

놈은 귄터의 짧은 공격 길이를 비웃듯 반 발자국을 물러나
며 가볍게 공격을 회피했다.

그리고 이때였다.

'걸려들었어!'

나는 오러를 실은 창을 귄터를 향해 찔렀다. 마침 귄터는
들고 있던 통나무를 오른쪽 옆구리에 끼고 있었다.

나는 그 통나무의 정중앙을 창으로 찔러 넣었다.

푸우우욱! 통나무는 말라 있지 않았던 덕에 쪼개지지 않았
다. 창은 그대로 깊숙하게 박혀 일종의 손잡이가 된다.

귄터는 재빨리 그 손잡이를 잡고 녀석을 향해 맹렬하게 휘
둘렀다.

본래 귄터의 주 무기는 해머다. 기다란 망치를 휘두르며
적 병사의 머리를 깨부쉈었다.

그에게 있어 지금 거리 차이야말로 최적.

게다가 놈은 귄터를 무시하며 방심하고 있었다.

"이거나 처먹어라――!"

부우웅! 창을 손잡이로 하여 온 힘을 다해 휘둘러진 통나
무 해머.

놈은 황급히 머리를 숙이며 피했지만 귄터의 괴력은 놈의 예상을 상회했다.

귄터는 놈이 숙일 것을 예상하고 콰득! 엄청난 악력으로 휘두르던 무기를 놈의 머리 위에서 멈춰 세웠다.

그러고는 그대로 내리찍는다.

아무리 놈이라도 이것까지 피할 수는 없었다.

"으라아앗!"

놈은 양팔을 들어 머리를 막았으나 충격을 전부 흡수하진 못했다.

쿵! 무릎이 휘청이며 쪼그려 앉는 녀석. 그사이 내가 움직였다.

"태어나자마자 미안하지만. 이젠 죽을 때야."

"……!?"

픽! 어느새 접근했던 나는 검을 휘둘러 쪼그려 앉아 있는 놈의 목을 베어 냈다.

놈의 머리는 믿기지 않는다는 표정을 한 채 떨어져 내렸다.

떨어져 나가는 녀석의 목.

안도의 한숨이 절로 나왔다.

'운이 좋았어.'

이 녀석의 강함은 분명하게 나보다 우위에 있었다. 다만 막 태어난 탓인지 경험이 부족했다. 오로지 본능만으로 움직였다. 녀석에게 전투 경험이 있었다면 위험했겠지.

'경험인가…….'

그건 다시 말해 이 괴물에게 지성이 있다는 뜻이 된다. 나는 그 부분이 더욱 섬뜩하게 느껴졌다.

스르릭! 마력으로 변하며 서서히 사라져 가는 녀석의 시체.

그때 주변에서 인기척이 느껴지기 시작했다.

'뭐지?'

마을 사람들이 올라왔나 싶었으나 그런 건 아니었다.

나타난 건 여자를 포함한 네 명이었다. 용병들과 비슷한 구성이었으나 다른 점이 있다면 그 장비가 용병들보다 철저했다는 점이다.

그들은 녀석의 시체를 보고는 눈을 부릅떴다.

"루니아, 어서 색적을!"

"예!"

여성이 지팡이를 들어 올리고는 무언가 주문을 외웠다.

'역시 이 세계엔 마법이 있어. 그것도 보편화됐을 정도로…….'

신성 마법 이외엔 마법이 거의 존재하지 않는 우리 대륙과 마법이 보편화되어 있는 외부 세계. 나는 여기에 무언가 사정이 있을 거라 짐작했다.

주문을 외우던 여성은 이윽고 외친다.

"색적 완료! 위험 지정 4급 야생의 왕자! 다소 힘이 약하긴 하지만 틀림없습니다!"

뭐라는 건지는 몰라도 놀라고 있는 눈빛을 보니 나와 귄터가 상대한 녀석은 제법 위험한 놈이었던 것 같다.

무리의 리더로 보이는 자가 조심스레 내게 다가온다.

"저는 구원자 연맹 소속의 켈리라고 합니다. 괜찮다면 귀하의 존함을 알려 줄 수 있겠습니까?"

"……알스 일라인이라고 합니다. 소속은 없습니다."

"소, 소속이 없으시다고요? 야생의 왕자를 홀로 처치할 정도의 실력자가……?"

"혼자 처치한 건 아닙니다. 그보다 부상의 치료를 부탁해도 되겠습니까?"

나는 별반 상처가 없었으나 녀석의 공격을 받아 내야 했던 귄터는 상처가 심했다.

"그렇군요. 일단 마을로 돌아가시지요."

그때 처치한 놈의 시체가 완전히 무로 돌아가며 무언가 빛나는 돌이 그 자리에 남았다.

"이건……?"

나는 이끌리듯 그 돌을 집어 들었다.

켈리가 말한다.

"제법 빛이 강렬하군요. 의외로 거물로 자랄 녀석이었을지도 모르겠습니다."

"거물로 자라다니요?"

"모르……시는 겁니까?"

"가능하다면 설명을 부탁드립니다."

"예에……. 그건 상관없습니다만."

켈리는 내 정체를 의심하면서도 친절하게 설명을 해 주었다.

나는 그 설명을 들으며 산을 내려왔다.

귄터에게도 루니아란 여성이 말을 거는 모양이었지만 귄터는 그 말을 제대로 알아듣지 못해 어리둥절해하고 있었다.

"그 돌은 마정석이라고 하는 겁니다."

그러면서 켈리는 격동이라는 것을 설명했다.

그 설명에 의하면 이 세계는 주기적으로 마력에 의한 격동이 일어난다고 한다.

그리고 그 격동이 일어날 경우 곳곳에 던전에 생겨나게 되는데, 이 던전을 처리하지 못한 경우 그곳은 몬스터에게 점거된 잃어버린 땅이 된다고.

"마정석은 그 던전의 핵과도 같은 물건입니다."

"오오."

뭔가 게임 같은 설정이었다.

'아니, 여기 게임 맞았지.'

본래 세계에선 마법이나 몬스터 같은 것들이 등장하지 않아 실감이 없었지만.

어쨌든, 이 던전의 마정석이야말로 모든 일의 원흉이자 돌파구라고 한다.

"이 마정석은 가만히 놔둘 경우 마나로 변해 사라져 다음 격동 때 또다시 던전의 형태로 나타나곤 합니다만 봉인하여 보관을 할 경우 그 출현을 반영구적으로 막을 수 있습니다. 그렇기에 우리 구원자 연맹은 던전을 소탕하고, 그 마정석을 봉인하는 작업을 하고 있는 겁니다."

"최후의 마정석까지 봉인을 하면 더 이상 던전이 나타나지 않을 거라는 계산입니까."

"바로 그렇습니다."

그 설명이 끝난 시점에 우리는 마을에 돌아올 수 있었다.

토벌 소식을 전해 들은 마을 사람들은 환호하며 구원자 연맹의 사람들에게 연신 감사를 전했다.

켈리는 공로가 자신의 것이 아니라며 손사래를 쳤으나 마을 사람들은 일이 해결된 와중에 그게 뭐가 중요하냐며 신경도 쓰지 않았다.

켈리는 고개를 절레절레 흔들고는 내게 말했다.

"그 마정석은 못해도 10일 안에는 봉인 작업을 해야 할 겁니다. 괜찮다면 제게 맡겨 주지 않겠습니까? 책임지고 봉인을 하겠습니다."

나는 그 순간 돈 냄새를 맡았다.

얼핏 생각하기에 이 마정석엔 별다른 가치가 없다. 그

야 위험한 물건이니까. 하지만 다른 가치가 있을 거라 생각했다.

봉인이 된 이후에 사용법이 있다든가. 혹은 이걸 가져가면 어떤 세력에게서 공로를 인정받는다든가 하는 등의 가치가.

켈리가 원하는 이유는 후자라고 생각했다.

나는 자연스럽게 답했다.

"얼마로 쳐주실 거죠?"

"······."

켈리는 눈매를 좁혔다.

"당신, 던전에 대해선 아무것도 모르는 것 아니었습니까?"

"세상 돌아가는 이치를 모르는 건 아닙니다."

"으, 으음······."

켈리는 신음하더니 떠보듯이 말한다.

"1만 릴랑을 드리겠습니다."

"결렬이군요. 이 물건은 더 조사를 해 보고 판매를 해야겠네요."

"자, 잠깐만요. 그렇담 2만 릴랑을······."

"5만."

아마 적정가는 그쯤일 거라고 생각했다. 켈리라는 자가 타고난 장사치라면 이것마저도 속았을 가능성이 있지만 그렇지는 않을 거라 판단했다.

예상대로 켈리는 5만이라는 가격에도 크게 화를 내거나

하진 않았다. 조금 곤란해할 뿐.

나는 여기서 당근을 내밀기로 했다.

"하아, 알겠습니다. 4만에 릴랑에 판매를 하겠습니다. 그 대신 배를 얻어 타게 해 주십시오. 그거면 됩니다."

"그 정도라면……. 거래 성사로군요."

웃으며 악수를 청하는 켈리.

이 자식. 뻔뻔하게 1만을 부른 것에 대해선 아무런 미안함도 없는 모양이다.

나는 하루 정도 섬을 수색하기로 했다. 켈리 일행도 하루를 묵어 가기로 했기에 시간적인 여유가 있었다.

귄터는 말을 익히게끔 마을에 두고, 식량을 구하기 위해 산을 오른 사냥꾼들과 함께 섬을 수색해 봤지만 성과는 없었다.

'다른 이들은 여기에 없다고 보는 게 좋겠어.'

그렇담 미련 없이 떠날 수 있었다.

동틀 녘에 마을로 돌아온 나는 가볍게 몸을 씻고 떠날 채비에 들어갔다.

그 와중이었다.

"잠시 괜찮을까요?"

"……?"

루니아라는 여성 마법사였다.

그녀는 묘한 눈빛으로 말해 왔다.

그 눈빛이 어떤 것인지는 경험으로 알고 있었기에 헛웃음이 나왔다. 그걸 자신에게 미소 지어 준 거라고 생각했는지 루니아는 눈을 둥그렇게 뜨고 굳는다.

"무슨 일이시죠?"

"아, 아, 예. 그게……."

루니아는 무언가를 털어 버리듯 고개를 빠르게 흔든 뒤 횡설수설 말을 이어 간다.

"어어, 어떤 계열의 마법을 사용하여 야생의 왕자를 처지했는지 여, 여쮜보고 싶어서요!"

"마법이요? 사용하지 않았습니다만."

"사용하지 않았다니요!?"

"뭔가 이상합니까?"

"그야 이상하죠! 마법을 쓰지 않고서 어떻게 야생의 왕자를 쓰러뜨리셨다는 건가요?"

"당연히 오러를 사용했죠."

"오러……?"

뭔가 둘 사이의 핀트가 어긋나 있는 게 느껴졌다.

나는 슬쩍 오러를 끌어 올려 보여 주었다.

양손에서 올라온 기운이 내 어깻죽지까지 타고 올라왔다.

그러자 루니아는 토끼 눈을 떴다.

"웨폰 스펠을 사용하고 계셨던 거군요! 그렇다 해도 이 정도 수준의 웨폰 스펠이라니! 야생의 왕자를 처치한 것도 이해가 가네요!"

"웨폰…… 뭐요?"

"웨폰 스펠이요. 다, 다른가요?"

"아……. 다르지 않을지도 모르겠네요."

아마 오러를 이 세계에서 그렇게 부르는 걸지도 모르겠다.

"나이가 많아 보이지 않는데 그 정도의 웨폰 스펠이라니. 마법은 필요할 때만 사용하시는 거군요."

"예에……. 뭐, 그런 셈이죠."

루니아는 내가 오러와 더불어 마법도 익히고 있다고 생각하고 있었다. 마치 그게 당연한 일이라는 것처럼.

'마법인가…….'

그걸로 개인 무력을 높일 수 있다면 익혀 보고 싶긴 했다.

내 개인 무력에 대해선 줄곧 마음에 걸렸었다. 대륙 전체 100등 정도이니 절대 약한 건 아니었지만 내가 활약하던 무대가 워낙 컸기에 그게 두드러지는 일은 없었다.

일기토는 꿈도 못 꾸는 수준이었다.

피셔 파르틴이나 삼건장 렉시트 등과 대결을 펼치긴 했지만 전부 조력자와 함께였다.

피셔와 싸울 때는 애거트가. 렉시트와 싸울 때는 에오와 유미르가 있었으니까.

무예에 대해서도 한계를 느끼고 있었다. 아무리 단련을 해도 쥬라스나 안톤, 구데리안과 같은 강자를 이길 수 있을 것 같지 않았으니까.

그런 내게 마법이란 보조책은 매력적이었다.

"루니아 씨? 괜찮다면 마법에 대해서 설명을 해 주실 수 있겠습니까?"

나는 작위적인 미소를 지어 보였다.

루니아는 붉어진 얼굴로 있는 얘기, 없는 얘기까지 전부 말해 온다.

그렇게 열심히 정보를 수집하고 있자니 어느새 시간이 됐는지 켈리가 권터와 함께 나타났다.

둘은 루니아의 표정을 보곤 사정을 파악한 모양이었다. 켈리는 은근히 질투심에 찬 눈으로 핀잔하듯 나를 바라보았고, 권터는 울부짖었다.

"속지 마십시오! 이 녀석은 임신한 아내가 있어요! 게다가 연분이 있는 아름다운 여성이 셋이나 더 있다고요! 이 기만자 자식––!"

다행히 권터의 말을 알아듣지 못한 루니아와 켈리는 왜 갑자기 그러는 거냐며 영문을 몰라 했다.

나는 슬쩍 일어나 권터에게 속삭였다.

"권터! 이건 정보를 캐내고 있던 거라고요!"

"헛!? 그, 그런 거였냐. 나는 혹시나 했지……. 하긴, 너는 애쉬와는 다르니까."

권터는 그러면서도 루니아에게서 시선을 떼지 못했다. 보아하니 루니아에게 어느새 반해 버린 모양이다.

켈리 일행과 함께 부두로 향한 우리는 배 세 척을 마주할 수 있었다. 하나는 어선이었지만 다른 둘은 여객선이었다.

둘 중 하나는 켈리 일행이 타고 온 구원자 연맹의 배였지만 다른 하나는 알 수 없었다.

나는 어선을 정비하고 있던 루돌프에게 물었다.

"루돌프 씨."

"응? 아아, 알스인가. 그래. 오늘 떠나는 거였지. 디스펜으로 간다고 했었나?"

"맞습니다."

"이렇게 금방 떠난다니 아쉽군. 뭔가 보답이라도 하고 싶었는데 말이야. 그래, 요깃거리라도 조금 챙겨 줄 테니 출출할 때 먹도록 해."

"하하, 감사합니다. 그런데…… 저 배는 뭐죠?"

"저거? 달에 한 번씩 오는 왕국의 정기선이야. 남대륙으로 가는 거지. 엘란 왕국의 영토로 말이야."

"남대륙……."

이 세계의 사람들은 세계가 둥글다는 사실을 분명하게 알고 있다.

이 섬에서 북으로 향하면 남대륙. 남으로 향하면 북대륙에 도착할 수 있었다.

"루돌프. 저 배의 노선에 대해 알려 주겠습니까?"

혹시 다른 가신들이 근처 섬에 떨어졌다면 분명 이 배편을 이용할 거다.

나처럼 북대륙으로 가려는 사람도 있겠지만 남대륙으로 가는 가신들도 분명히 있을 터.

그 사람들의 정보를 놓치고 싶지 않았다.

자고로 사람 수색이란 초동 대처가 가장 중요한 법.

내가 귄터를 찾은 것처럼 초기 대처만 잘하면 몇 명이라도 더 찾을 수 있을지도 몰랐다.

난 그 부분에 대해서 귄터와 상담을 해 보기로 했다.

귄터도 비슷한 생각이었는지 진중한 얼굴로 고개를 끄덕였다.

곧 결심을 했는지 내게 말한다.

"알스, 여기선 흩어지는 게 어떨까 싶다."

"……."

"지금 상황을 가장 잘 파악하고 있는 건 아마 너와 나일 거야. 그리고 우리는 약속을 주고받을 수 있는 상황이지."

"약속……입니까."

"그래. 누구 하나가 일정한 지점에서 기다리기로 약속을 한다면 설령 떨어진다고 해도 문제는 없을 거야. 그리고 그 역할은 네가 해라, 알스. 너는 모든 이들의 중심이다. 아마 모두가 너를 찾기 위해서 움직일 거야. 그러니 너는 오히려 움직이지 않고 한 곳에서 활동하는 편이 나을 수도 있어."

정론이었다. 마법을 전문적으로 익히기 위해서라도 한 지점에 거점을 잡는 편이 나았다.

실종자 수색도 권터의 말마따나 무작정 돌아다니면서 하기 보단 사람이 많이 드나드는 대도시에 거점을 잡는 편이 나았고.

마음에 걸리는 건 애써 만난 권터와 다시 떨어져야 한다는 점이었다.

혹시 모른다. 헤어진 권터가 어떤 사고나 사기를 당해 죽거나 다칠 수도. 그렇게 되면 나는 이 선택을 두고두고 후회할 거다.

그런 내 우려를 읽었는지 권터가 순박한 미소를 지으며 말했다.

"걱정 마라. 내가 이래 보여도 똑 부러진다는 소리를 듣는 사람이니까."

"그럼 저 루니아란 사람이 여기에 남아서 평생 같이 살자고 하면요?"

"커헉!? 그, 그건. 그게. 내게 마음이 있어서 그런 거니까 한번 깊이 고민을 해 봐야……."

"어휴, 그런 부분만 아니면 걱정을 안 할 텐데."

뭐가 됐든 지금은 이게 최선책임이 분명했다.

하여 나는 켈리에게 받은 4만 릴랑 중 2만 릴랑을 권터에게 주어 남대륙의 엘란 왕국 쪽에 보내기로 했다.

"잊지 말아요. 서대륙의 대도시 바이언에서 모이는 겁니다."

"그래. 만나는 사람들에게 그 얘기를 꼭 전해 놓지."

"살아서 봐요. 권터."

"너야말로 죽지 마라. 네가 죽는다면 모두가 뿔뿔이 흩어져 버릴 거야."

"명심할게요."

권터는 먼저 배를 타고 떠났다. 루니아를 보는 눈에는 아련함이 가득했지만 곧 같은 배에 타고 있는 아가씨에게 반했는지 루니아에겐 관심을 꺼 버렸다.

"하여간 못 말리겠다니까."

나는 켈리 일행과 함께 북대륙으로 가는 배에 몸을 실었다.

또 다른 가신들과 만날 수 있길 기대하면서.

4장

항해를 시작한 배. 나는 켈리에게 부탁하여 경유지에 있는 섬을 하나씩 방문하며 탐문을 펼쳤다.

이런 섬 마을은 외지인에 대해서는 민감하게 반응하기 때문에 간단한 탐문으로도 정보를 얻을 수 있을 거라 생각했지만.

'성과가 없네.'

다른 가신들에 대한 정보는 찾을 수 없었다. 다른 방향으로 향한 귄터에게 좋은 소식이 있길 바라는 수밖에.

이제 배는 내륙의 도시에 도착할 예정이었다. 나는 답답한 머리를 비우기 위해 갑판에 나와 바람을 쐬기로 했다.

"알스 씨? 뭐 하고 계십니까."

일행의 리더인 켈리였다.

그는 내게 중요한 용건이 있는 것 같은 기색이었다.

"잠깐 바닷바람을 즐기고 있었습니다."

"하하, 풍류를 즐길 줄 아시는 분이군요."

그는 고민 상담이라도 해 주겠다는 듯 내 옆으로 다가와 수평선을 멀리 바라보았다.

"누군가 찾는 사람이 있으신 모양이군요."

"예, 뭐. 그런 셈이죠."

"모습을 보아하니 무척이나 소중한 사람인 것 같은데, 어서 찾았으면 좋겠습니다."

"하하……. 저도 그랬으면 좋겠지만 아무래도 인내심 싸움이 될 것 같네요."

찾아야 하는 사람의 숫자만 15명을 넘는다. 나는 못해도 1년은 걸릴 거라 내다봤다.

물론 우선순위는 있었다.

어머니나 율리아 누나. 유미르도 그렇지만 최우선순위는 다름 아닌 에리나였다.

에스텔의 초대를 받아 가벼운 마음으로 여행에 따라왔던 그녀는 그 전이 마법이 발동했을 때 홀로 떨어져 있었다.

전이 당시 어머니는 애거트. 율리아 누나는 올라프. 에스텔은 일리야 스승이 붙어 있었고, 유미르는 임신한 상태라곤 해도 그 무력이 있으니 희망회로를 돌려 볼 수 있었지만 에리나는 아니었다.

'전이 마법이라고 하니…….'

나는 켈리에게 왜 우리가 배를 타고 가야 하는가를 물었다. 마법이 발달한 세계라면 장거리 공간이동 정도는 해 줘야 마땅한 것 아닌가 하는 생각이었으니까.

이에 대해 켈리는 정말로 아무것도 모르는 거냐며 쓴웃음을 짓는다.

"이 세계는 현재 마나의 흐름이 터무니없이 불안정합니다. 바로 마대륙 때문이죠. 그곳에 형성되어 있는 정체불명의 결계가 세계를 순환하는 올바른 마나의 흐름을 끊어 버린 겁니다."

그로 인해 공간을 이동하는 마법도 불안정해졌다고 한다.

'그래서였구나.'

왜 우리가 뿔뿔이 흩어졌는지 이제는 알 것 같았다. 엘프들의 전이 마법에 문제가 있던 게 아니었다.

이와 마찬가지의 이유로 통신 마법 같은 것들도 불가능하다고 한다. 짧은 거리라면 모를까 장거리는 힘들다고.

이 탓에 고도로 마법이 발달한 이 세계도 일일이 마차나 배를 타고 다니고, 소식을 알기 위해선 편지를 주고받아야 하는 처지가 된 것이다.

'상황이 꽤 열악한걸.'

나는 사람을 찾을 방법을 강구해야만 했다. 내심 마법 통신이나 공간이동을 통해 순식간에 찾을 수 있을지도 모른다 생각했지만 그 방법은 막히고 말았다.

"알스 씨. 그 부분에 대해서입니다만 저희가 도움을 드릴 수 있습니다."

"그 뜻은……?"

"구원자 연맹에 들어오십시오. 당신 정도의 실력이라면 우리 연맹장님도 두 팔 벌려 환영할 겁니다. 사람을 찾는 것도 도와드릴 수 있습니다."

아무래도 나를 찾아온 용건은 이것인 모양이다.

'구원자 연맹인가…….'

구원자 연맹은 그 역사가 독특한 세력이었다.

2백 년 전 대부분의 국가가 망하고 서대륙의 엘란 왕국 하나만 남았을 때.

대현자 반달린이 전수해 준 구원이동이란 마법으로 인해 돌파구가 생겼다.

그걸 등에 업은 모험가들은 파죽지세로 던전을 토벌하며 토지를 수복하게 됐는데, 여기서 예상치 못한 상황이 발생하고 말았다.

다름이 아니라 그 모험가들이 엘란 왕국을 등지고 독립을 해 버린 것이다.

서대륙 중부와 북부를 몬스터들에게서 수복한 그들은 독립을 선언하며 세계를 구원한 모험가들의 연합이라는 뜻의 구원자 연맹이란 세력을 만든다.

엘란 왕국은 당연히 반발했으나 세상이 워낙 혼란한 상황이었기에 유야무야 넘어가게 되었다.

그렇게 구원자 연맹은 서대륙 북부를 점거하고 북대륙까지 진출해 이제는 엘란 왕국과 비교해도 전혀 밀리지 않는 세력치를 갖게 된 것이다.

그들의 통치 방법은 전형적인 호족 통치였다. 각각 독립된 연맹의 연맹장들이 자신들의 영토를 지닌다.

그 영토는 몬스터들에게서 수복하여 얻는 경우가 대부분이지만, 다른 연맹을 굴복시켜 빼앗아 버리는 경우도 있다고 한다.

그런 만큼 연맹의 힘을 키우는 것이야말로 최우선이다.

켈리가 나를 스카우트하려는 이유도 거기에 있었다.

"당신이라면 곧장 4급 연맹원의 직위를 받을 수 있을 겁니다. 설령 그게 안 된다 하더라도 분명 좋은 대우를 받을 수 있을 겁니다. 어떻습니까?"

매력적인 제안이긴 했지만 정보가 부족한 지금 상황에서 섣불리 수락할 수도 없는 일이었다.

나는 에둘러 거절을 했다. 켈리는 안타깝다는 표정을 지었지만 곧 마음대로 하라며 퉁명스럽게 내뱉고는 배 안으로 들어가 버렸다.

목적했던 도시인 디스펜에 도착한 나는 곧장 켈리 일행과 떨어지기로 했다.

내가 스카우트 제의를 거절한 후부터 켈리의 태도가 싸늘해지기도 했거니와 정보를 캐내기 위해 사근사근하게 대해 준 게 화근이 됐는지 마법사 루니아가 개인적인 만남을 요구해 왔기 때문이다.

하여 항구 도시 디스펜에선 간단한 조사만 끝내고 곧장 내륙의 도시로 이동하기로 했다.

목적지는 북대륙 최대 도시인 람다멘.

만약 북대륙에 떨어진 가신들이 있다면 나처럼 가장 큰 도시로 올 거라 생각했기 때문이다.

다만 나처럼 금방 상황을 파악한 사람은 없었는지 람다멘에서의 탐문도 당장은 소득이 없었다.

'어쩔 수 없지. 당분간은 기다리는 수밖에.'

사람 찾기는 인내심 싸움. 나는 조마조마한 마음을 추스르며 숙소를 찾아 나섰다.

람다멘에 체류하고 보름.

나는 도시의 도서관을 들락날락거리며 언어를 익히고 마법에 대한 정보를 수집하고 있었다.

그 결과 알아낸 건 마법에 대한 배움이 크게 어렵지 않다
는 것이었다.

마법을 전문적으로 교육하는 기관은 크게 다섯.

첫 번째는 엘란 왕국의 왕립 아카데미다. 이곳은 엘리트
교육기관으로서, 마법적인 재능을 타고난 자들, 그리고 실적
이 있는 자들이 다니는 곳이다.

두 번째는 구원자 연맹의 연합 아카데미. 이곳도 엘리트
교육기관으로, 구원자 연맹의 실력 있는 마법사들과 재능 있
는 젊은이들이 재적을 한다.

두 교육기관은 국가 주도의 교육기관으로, 아카데미의 연
령대는 10살부터 90살까지 다양하게 분포되어 있다고 한다.

나머지는 부속 기관이거나 사립 기관들이다.

세 번째는 군소 도시의 독립 아카데미, 네 번째는 모험가
무리와 용병 마법사들이 자신들의 이름을 걸고 차린 사립 아
카데미.

그리고 마지막 다섯 번째는 일반인들을 대상으로 하는 파
트타임 아카데미다.

직업을 가진 일반인들이 틈틈이 마법을 익힐 수 있게끔 하
는 소형 아카데미로, 마법 공부를 위한 시간이 부족하거나
돈이 부족한 사람들을 위한 일종의 복지 기관이다.

그래서 그런지 시설은 터무니없이 열악했다.

"와우……."

나는 순간 잘못 찾아온 게 아닐까 싶었다.

아카데미라고 해서 찾아간 곳이 다 무너져 가고 있는 2층 짜리 건물이었으니까.

아무리 그래도 여긴 아니겠지 하며 문을 열고 들어가자 80 살은 족히 넘어 보이는 할아버지가 반갑다며 말해 온다.

"어서 오시오~. 마법을 배우려고 찾아오셨소?"

"아⋯⋯. 예. 기초에 대해 알고 싶어 왔습니다만. 실례지 만 노인장께선⋯⋯?"

노인은 자신을 이 아카데미의 담당자라고 소개하곤 돌연 숨이 넘어갈 것처럼 기침하기 시작했다.

"괘, 괜찮으십니까!?"

정말 죽을 것처럼 기침을 했기에 나는 다급히 노인을 부축 해야 했다.

"괜찮으이. 늘상 있는 일이니까. 그보다도 기초부터 알고 싶다고 했지? 어디서부터 알고 싶은가?"

노인은 태연하게 말을 이어 갔다. 나는 이 사람이 의외의 거물일지도 모른다는 생각이 들었다.

노인은 부들거리는 손으로 책장에서 책을 한 권 꺼냈다.

"마법이란 건 말이네."

노인은 장황하게 마법에 대해 설명하기 시작했다. 대부분 은 도서관의 책을 읽어 알고 있는 내용이었다.

이 세계의 마법은 다양한 속성으로 이뤄져 있다고 한다.

대표적인 불, 물, 땅, 바람, 빛, 어둠, 시간, 공간. 그리고 그 하위 속성으로 이뤄진다.

예를 들어 바람의 하위 속성에 번개가 있고 물의 하위 속성엔 얼음이 있는 식이다.

어쨌든, 그것들을 모두 합하면 대략 20여 개의 속성이 나오게 되는데, 일반적으로 한 사람이 2~3개의 속성을 타고난다.

다만 좋은 속성을 타고난다고 해도 재능이 없으면 의미가 없다.

뛰어난 잠재력을 가진 마법사라고 함은 속성을 타고남과 동시에 그 속성에 대한 탁월한 재능이 있는 사람들을 일컫는다.

노인은 말한다.

"재능이 없어도 걱정할 필요 없네. 그냥 자기 몸 지킬 정도만 익히면 되는 거니까."

그게 이 아카데미의 목적이었다. 일반인이 자기 몸을 지킬 정도로만 마법을 익히는 곳.

다만 그마저도 찾는 사람은 거의 없었다.

돈이 부족한 사람들을 위한 아카데미인 주제에 마음 놓고 다니기엔 은근히 비싸기 때문이다.

그러느니 책을 구해 독학을 하는 편이 낫다고 한다.

나도 독학을 할 생각이긴 했지만 타고난 속성과 그 속성의 잠재력을 가늠해 보기 위해 어쩔 수 없이 방문을 한 것이었다.

"그럼 자네가 가진 속성을 알아보도록 할까."

노인은 그렇게 말하고는 무언가 마법을 시전하기 시작했다.

그러자 그의 앞에 옅게 빛나는 마력 구체가 떠올랐다.

"그것에 손을 대 보시게."

지시대로 그 구체에 손을 가져다 대자 구체가 꿈틀거리며 반응한다.

"오호, 제법 반응이 크군. 어디 해석해 보실까."

눈을 감고 다시 집중에 들어가는 노인.

곧 그가 탄성을 내질렀다.

"이건⋯⋯. 빛이군! 너무나도 찬란하고 강대한 빛! 믿기지 않을 정도야!"

아마 주인공인 알스가 타고난 속성이 아닐까 싶었다.

"그것 하나입니까?"

"으음, 그런 것 같은데."

조금 아쉬웠다.

내심 수어 개의 속성이 나오지 않을까 기대하고 있었는데 말이다.

물론 속성이 많다고 좋은 것은 아니다. 오히려 단일 속성을 가진 마법사가 대성하기는 더 쉽다고 한다.

다재는 무능이라고. 오히려 여러 속성을 가지고 있으면 어정쩡한 경우가 많다고.

'그런데 빛의 마법이라고 해도 말이지…….'

내가 어떻게 접목을 할 수 있을지 감이 잡히질 않았다.

"놀랍군, 어찌 이렇게 찬란한 빛이 있을꼬……. 성녀에 버금가는 빛이로다……."

눈을 감은 채 내 마력을 느끼고 있던 노인은 이윽고 미간을 찌푸렸다.

"뭐지? 빛 속에 또 다른 무언가가……?"

그는 얼굴을 구기며 집중을 하고 있었다. 꽤 심력이 들어가는 일인지 식은땀까지 흘리고 있었다.

"이건…… 비전인가! 놀랍군! 그 찬란한 빛 속에 이런 고농도의 비전이 숨겨져 있었다니!"

아마 내가 타고난 속성이 아닐까 싶었다.

알스가 빛이라면 나는 비전인 것이다.

"이건 대체……. 우오오옷!"

눈을 감고 있었음에도 눈이 부신 듯이 오만상을 찌푸리는 노인.

그는 황홀경이라도 본 것 같은 표정으로 변했다.

내 입장에선 무슨 생쇼를 하고 있나 싶은 모습이었지만 노인은 시종일관 진지했다.

이윽고 눈을 떴을 때는 나를 바라보는 시선이 180도 바뀌어 있었다.

"자, 자네. 대체 뭔가?"

"그렇게 물으셔도……. 어쨌든 제가 타고난 속성은 빛과 비전이라는 걸로 이해해도 괜찮겠습니까?"

"그, 그래."

"감사합니다. 금액은 여기 두고 가겠습니다."

속성을 알아냈으니 이제부턴 독학을 하면 된다.

그렇게 생각하고 자리에서 일어났으나 노인이 다급히 만류한다.

"기다리게!"

노인은 입맛을 다시고는 말한다.

"내가 추천장을 써 주지. 장학금을 받을 수 있도록 말도 해 놓겠네. 그러니 자네. 왕립 아카데미에 가 볼 생각은 없나?"

"왕립 아카데미요……?"

서대륙 엘란 왕국의 수도 바이언에 위치한 최고 규모의 종합 아카데미.

마침 거점지로 삼기로 귄터와 약속한 곳이 바이언이었으니 굉장히 매력적인 제안이기도 했다.

다만 곧장 바이언으로 가기엔 북대륙에서 조금 더 사람 찾기를 하고 싶었다. 돈 같은 경우도 나라면 금방 벌 수 있을 것 같기도 했고.

내가 망설이는 걸 눈치챘는지 노인이 황급히 덧붙인다.

"걱정 말게! 충분히 생각할 시간을 주겠네. 당장 결정하지 않아도 좋네. 다만, 다른 아카데미……. 가령 구원자 연맹의 아카데미만큼은 가지 않겠다고 약속해 주게나."

척 봐도 이 노인이 왕국 출신인 건 짐작이 갔다. 왜 구원자 연맹의 영토에서 일을 하는지는 모르겠지만.

"……알겠습니다. 생각해 보도록 하죠."

아카데미라니.

펜실론 아카데미가 문을 닫은 뒤로는 아카데미와는 연이 없을 거라고 생각했다.

아니, 애초에 펜실론 아카데미에서도 웨이드라는 신분 때문에 단순 학생이라고 보기엔 어려웠다.

주변의 학생들은 쉽사리 내게 접근하지 못했고, 접근하려 들지도 않았다.

그걸 제대로 된 아카데미 생활이라고 부르기는 힘들었다.

그랬던 것이 이런 형태로 아카데미에 들어가는 상황이 되다니.

이곳에서 난 웨이드도 아닐뿐더러 귀족조차 아니었다. 지극히 일반적인 학생일 뿐.

심지어 이곳은 마법 아카데미다.

어떤 일이 벌어질지 상상조차 가지 않는 상황이었다.

갑자기 받게 된 아카데미 스카우트 권유.

그 노인은 내게서 대성할 자질을 느낀 건지 집요하게 자신의 추천을 받을 것을 요구했다.

솔직히 재능이야 당연히 있을 거라 생각했다.

그도 그럴 게 알스는 주인공이니까. 재능이 없는 게 오히려 더 이상하다.

'왕립 아카데미인가…….'

아카데미에서 편입생을 받는 시점은 보름 후.

그 이후에 또다시 편입생을 받는 시점은 1년 후가 된다고 한다. 노인은 그때 결정해도 좋다며 여유롭게 결정하라 했으나 시간에 쫓기고 있는 내 입장에서 왕립 아카데미에 입학할 수 있는 시기는 사실상 지금밖에 없었다.

아카데미가 위치한 바이언은 거점으로 삼기로 결정한 도시이기도 했고, 마법도 배울 수 있으니 일석이조였으나 그렇다고 너무 일찍 북대륙을 떠나고 싶지는 않았다.

'연락책 같은 거라도 만들 수 있으면 좋을 텐데.'

이 세계는 애매하게 연락망이 좋질 않다.

오히려 내가 있던 대륙이 마법은 없어도 정보망은 훨씬 더 잘돼 있었다. 모든 국가가 한 땅덩어리에 있었고, 이전에는 펜실론 제국이라는 통일 제국이 들어서·있던 만큼 연락망이 잘 정비돼 있던 것.

반면 이곳은 땅이 너무 넓기도 하거니와 몬스터에게 땅을 빼앗아 개척을 하고 있는 시기였던 만큼 연락망이 허술했다.

'뭔가 방법이 없을까.'

이곳 람다멘에 사람을 남겨 놓는 방법이 가장 효과적이었지만 그런 사람을 고용하기 위한 돈이 없었다.

그렇기에 내 선택지는 두 개가 되었다.

그냥 이곳을 떠나거나, 아니면 바짝 돈을 벌어 연락책을 만들어 두고 가느냐.

후자로 가닥을 잡은 나는 돈을 벌기 위해 용병 길드로 향했다.

짧은 기간에 바짝 돈을 버는 쪽으론 이런 청부업이 효과적이었으니까.

람다멘은 대도시인 만큼 청부업의 수요도 많았다.

"어서 오쇼. 무슨 용건으로 찾아왔습니까?"

길드의 안내인으로 보이는 남자가 걸걸한 목소리로 나를 맞이해 주었다.

그는 나를 보고는 눈매를 좁힌다.

"너…… 그저께도 오지 않았냐? 그게 그러니까, 사람을 찾는다고 했었지?"

"맞습니다. 기억하고 있었군요."

"그야 기억하고말고. 찾는 사람들의 특징도 특징이거니와 네 인상도 강렬했으니까. 그래서? 오늘도 그 행방을 찾기 위해 온 건가?"

"다른 얘기를 하러 온 거긴 합니다만 혹시 알아낸 정보가 있다면 듣고 싶네요."

"음. 비슷한 정보가 몇 개 있긴 했지. 네가 말한 특징들을 보고 조금 찾아봤거든."

"정말입니까!"

내가 말한 특징은 넷이었다.

- 쌍수 무기를 사용하는 여성 용병
- 야성이 넘치는 순혈 수인
- 창을 사용하는 청발의 여성

첫 번째는 일리야 스승, 두 번째는 가스파르, 세 번째는 에오니아다.

나머지는 이렇다 할 뚜렷한 특징이 없었기에 이름으로 찾았지만 위의 셋은 달랐다.

이름보단 특징으로 찾는 편이 편하다.

셋의 기량이 뛰어나기도 한 만큼 금방이라도 비슷한 소문이 흐를 테니까.

그렇기에 셋은 이름과 함께 특징을 설명했었다.

그중 몇 개가 걸린 모양이다.

"공교롭게도 두 개의 정보가 한곳에서 나왔어. 라르멘이라는 도시야. 그곳에 창을 사용하는 아리따운 여성이 나타났

다는 소문이 돌더군. 듣자니 무예로 자신을 이길 적수를 찾
는다고 하던가."

"자신을 이길 적수……? 이기면 뭐라도 준다던가요?"

"글쎄다, 뭐라도 있지 않겠어? 가령 자기보다 강한 남자와
결혼이라도 하려 한다든가."

뭔가 이상했지만 노이즈 마케팅이라고 하면 납득이 갔다.
이런 유의 소문은 금방 퍼져 나가기 마련이니까.

내게 소문이 들리게끔 최대한 자극적으로 일을 벌인 걸지
도 모른다.

에오가 그 정도의 잔머리를 굴릴 거라고는 생각하기 힘들
지만 비스케타 씨가 아이디어를 냈다고 하면 이해가 간다.

"다른 하나는요?"

"수인에 대한 정보야. 라르멘 부근에 출몰하는 작은 도적
단이 있는데, 최근 그 도적단이 내분으로 인해 두 패로 나뉘
었다나 봐."

"그게 무슨 관련이 있습니까?"

"계속 들어 봐. 그중 한 패를 이끄는 게 순혈 수인이라고
해. 습격을 당한 자들이 증언하길 놀라운 실력을 가지고 있
다더군."

"흠."

"여하튼 그래. 충분한 대답이 됐다면 정보료를 줘."

"아, 예."

일단 정보를 말하고 정보료를 달라고 하다니. 뭐, 그에게 있어서 그다지 중요한 정보가 아니기 때문에 그러는 것일 테다.

나는 적당히 정보료를 지불한 뒤 다른 일에 대해서 묻기로 했다.

"돈을 벌 수 있는 일거리? 그거야 차고도 넘치지. 그런데 너, 실력은 있냐? 새파랗게 어린놈이 말이야."

"자기 몸 정도는 지킬 수 있습니다."

"죽어도 모른다?"

"걱정 마요."

"뭐, 위험한 일을 줄 생각은 없지만. 그래 정 그렇다 면⋯⋯."

일손이 많이 부족한지 남자는 가타부타 말하지 않고 수속에 들어가 주었다.

남자가 구해 준 건 상단의 짐꾼 일이었다.

이 일이라면 딱히 위험하지도 않을뿐더러 용병의 자격도 필요 없다.

무엇보다 이 상단이 라르멘으로 향한다는 점이 괜찮았다.

길드의 남자가 센스 있게 일을 주선해 준 것이다.

"빨리, 빨리 실어요! 해가 지기 전에는 라르멘에 도착해야 한단 말입니다!"

상인은 고래고래 소리를 지르며 짐꾼 무리를 닦달했다.

상행에 나서는 마차의 숫자는 스물. 그걸 지키는 호위의 숫자가 30명에 달했다. 짐꾼의 숫자가 다섯에 불과한 것에 비하면 호위의 숫자가 무척이나 많았던 것.

그들 대부분은 용병들이었지만 사냥꾼이나 벌목꾼 같은 힘 좀 쓴다는 일반인들도 종종 보였다.

그들은 거드름을 피우며 잡담을 하고 있었다.

그 모습이 꼴 보기 싫었는지 상인이 소리친다.

"그러고 있을 틈이 있으면 짐 나르는 것 좀 도와주십쇼!"

"우리가 왜 그래야 합니까? 우리 일은 댁들을 지키는 거지 짐이나 옮기는 게 아니라고."

그리고 그들은 하하핫! 하며 다 함께 웃어 젖혔다.

그들 입장에선 급할 게 없었다. 일정이 늦어지면 그만큼 추가 보수를 받을 수 있기도 하고.

그 의중을 읽은 상인은 답답한 숨을 토해 낸다.

"최근 라르멘 부근에서 도적단이 기승을 부린다고 하는 걸 못 들었습니까? 가는 도중에 해가 지기라도 하면 그놈들이 우릴 덮칠지도 모른다고요!"

"도적 따위 얼마든지 덤벼도 상관없습니다. 그러기 위해서 이만큼이나 사람을 구한 것 아닙니까?"

"그, 그건……."

"우리에게 뭐라 할 시간이 있으면 짐을 싣는 짐꾼들이나 닦달하쇼."

"쳇."

상인은 고개를 절레절레 흔들고는 우리에게 시선을 돌렸다.

쓴소리를 듣는 건가 했으나 그렇지는 않았다.

"다들 다치지 않게 천천히 하세요. 저들이 도와주지 않으면 빨리해 봤자니까."

그러면서 상인은 솔선하여 짐 옮기는 것을 도와주기 시작했다.

그 모습에 은근히 흥미가 동했다. 사람이 좋아 보이기도 했고, 무엇보다 상인이니 여러 곳의 정보를 알고 있을 거라 생각했으니까.

말을 걸어 보자 그는 싱긋 웃어 보인다.

"다른 곳의 이야기? 그렇게 말해 봤자 나는 람다멘 토박이거든. 상단에서 일한 것도 이제 1년밖에 안 됐고."

본인을 모릭이라 소개한 남자는 이야기 상대가 고팠는지 내가 맞장구를 쳐 주자 주절주절 인생 이야기까지 시작했다.

"어렸을 때는 모험가를 동경해서 마법이나 무술을 배웠었는데……. 재능이 없으면 아무 소용도 없더라고. 무술은 싸우기가 겁나서 때려치웠고, 마법은 도무지 늘지를 않아서 포기했지. 그러고 나니 나이도 차고……. 이런 일밖에 할 게 없더라."

듣자니 그런 사람들이 부지기수라고 한다.

"어휴, 상인으로 일하는 것도 나쁘진 않은데. 아무래도 무시를 당하게 되니까."

이 세계는 몬스터가 득세하는 시대인 탓에 개인의 강함이 최우선이라는 독특한 편견이 존재했다.

'우리랑은 정반대네.'

우리는 군대 중심이었기에 개인의 강함은 그렇게 중요한 지표가 아니었다. 혼자 강해 봤자 딱히 할 수 있는 게 없었으니까.

무장보단 장군이 우대를 받았고, 국가와 군대의 뒤를 받쳐 주는 상인들의 입김도 제법 셌다.

반면 이 세계에선 강하기만 하면 많은 것을 거머쥘 수 있다.

몬스터가 점거하는 땅을 평정하면 고스란히 그 땅을 자기 것으로 만들 수 있기 때문이다.

그렇기에 강한 자에게 또 다른 강한 사람들이 달라붙고, 자연스럽게 세력이 형성된다. 그 대표 격이 구원자 연맹의 세력들이다.

"어휴, 나도 마법에 재능이 있었으면 얼마나 좋았을까."

"비관적으로 생각할 필요 없어요. 결국 중요한 건 돈이니까. 그런 의미에선 상인도 나쁘지 않잖아요?"

"뭐, 그것도 그렇지."

모릭은 저물어 가는 하늘을 보더니 뒷머리를 긁적인다.

"벌써 시간이 이렇게 됐네. 자, 모두 야영 준비에 들어가 겠습니다!"

천막을 치기 시작하는 호위병들. 그들의 얼굴에서 위기감 같은 건 일절 보이지 않았다.

도적이 공격해 올 거라 생각하지도 않았을뿐더러, 설령 공격해 온다고 하더라도 물리칠 자신이 있었던 거다.

느긋하게 야영 준비를 시작한 상단 일행.

그런 그들을 노려보고 있는 무리가 있었다.

그 숫자는 여섯에 불과했지만 거리를 두고 삼십여 명에 달하는 일행이 뒤따르고 있었다.

"호위가 제법 많은걸……. 지난번에 그 수인 놈이 벌인 습격 때문에 경계도가 올라간 건가."

"어떡하지?"

"어떡하긴 뭘 어떡해! 하는 수밖에 없어. 여기서 하지 않으면 우리들이 끝장난다고!"

"젠장. 그 수인 놈……!"

그들은 본래 이 일대에서 활동하던 도적의 우두머리들이었다.

두목 펠러와 부두목 탈론.

그들은 상인들에게 통행료를 뜯어내기도 하고 마을 사람들에게 사기를 치거나 고리대금을 빌려주며 생활을 하던 자였다.

국가에 토벌을 당하지 않는 선에서 도적 생활을 했던 것이다.

그러나 얼마 전에 도적단에 들어온 수인으로 인해 상황이 바뀌어 버렸다.

그 수인은 그들의 방식이 미적지근하다며 과격한 작전을 시작했다. 많은 인원들이 그 화끈함에 혹해 그에게 붙어 버려 도적단은 두 패로 나뉘어 버리고 말았다.

상황이 그렇게 되자 두목 펠러는 가만있을 수 없게 됐다. 어떻게든 상대보다 더 나은 성과를 올려 세력 싸움에서 이겨야만 했다.

이번 일도 그 일환 중 하나였다.

해가 완전히 저물자 그가 신호를 보냈다.

"자, 가자!"

야영 막사를 급습하는 도적들.

"뭐, 뭐야!?"

"도적놈들이다! 모두 전투를 준비해!"

허둥지둥 전투태세에 들어가는 호위들. 그러나 어수룩하다.

그들 대부분이 하급 용병이기도 했거니와 설령 전투 경험이 있는 자라 하더라도 몬스터를 사냥한 경험이 있는 거지 사람을 죽여 본 경험은 거의 없다.

그렇기에 도적들이 덤벼들자 주춤할 수밖에 없었다.

반면 도적들의 손 속은 거칠 것이 없었다.

심지어 두목 펠러의 실력은 용병들에 비해 월등했다.

"죽어엇!"

콰득! 펠러가 휘두른 둔기가 전위에 있던 용병의 머리를 박살 내 버리자 호위들은 술렁였다.

용돈 벌이로 지원을 했던 사냥꾼이나 벌목꾼 같은 일반인들은 급격하게 전의를 잃었다. 밤이 어두운 상황이었기에 그 어둠을 틈타 도망가 버린 용병들도 있었다.

"하하하핫! 죽고 싶지 않다면 항복해라! 그렇담 목숨만은 살려 주지!"

펠러는 호기롭게 소리치면서도 내심 조마조마했다. 시간을 끌었다간 그 수인 놈이 올 것 같았기 때문이다.

'어서 상인을 붙잡아서 상황을 끝내야겠어.'

그런 그에게 용병들을 닦달하고 있는 모릭은 좋은 타깃이었다.

"탈론! 저놈을 붙잡아라!"

"알겠다고!"

모릭에게 달려드는 부두목 탈론.

그는 모릭을 기절시켜 상황을 끝내려 했으나 그가 생각이란 걸 할 수 있었던 건 그 순간뿐이었다.

푹! 탈론의 머리를 꿰뚫는 창촉.

알스는 고꾸라지는 그를 무심하게 내려다보더니 남은 도적들에게 달려들었다.

휘릭! 푹! 무기가 한 번 휘둘러질 때마다 한 명씩. 도적들의 목숨이 없어지기 시작한다.

"뭐, 뭐야 저놈은!"

펠러는 소스라치게 놀랄 수밖에 없었다. 그 실력도 실력이지만 냉혹함의 차원이 달랐기 때문이다.

사람을 죽이는 데에 거부감을 느끼던 용병들과 달리 알스는 마치 몬스터들을 처리하듯 도적들을 죽여 나가고 있었다.

펠러는 확신했다. 저놈은 사람을 수도 없이 죽여 본 게 분명하다고.

마치 그 수인처럼.

"잠깐…… 크헉!?"

펠러의 무릎을 찌른 알스는 차가운 눈으로 물었다.

"너희가 이곳에서 활동한다는 도적들이지?"

"크, 크윽……!"

"그래서. 소문이 난 수인 녀석은 어디 있지?"

펠러가 신음하며 대답하지 않자 알스는 반대쪽 무릎까지 창으로 찔렀다.

"크아아악! 모, 모릅니다! 지금은 따로 행동하고 있습니다!"

"그 수인의 이름은 뭐라고 하지?"

"그건……."

이 이상 뜸을 들이면 죽인다고 말하는 듯, 알스의 눈이 스산해졌다. 펠러는 악을 쓰듯 외쳤다.

"가스파르! 가스파르라고 했습니다!"

귄터에 이어 발견된 가신.

알스는 입꼬리를 싱긋 올리며 웃었다.

이걸 살인을 즐기고 있는 거라고 오해한 펠러는 오줌을 지리며 실신해 버렸다.

가스파르를 발견한 건 커다란 성과였다.

가스파르는 단독 행동을 할 수 있고 탐색, 정보 수집에 능한 만큼 실종자 수색에 도움이 될 게 분명했다.

나는 곧장 가스파르를 만나러 가려고 했으나 모릭이 저지했다.

"잠깐만!"

그는 어안이 벙벙한 채 말한다.

"너 대체 뭐야!?"

"짐꾼인데요?"

"그게 말이 되냐!"

뭘 말하고 싶은지는 알 것 같았다.

왜 호위를 하지 않고 짐꾼으로 왔냐는 것이다.

그 부분은 그냥 귀찮아서라고밖에 말할 수 없었다. 호위로 들어가려면 며칠에 걸쳐 실력을 검증해야 하기 때문이다.

사냥꾼이나 벌목꾼 들도 통과를 할 만큼 어려운 일은 아니었으나 시간이 걸린다.

설령 그렇게 자격을 얻어 봐야 보수 차이가 크지 않았기에 그냥 짐꾼을 한 것이다.

"그보다도 모릭 씨. 저는 다른 용무가 생겨서요. 잠깐 이탈을 해도 괜찮을까요? 동이 틀 무렵엔 돌아오겠습니다."

"안 돼!"

모릭은 버럭 소리쳤다.

"네가 없어졌다가 다른 놈들이 또 습격을 해 오면 어쩌려고 그래?"

"아직 남아 있는 사람들이 있잖아요."

"저 쓸모없는 놈들은 아무런 도움이 안 된다고!"

용병들은 머쓱한 표정으로 시선을 돌렸다.

모릭은 기세등등하여 말한다.

"도망쳐 버린 용병들의 몫을 전부 네게 주마. 그러니 라르멘에 갈 때까지는 계속 함께 있어 줘."

"어······."

그런 거라면 얘기가 다르다.

가스파르가 이곳에 있다는 걸 안 이상 급할 건 없었다. 혹은 가스파르의 패거리가 이곳으로 와 줄지도 모르고.

아마 후자의 가능성이 높다고 생각했다.

정보대로라면 이 도적들과 가스파르의 무리는 본래 한 패거리.

한쪽이 처절하게 당했다고 하면 어떤 모션이건 취할 것이다.

이 예상은 보기 좋게 적중했다.

부근의 기척을 수색하고 있던 나는 염탐을 하러 온 도적놈 하나를 제압해 붙잡았다.

"크윽! 이거 놔라!"

"쉿, 죽고 싶지 않으면 조용히 해."

"윽······!"

나는 이놈을 통해 가스파르에게 연락을 취하기로 했다.

"네 두목에게 전해라. ······웨이드가 라르멘에서 기다리고 있다고."

이런 도적놈에게 내 본명을 말하기가 꺼려져서 웨이드의 이름을 대기로 했다.

제압을 풀어 주자 녀석은 부리나케 도망가기 시작했다.

이걸로 가스파르에 대한 조치는 끝.

'운이 따라 주는 건가. 아니, 단순한 행운이 아니었을지도 몰라.'

나는 이게 우연은 아닐 거라 생각했다.

가스파르가 눈에 띄기 위해 의도적으로 도적질을 한 게 아닐까 하는 생각이었다.

'가스파르라면 충분히 가능한 일이야.'

도적단을 이용해 정보를 수집하면서 본인 스스로가 악명을 떨치는 것이다. 그 악명을 듣고 다른 이들이 자신에게 찾아오게끔.

방법이 악랄한 부분이 마음에 걸렸지만 효과적인 방법임에는 틀림없었다.

그런 의미에서 라르멘에서 적수를 찾고 있다는 창잡이 여성도 정말 에오니아가 맞을지도 모른다는 생각이 들었다.

에오와 재회한다는 생각을 하니 붕 뜨는 듯한 느낌이 들었다.

나는 그 설렘을 애써 추스르며 잠을 청했다.

5장

라르멘에 도착한 나는 약속된 보수를 받고 상단 일행에서 빠져나왔다.

보수로 책정됐던 금액은 1천 릴랑. 우리 돈으로 환산하자면 글쎄. 10만 원 정도 되지 않을까.

여기에 도적들이 습격했을 때 도망간 용병들의 몫인 4천 릴랑을 더 받아 5천 릴랑을 받게 되었다.

보수를 받은 나는 도시의 숙소로 향해 웨이드란 이름으로 방을 잡아 놓기로 했다.

가스파르가 찾아오는 것을 기다리기 위함이었다.

이후에는 곳곳을 탐문하며 라르멘에 출현했다는 청발의 여성 창잡이에 대한 탐문에 들어갔다.

탐문의 성과는 금방 나왔다. 이곳에 거주하는 듯한 남자에게 물으니 대답이 돌아왔다.

"아, 그 여자 말이지? 글쎄, 며칠 전에 주변을 둘러보겠다며 떠난 걸로 알고 있는데."

"그렇습니까……."

타이밍이 좋지 않았던 걸까.

"그자에 대해 알고 있는 대로 말해 주지 않겠습니까?"

나는 100릴랑을 건네며 물었다. 남자는 이게 무슨 횡재냐며 있는 것 없는 것 전부 말하기 시작했다.

그렇게 얻은 정보는 내가 원하던 것이었다.

그 여성 창잡이는 타지에서 왔다는 것. 그리고 수행원이 있다는 것. 놀랄 정도로 아름답다는 것.

여기까지는 에오니아와 부합했다.

수행원도 비스케타라고 생각하면 자연스럽고.

다만 부자연스러운 정보도 있었다.

"구원자 연맹의 사람들은 전부 약골들밖에 없다면서 자기보다 강한 자가 있으면 나와 보라고 하더군. 얼마든지 상대를 해 주겠다면서 말이야."

"정말 그렇게 말한 겁니까?"

"그래."

"……."

이건 에오니아답지 않았다. 물론 에오는 걸어온 싸움을 피하지 않는 편이고, 쉽게 도발에 당하기도 했지만 자신이 가진 무예를 자랑하는 경향은 없었다.

게다가 구원자 연맹에 대해 잘 알고 있다는 듯이 말한 것도 마음에 걸렸다.

"그보다 자네. 람다멘에서 온 건가?"

"아, 예. 어떻게 아셨죠?"

"오늘 람다멘에서 상단이 온다는 건 들었거든. 그런데 네 얼굴은 처음 보는 거라서 말이야. 이야, 어딘가의 귀족 자제라도 되나? 아가씨들이 계속 이쪽을 보고 있다고."

"하하……."

"어쨌든, 그 여자에게 용건이 있는 거라면 조금 더 기다려 보는 건 어때? 이곳은 교통망이 잘 정비된 곳이니까. 그 여자도 다시 이곳으로 올지도 몰라. 그래서 그 여자를 노리고 찾아온 사람들도 여기서 기다리고 있지."

"그 여자를 노리는 사람들이요? 저 같은 사람들이 더 있다는 겁니까?"

"그렇지. 그렇게나 자극적인 발언을 해 버렸으니까. 이곳은 구원자 연맹의 영토라고. 자기 이름을 알리고 싶어 하는 녀석들이 한 무더기야. 구원자 연맹을 비하하며 소란을 피우는 녀석이 나타났다고 하면 당연히 응징하려 하겠지."

"과연."

어차피 가스파르를 기다려야 했기에 며칠 정도는 머무를

생각이었다.

그 사이에라도 나타나 줬으면 하고 있었지만.

호랑이도 제 말 하면 나타난다고 했던가.

당일에 점심을 먹고 있을 무렵에 주변이 시끄러워지기 시작했다.

식당에 있던 자들은 호들갑을 떨며 소리쳤다.

"그 여자가 또 나타났대!"

"오호라, 제 무덤으로 들어왔구만!"

"구경하러 가 보자고!"

유흥거리에 목말라 있었던 시민들은 너 나 할 것 없이 그 여자가 나타났다는 광장으로 향했다.

나도 먹던 점심을 남겨 두고 그 무리에 합류했다.

'에오니아······.'

그녀에 대한 애틋한 감정은 유미르만큼이나 강했다. 하필 그녀와 맺어진 날에 이 세계에 날아오기도 했고, 평소 다른 가신들에 비해 위태했던 것도 있어 걱정이 됐다.

가령 가스파르나 일리야 스승에 대해선 걱정이 덜하다. 혼자 잘해 나갈 수 있고, 쉽게 누군가에게 속거나 위협을 당하지 않을 거라는 믿음이 있다.

반면 에오는 그런 부분에서 걱정이 된다.

그러니 가능한 한 빨리 재회했으면 했다.

그러나 가스파르를 찾은 것만으로 운이 다한 걸까.

광장에 당당히 서 있는 여성은 에오니아가 아니었다.

아름답다는 부분에선 공통점이 있었으나 생김새도, 성격도 달랐다.

"흥, 구경꾼들이 이렇게나…….

청발의 머리를 허리까지 기른 장발의 여성.

그녀는 전투를 준비하듯 머리끈을 꺼내 머리를 묶기 시작했다. 그 움직임에 매혹이라도 된 것처럼 남자들은 시선을 빼앗겼다.

나이는 이제 막 스물이 된 정도일까.

'어휴, 헛걸음했네.'

한숨이 절로 나왔다.

그래도 이왕 온 거 그 실력이라도 구경을 해 볼 생각이었다.

여성은 쿡! 창대를 땅에 박아 세우며 주변에 고했다.

"실력에 자신 있는 자는 나오십시오! 저 루크레치아 아카샤가 상대해 주겠습니다!"

그녀가 이름을 드러내는 것은 이번이 처음인지 주위가 웅성였다.

"아카샤라면 엘란 왕국의 유명 귀족 가문 아닌가? 로바린 아카샤가 당주로 있다는 그…….

"로바린 아카샤? 그 흉악 던전 파렐라를 토벌한 자 말인가!"

가문의 이름값이 있는지 그녀에게 덤벼들려던 몇몇 남자들은 주춤하며 물러났다.

　'하여간, 여기나 저기나 가문이 뭐가 그렇게 중요하다고.'

　뭐, 나도 갑자기 쥬라스의 아들 녀석이 덤벼든다면 쫄아버릴지도 모른다.

　보아하니 로바린 아카샤라는 자는 그와 비슷한 위상을 가지고 있는 듯했다.

　"잠시 괜찮겠습니까!"

　호기롭게 나선 것은 중년의 남성이었다.

　그는 엄한 표정으로 여성을 노려본다.

　"귀하가 대단한 인물이라는 건 알겠소만. 어찌하여 그런 사람이 구원자 연맹을 욕보이는 발언을 한 것입니까."

　"욕보인 적 없습니다. 그저 구원자 연맹의 사람이 그 정도의 실력밖에 되지 않는 거냐고 말했을 뿐."

　"하하……. 귀하께서 무슨 연유로 구원자 연맹에 적의를 가지고 있는지는 모르겠지만……."

　"……모른다고요? 그건 염치가 없군요. 5년 전에 당신들이 저지른 짓을 잊어버린 겁니까!"

　5년 전의 일.

　그 말에 시민들은 멀뚱멀뚱한 표정을 지었다.

　중년 남성은 표정을 구기며 맞받아쳤다.

　"그, 그 일은 그때 마무리가 됐습니다. 그렇게 언급하는 것 자체가 조약 위반이라는 걸 모르는 겁니까?"

"조약에는 그런 조항도 있었죠. 구원자 연맹 소속의 사람들 모두에게 그 일에 대해 상세히 설명할 것을! 그런데 이곳을 돌아보니 그 일에 대해 알고 있는 사람은 단 한 명도 없더군요!"

"닥치시오!"

남자는 다른 할 말이 없는지 버럭 소리치며 무기를 빼 들었다.

긴장감이 흐르는 광장.

"그렇게나 몸이 근질근질하다면 이 몸, 프리든 홀슨이 상대해 드리지!"

"흥, 바라던 바입니다."

프리든은 그 이상 말하지 말라는 듯, 대결로 몰고 갔다.

여성도 딱히 그 5년 전의 일이란 걸 트집 잡아 소란을 일으키고 싶지는 않은지 그 제안에 응했다.

자세를 잡는 둘.

둘 다 무기를 들었다. 남자는 덩치에 맞지 않는 레이피어. 여자는 창.

둘은 기를 쓰며 오러를 끌어올렸다.

"오오! 웨폰 스펠이야!"

"웨폰 스펠 사용자 간의 싸움이라니. 이건 귀하군!"

뭔가 맥이 빠졌다.

사람들은 놀라고 있었으나 내가 보기에 그 오러의 수준은 빈약했다.

기껏해야 루안 차이스 정도 수준이라고 할까. 애거트보다도 약했다.

다만 오러 외에 추가적으로 보조 마법을 사용하는지 그 움직임은 오러의 수준에 비해 월등히 빨랐다.

'그렇군. 전위의 전사들은 이런 식으로 싸우는 건가.'

오러를 기반으로 하여 마법은 보조가 된다. 반면 정통 마법사들은 마법에 올 인을 하여 위력적인 공격 마법을 사용하는 것이다.

다만 후자의 경우엔 마법적 재능이 필요하기에 마법사로 대성하는 경우는 많지 않다고 한다.

전투원 무리에서 정통 마법사의 비율은 다섯 명 중 한 명 꼴이다.

캉! 카강! 레이피어와 창의 맞대결인 만큼 거리 싸움에선 여성이 압도적이었다.

레이피어의 강점은 찌르기에 있는데, 이 찌르기에서 창을 따라갈 수 있는 병기는 없다.

"큭!"

남자는 뒷걸음질 치기 바빴다.

이윽고는 승부수를 띄우기 위해 과감하게 파고들었으나 접근을 허용하지 않는 쾌속의 3연격에 레이피어를 놓치고 만다.

"내, 내가 졌소!"

패배를 시인하는 프리든.

광장에 환성이 울려 퍼졌다.

"우오오!"

"금사자 연맹의 프리든이 지다니!"

여성에게 덤벼들려던 다른 녀석들도 프리든이 패배하자 꼬리를 내려 버렸다.

"놀라운 창술이군!"

"신의 경지야! 대단해!"

그런 관중의 극찬에 루크레치아는 당연하다는 듯한 표정으로 창을 갈무리했다.

나는 비웃음을 참을 수 없었다.

"이딴 게 신적인 창술의 경지라고? 하……! 지나가던 개가 웃겠네."

혼잣말로 중얼거린 거지만 극찬 속의 악담이었던 탓에 돋보였던 모양이다.

루크레치아는 미간을 좁히며 내게 시선을 돌렸다.

"당신, 뭐라고 했습니까."

"아……."

말실수를 했다는 걸 그제야 자각했지만 나는 아닌 건 아니라고 말할 수 있는 사람이다. 물론 말실수는 했으니 사과는 하되 팩트는 폭격하기로 했다.

"불쾌하게 들렸다면 미안합니다. 그저 고작 그 정도의 창술을 두고 신적이니 뭐니 하는 게 우스웠거든요."

"우습다……? 제 창술이 말입니까?"

"아뇨, 뭐. 나쁘진 않아요. 이제 막 형태 정도는 잡혔다고 할까. 병사들 가르치는 것 정도는 할 수 있는 레벨이라고 할까. 잘하냐 못하냐 둘 중 하나를 고르라면 잘하는 편이죠."

내가 내릴 수 있는 최대한의 평가였다.

당연히 그녀는 평가가 마음에 들지 않았던 모양이다.

"당신은 뭐기에 위에서 내려다보듯 평가를 하는 거죠?"

"기분 나빴다면 미안하다니까요. 그래도 그게 신적인 경지라느니 뭐라느니 그런 건 절대 아니라는 거예요. 당신도 본인 창술이 신적인 경지에 있다고는 생각하지 않잖아요? 딱히 당신과 싸울 생각으로 말한 건 아니니까 신경 쓰지 마세요."

어느새 주위의 모든 시선이 내게 몰려 있었다.

그 시선이 부담스럽기도 해서 슬슬 돌아갈까 생각했으나 누군가가 소리쳤다.

"그, 그래! 저 녀석이 나선다면 네년은 상대도 안 된다고!

구원자 연맹을 얕보지 마!"

"맞아!"

상단을 호위했던 용병들이었다.

내가 도적들을 순식간에 처치했다든지, 귀신같은 솜씨였다든지. 그들은 호들갑을 떨쳐 나를 추켜세웠다.

그 얘기를 들은 여자의 눈에 흥미가 깃들었다.

"재밌군요. 무기를 드십시오! 상대해 주겠습니다!"

"미안하지만 가지고 있는 무기가 없거든요."

지금 가지고 있는 건 호신용의 단검 하나뿐이었다. 이 세계는 내 목숨을 노릴 만한 녀석들이 없어 굳이 무기를 차고 다니지 않아도 됐으니까.

어제야 도적들을 만날 수도 있다는 생각에 무장을 하고 있었으나 지금은 아니었다.

"불쾌했다면 미안하다니까요. 그러니 저는 없는 셈 쳐요."

나는 그렇게 말하고 자리를 빠져나오려 했지만 그때였다.

"크핫. 무기라면 여기 있다, 알스."

"……!"

내게 날아오는 창과 검. 내 방에 놓아둔 것들이었다.

그것을 누군가가 내게 던져 준 것이다.

내 방에 들어올 수 있던 누군가는 하나뿐이었다.

"가스파르……!"

가스파르는 얼굴을 가리는 후드를 쓰고 있었지만 온몸에

난 거친 털로 인해 수인의 특징이 고스란히 드러나 있었다.

그가 입꼬리를 올리며 말한다.

"방에 찾아갔는데 보이질 않아서 말이야. 무기도 놓고 어디를 싸돌아다니는 거야?"

"하아……. 당신도 참."

뭐, 내가 걱정돼서 무기를 챙겨 온 거겠지.

가스파르의 등장에 루크레치아는 눈살을 찌푸렸다.

"수인……?"

물론 이 세계에도 수인은 있다. 심지어 우리 대륙과는 달리 차별도 받지 않는다.

다만 순혈 수인은 꽤 희귀한 편에 속했다.

가스파르는 그녀를 지그시 바라보고는 코웃음을 치며 내게 말했다.

"뭐야, 조무래기잖아. 알스, 빨리 정리하고 남은 얘기나 하러 가자고."

"조무래기……? 감히 누구에게……."

"조무래기를 조무래기라고 부른 거다. 그게 아니꼽냐?"

"……!?"

가스파르가 기습적으로 투기를 발산하자 루크레치아는 화들짝 놀라 자세를 낮추고 전투태세를 갖췄다. 그녀의 얼굴에선 식은땀이 흘러내린다.

가스파르가 말한다.

"뭣하면 내가 상대해 줄 수도 있다만 이 몸은 알스 녀석 같은 인정은 없다고. 결투가 시작되면 네년을 단숨에 죽여 버릴 거다. 아니 뭐, 죽일 거라고 말해 주는 걸 보면 나도 어수룩해지긴 했나 보군."

"하, 할 수 있다면 해 보십시오!"

"크하하하핫. 세상 물정 모르는 계집이 하늘 높은 줄 모르고 기어오르는군. 좋다. 상대해 주지!"

나는 급히 막아설 수밖에 없었다.

"진정해요."

가스파르라면 정말로 죽여 버릴지도 몰랐다. 그런 소란을 일으키느니 내가 일을 마무리 짓는 게 백번 나았다.

"하아……! 어쩔 수 없죠. 상대해 주겠습니다."

휘릭! 휘릭! 창을 회전시킨 뒤 가볍게 자세를 잡은 나는 그녀에게 손짓했다.

"덤벼요. 한 수 가르쳐 줄 테니까."

루크레치아의 표정이 일그러졌다.

그녀는 자세를 잡고는 망설임 없이 내게 달려들었다.

나는 가스파르가 건네준 무기를 들고 상대와 대치했다.

이 여자를 상대하는 데에는 창 한 자루면 충분하긴 했지만 굳이 쌍수 무기를 전부 사용하기로 했다.

이런 소문이 흐르면 그걸 통해 가신들이 내 행적을 알아낼지도 모르니까.

"쌍수 무기……?"

루크레치아의 얼굴이 구겨졌다. 듣도 보도 못한 무예의 체계였겠지. 그도 그럴 만하다. 내가 있던 대륙에서도 체스터 류 사용자는 극히 드물었으니까.

"뭘 멍하니 있는 겁니까? 덤벼요."

"흥, 대체 어디서 나오는 자신감인지 내 손으로 확인해 주겠습니다!"

땅을 박차고 달려드는 그녀. 그 움직임조차 서툴렀다.

그러니 창술의 수준이라고 다를 바 없었다.

휙휙휙휙! 허공을 가르는 창촉.

나는 어렵지 않게 공격을 피하며 그녀가 창을 자기 쪽으로 회수하려는 타이밍에 검으로 창끝을 후려쳤다.

팅! 창이 흔들리자 그녀의 신체 밸런스도 덩달아 무너졌다. 나는 그 틈을 이용해 창을 뻗어 그녀의 목에 들이밀었다.

"이걸로 한 목숨."

"……!?"

"납득이 가지 않는다면 계속 덤벼도 좋아요."

"큭!"

그녀는 두 발자국을 물러서서 태세를 정비하더니 재차 덤벼들었다.

몇 번을 해도 마찬가지였다.

아마 신체적인 차이는 나지 않을지도 모른다.

하지만 무예의 깊이가 다르다.

루크레치아라는 이 여자는 뭐랄까. 크기만 컸지 그 알맹이는 텅 비어 있었다.

나는 그 이유도 알 것 같았다.

'무예를 익히는 이유가 다르기 때문이겠지.'

이 세계의 사람들이 무예를 익히는 가장 큰 이유는 몬스터를 처치하기 위함이다. 그러니 그 무예의 체계도 몬스터를 상대하는 것에 맞춰져 있을 수밖에 없다.

반면 우리 대륙의 무예는 어디까지나 인간을 상대하기 위해 발달했다.

그런 만큼 대인전에 있어선 무예의 깊이가 다를 수밖에 없었다.

내게 있어 이 여자의 창술은 너무나도 뻔히 보였고, 동작도 불필요하게 커 보였다. 빈틈이 너무나도 많았다.

오러를 사용하지 않고서도 상대가 가능했을 정도로.

나는 쇄도해 오는 창을 피해 파고든 뒤 그 명치에 주먹을 꽂아 넣었다.

충격이 컸는지 여자는 무릎을 꿇고는 속에 있던 것을 게워 내기 시작한다.

"컥, 커헉……!?"

"이걸로 다섯 목숨째."

나는 그녀가 놓친 창을 발끝으로 차올려 손에 쥐었다.

"무기도 뺏겼으니 이쯤 하지 않을래요?"

광장의 관중이 술렁였다.

"저, 저 녀석은 누구지? 프리든을 이긴 여자를 이렇게나 손쉽게 제압하다니⋯⋯."

"마치 어린애를 데리고 노는 것 같군."

이 상황이 굉장히 굴욕적으로 느껴졌는지 상대는 부들거리는 다리로 몸을 곧추세웠다.

"아직이야⋯⋯!"

"그런 말을 해 봤자⋯⋯. 무기도 없는데요?"

"상관없습니다!"

뭘 어쩔 건가 싶었지만 정말로 무기는 큰 상관이 없었던 것 같다.

그녀의 손아귀에서 무언가의 에너지가 휘몰아치더니 창의 형태를 갖추기 시작한 것이다. 투명한 색의 창.

'유리인가? 아니, 이건⋯⋯ 얼음?'

두꺼운 고드름을 세공한 듯한 창이었다.

'이게 마법⋯⋯.'

지금까진 신체 강화 같은 보조 마법만 사용한 모양이지만 이젠 본격적으로 마법을 사용하려는 모양이었다.

흥미가 생긴 나는 묻지 않을 수 없었다.

"그거 손 안 시려요?"

"시끄럽습니다!"

"괜히 그러지 말고요. 창 다시 돌려줄게요."

"아……!?"

창을 던져 주자 그녀는 뻘쭘한 표정이 되었다.

"그러니까 그게……."

아무리 그래도 얼음 창보단 금속으로 된 창의 강도가 훨씬 높을 수밖에 없다.

"어, 어흠!"

그녀는 헛기침을 하며 얼음 창을 바닥에 내려놓고는 내가 던져 준 창을 주워 들었다.

그러자 관중이 박장대소를 터뜨린다. 루크레치아는 이를 악물며 굴욕을 참아 내고는 다시 자세를 잡았다.

"당신이 강하다는 건 충분할 정도로 알았어요. 하지만 저 도 전력을 다한 건 아니었습니다!"

"그런 마음가짐 자체가 문제라는 건데……."

뭐, 나도 종종 스승에게 방심 좀 하지 말라는 얘기를 들으 니 뭐라 말할 입장은 아니었다.

"이제부턴 봐주지 않고 가겠습니다. 하앗!"

전력을 다하지 않았다고 한 건 허세가 아니었던 것 같다.

전투 방법부터가 달랐다.

사르륵! 그녀의 주변으로 고드름이 수어 개 생성되더니 내 게 쏘아진 것이다.

그 위력이 화살보다도 훨씬 강해 보였기에 나는 뒤로 물러나며 피하는 수밖에 없었다.

그와 동시에 상대가 파고들어 왔다.

고드름을 피하느라 균형이 무너져 있던 나는 양손의 무기를 교차하여 창을 막아 내야 했다.

그 순간 쩌저적! 창을 막고 있던 내 무기가 얼어붙기 시작했다.

'얼어 버렸다!?'

무기가 교차된 상태에서 얼어 버렸기에 창과 검 둘 다 옴짝달싹할 수 없어졌다. 반면 함께 얼어 있던 상대의 창은 통과하듯 부드럽게 얼음에서 빠져나왔다.

무기가 얼어 버린 건 생전 처음 겪는 일이었기에 나로서도 당황할 수밖에 없었다.

'이것이 이 세계의 싸움 방법이라는 건가…….'

내가 순수 무예 대결에서 우위에 있는 것처럼, 상대도 상대만의 노하우가 있었던 셈.

'어쩔 수 없지.'

나는 오러를 극한까지 끌어올렸다.

유형의 기운은 내 무기를 타고 올라가 상대가 만들어 놓은 얼음을 마나로 바꾸어 소멸시켜 버린다.

"웨폰 스펠……!"

상대의 눈이 커졌다.

그녀는 내게서 심상치 않은 기백을 느꼈는지 황급히 뒤로 물러나며 고드름을 쏘아 냈다.

나는 오러가 실린 창을 휘둘러 그것들을 단숨에 소멸시켜 버렸다.

오러가 가진 주요 기능이었다. 나도 최근 들어 안 것이지만 오러를 사용하면 상대방의 마력을 지워 버릴 수 있다고 한다.

이곳 사람들은 그걸 웨폰 스펠이라고 부르며 굉장히 높게 평가한다고.

"저 정도의 웨폰 스펠이라니!"

"미, 믿을 수 없어!"

관중 중엔 모험가들도 많이 있던 만큼 탄성이 울려 퍼졌다.

나는 인정사정없이 상대를 몰아쳤다. 먼저 창과 검을 교차해 상대의 무기를 잡아 뺏어 낸 뒤 품으로 파고들어 얼음 창을 만들어 내려는 상대의 오른팔을 꺾으며 뒤로 돌아 들어갔다.

그 뒤 콰직! 그대로 등을 제압해 얼굴을 바닥에 처박게 만들었다.

"이걸로 끝이에요. 이 이상은 상대해 주지 않겠습니다."

"크윽!"

결판이 난 승부.

나는 소문이 흐르게끔 관중에게 내 이름을 자칭했다.

다들 내 실력에 놀라는 눈치였으니 좋은 소문이 흐를 것 같았다.

다만 가스파르만큼은 어이가 없다며 떫은 표정을 짓고 있었다.

"알스, 방금 건 대체 뭐냐? 일리야 안페이가 이걸 봤다면 호된 꾸지람을 들었을 거다."

"하하, 아마 그렇겠죠."

도무지 좋은 싸움이었다고는 할 수 없었다.

"나라면 다섯 합 만에 죽여 버렸을 거라고."

"그러니까 함부로 죽이려 들지 좀 말라고요. 여긴 전쟁이 없는 곳이니까."

"쳇, 그래서 짜증 난다는 거야. 그보다 이만 가자. 하고 싶은 얘기가 산더미처럼 쌓여 있거든."

가스파르가 앞장을 섰다. 나는 그 뒤를 따라가려고 했으나 나를 붙잡는 목소리가 있었다.

"잠깐만요!"

루크레치아였다.

얼굴을 바닥에 처박혔을 때 이마가 찢어졌는지 피가 줄줄 흐르고 있다.

그녀는 분함과 굴욕감, 그리고 왜인지 선망이 가득한 눈빛으로 나를 보고 있었다.

"재전을 부탁드립니다. 당신이 사용하는 그 무예. 아직 전부 펼쳐 보이지 않았다는 걸 알고 있어요."

"그래서요?"

"꼭 견식을 해 보고 싶습니다."

"미안하지만 그럴 시간이 없어서요. 나중에 기회가 된다면 생각해 보겠습니다."

"그렇……습니까. 어쩔 수 없죠."

그녀는 '알스 일라인……. 알스 일라인…….'이라 중얼거리며 내 이름을 외우고 있었다.

나는 어깨를 으쓱이며 몸을 돌렸다.

그녀를 뒤로한 채 가스파르와 자리를 옮긴 나는 서로가 가진 정보들을 공유했다.

먼저 이 세계에 관해선 견해가 일치했다.

"그래, 그 마대륙이란 것이 아마 우리의 대륙이겠지."

"그에 대해서이지만…… 우리 대륙을 중심으로 펼쳐져 있는 그 결계의 정체는 대체 뭘까요?"

"글쎄다. 흐음."

가스파르는 한참이나 고민을 하더니 조심스럽게 말한다.

"알스, 넌 왜 우리 대륙에 마법이 사라진 건지 알고 있냐?"

"책에서 읽은 적이 있어요. 신들의 다툼으로 인해 마법이 실전됐다고."

"맞아. 당시엔 그냥 신화로 전해지는 헛소리라고 생각했지만……. 지금은 조금 다르게 보이는군."

"그 결계는 신이 만들어 놓은 거다? 마법을 없애기 위해?"

"추측일 뿐이지만 아마 신이란 놈은 의도적으로 우리 대륙을 다른 세계와 단절시킨 것 같아. 그걸 통해 낙원을 만들려고 한 걸지도 모르지."

우리 대륙엔 일부 신성 마법을 제외하면 마법도, 몬스터도 없고, 자연재해도 거의 발생하지 않는다.

인구만 폭증하지 않으면 식량문제가 발생하지 않을 정도로 토지도 비옥한 편이다.

"으음, 그에 대해선 아직 단서가 부족하니까요. 일단은 넘어가도록 하죠."

"그래. 우리가 어떻게 할 수 있는 문제도 아니니까."

다음은 실종자들에 관한 것이었다.

나는 가스파르에게 혹시 찾아낸 사람이 있냐 물었다.

"없어. 도적단을 이용해 정보를 모아 봤지만 이렇다 할 정보가 없더군. 뭐, 너를 발견한 것만 해도 커다란 성과이지만."

"그것에 관해서지만 도적질은 이제 그만해요. 유미르가 뭐라고 생각하겠습니까?"

"그것도 그 아이를 찾아내고서 생각할 일이지."

"뭐가 됐든, 도적질 말고 다른 방법으로 일을 처리해요. 그러다가 소탕을 당해 버릴지도 모른다고요."

"쳇. 알았어."

나는 귄터와 만났던 것을 얘기했다. 가스파르는 귄터가 누구인가 고개를 갸웃하며 생각하더니 겨우 떠올랐는지 고개를 끄덕인다.

"그 힘 좀 쓸 것 같은 멀대 녀석 말이지."

"예. 그가 남대륙을 수색해 주기로 했어요."

"믿을 만한 놈인 것 같진 않지만 지금은 그것마저도 고픈 상황이니······. 그래서? 그 이후엔 어떻게 하기로 한 거지?"

"제가 서대륙의 바이언이란 도시에 거점을 만들고 사람들을 기다리기로 했습니다. 저는 움직이지 않는 편이 효율적이란 판단이에요."

"확실히······. 다들 너를 찾기 위해 움직일 테니까. 네가 움직여 버리면 엇갈림이 발생할 가능성이 높지. 나쁘지 않은 선택이다. 다만 그렇게 소극적으로 해도 좋을지는 회의적이군."

"소극적이라는 건······?"

"이 세계는 생각보다 더 위험해. 땅이 넓어서 그런지 노상강도를 비롯한 도적들이 상당히 많거든."

우리 세계에선 도적 같은 것들이 거의 없었다. 인구가

많고 군사력이 높은 탓에 국가의 영토 지배력이 높기 때문이다.

도적왕이라 불리던 크라우스 포크너가 있긴 했으나 그 녀석 또한 오랜 기간 활동하지는 못했다. 툰카이에 토벌을 당할 처지에 처하자 교섭에 응하여 객장으로 들어갔다.

반면 이곳은 국가의 지배력이 닿지 않는 구역이 너무 많다. 국가의 인력 대부분이 몬스터의 침공을 방어하거나 몬스터가 지배 중인 영토를 수복하는 것에 사용되고 있기 때문이다.

"일리야 안페이나 에오니아 미라벨 같은 녀석들은 그렇다 쳐도 다른 녀석들은 그런 위험을 극복하지 못할지도 몰라. 그러니 최대한 빨리 찾아야 한다고 생각한다."

"저도 그렇게 생각은 하지만……. 달리 방법이 없지 않습니까?"

대대적인 수색을 펼치기 위해선 막대한 돈이 필요하다.

"다른 방법이 하나 더 있잖냐. 너 스스로가 유명세를 떨치는 거지."

"그것도 생각은 해 봤습니다만 생각만큼 쉽지 않아요. 이 세계는 정보망이 세밀하게 갖춰져 있지 않거든요. 전 대륙에 유명세를 떨치기 위해선 어지간한 일로는 힘들 거예요."

오늘 있던 일도 이 근방에선 소문이 되겠지만 널리 퍼지지는 않을 테다. 설령 널리 퍼져 나간다고 해도 이야기가 제대로 전달될 것이라곤 기대하기 힘들었다. 소문이란 건 흐르면 흐를수록 변질되고 마는 법이니까.

그나마 떠오르는 방법은 현상금이 걸려 있는 흉악 던전을 토벌하는 것이었다.

"혹시 던전 토벌을 하자는 겁니까?"

"설마. 뭐, 나중에는 그런 것도 해 볼 법하겠지만 지금 은 아니야. 아직 정보도 부족하고 전력도 갖춰지지 않았으 니까."

"그렇담 다른 방법은 없는 거잖아요."

"아니, 하나 더 있잖냐. 왜 떠올리지 못하는 건데?"

가스파르는 씨익 웃으며 말했다.

"네 책을 이용하는 거다."

"……?"

무슨 소리를 하는 걸까.

"네가 올라프 녀석과의 거래를 위해 썼던 그 소설 있잖냐. 그걸 이 세계에 내놓는 거지. 책이 인기를 끌면 네가 뭔가를 하지 않아도 자연스럽게 복사본이 유통될 거다. 돈을 들이지 않아도 저절로 대륙 곳곳에 책이 퍼져 나가는 거지."

"……!"

"그리고 그 책에 거점지인 바이언에 대한 단서를 적어 놓 으면 되는 거야! 그걸 보면 다들 눈치를 채고 바이언으로 찾 아올 거다."

"당신…… 천재입니까?"

기발한 책략이었다.

책에 대한 내용은 내 머릿속에 고스란히 들어 있던 만큼 1권과 2권을 다시 만드는 건 어렵지 않았다.

그 책이 이곳에서도 인기를 끌 수 있을지는 미지수였지만 그래도 하지 않는 것보단 낫다.

지금은 뭐든 해야 하는 상황이기도 했으니 가스파르의 제안을 따라 보기로 했다.

실종자들에 관한 논의를 끝낸 뒤에는 왕립 아카데미 건에 대해 이야기를 했다.

왕립 아카데미 건에 대해서 가스파르는 애매하게 고개를 끄덕였다.

내가 마법을 배우는 것에 대해선 동의했으나 너무 사정이 좋은 것 아니냐는 것이다.

"알스 너라면 마법을 배우는 것도 어려운 일은 아니겠지만……. 네게 추천장을 써 준다는 그 노인. 믿을 만한 거냐?"

"그건 저도 잘 모르겠어요. 뭐, 어차피 목적은 바이언에 가는 것이니까요. 아카데미 입학 건이 거짓이었다고 해도 큰 상관은 없을 거라 생각해요."

"흠. 그렇긴 하지. 뭐, 어차피 바이언에 갈 거라면 나쁘지 않겠군."

"예, 그러니 가스파르, 당신은 이곳 북대륙에 남아 실종자들을 찾아 주세요. 그리고 그들이 제가 있는 바이언으로 올 수 있게끔 인도하는 겁니다."

남대륙은 귄터. 북대륙은 가스파르. 서대륙은 내가 맡는 것이다.

빈틈이 없는 만큼 잘만 하면 반년이면 모든 실종자들을 찾아낼 수 있겠지.

문제는 그럼에도 발견이 되지 않는 경우다.

가스파르는 그 최악의 경우까지 염두에 두는지 고개를 흔들었다.

"이곳에는 내가 따로 사람을 남겨 두지. 나는 단독 행동을 하겠다."

"……당신 설마."

"그래. 잃어버린 땅을 수색하겠어."

"그건 너무 위험해요."

"위험한 만큼 빨리 조사를 해야 하는 거야."

"그건 그렇지만……."

얼마나 강한 괴물들이 있을지 알 수 없었다. 문헌에 따르자면 모험가, 군대, 일반인을 포함해 30만을 단 하루 만에 몰살시킨 괴물도 있다고 한다.

인외마경. 현재 잃어버린 땅은 그런 표현이 어울리는 곳이었다.

하지만 그런 곳에도 사람은 살고 있다. 매번 잃어버린 땅을 개척할 때마다 그곳에서 숨을 죽이고 살아가고 있던 사람들이 발견되곤 한다.

가스파르는 그런 사람들을 수색해 보겠다고 하는 것이다.

그 안에 유미르가 있을지도 모른다는 걱정 때문에 말이다.

"나를 믿어라. 고작 이런 일에 목숨을 잃을 사람이 아니야, 이놈은."

확실히, 이 역할을 맡아 줄 수 있는 건 일리야 스승 외에는 가스파르밖에 없었다.

나는 한숨 쉬며 고개를 끄덕였다.

"알겠어요. 가능한 한 서둘러서 대체 인원을 파견할 테니 조심해서 움직여요."

"맡겨 둬. 너야말로 뒤통수나 얻어맞지 말고."

"절 뭘로 봅니까?"

"훗, 그렇지. 그 용병 웨이드니까 말이야."

가스파르는 결의에 차 말한다.

"그 아이가 출산하기 전까지는 내가 반드시 찾아낼 거다. 그러니 알스, 너무 걱정하지 마라."

"제가 할 말이에요."

가스파르가 말없이 내 손을 붙잡았다.

그 믿음직스러움에 절로 고개가 끄덕여졌다.

가스파르와 헤어진 후 람다멘으로 돌아온 나는 노인이 써 준 추천장을 들고 곧장 바이언으로 향하는 여정에 들어갔다.

노인이 써 준 추천장은 다섯 장에 달하는 서류였다.

무슨 내용이기에 다섯 장이나 되는가 했으나 대부분에는 노인의 이력이 쓰여 있었다.

어디 아카데미를 나왔고, 어떤 던전을 공략했고, 어떤 표창을 받았으며……. 그런 자화자찬 격의 내용이 줄줄 써 있었던 것이다.

그도 당연했다. 추천장이란 추천인이 어떤 인물인가가 무엇보다 중요한 법이니까.

'보기만 하면 화려해 보이긴 하는데…….'

이게 얼마나 대단한 것인가는 나로서는 알 수 없었다.

'나에 대한 내용은 간소하네.'

빛의 마법에 대한 소질과 비전 마법에 대한 잠재력이 돋보인다. 그 정도로 끝이었다.

뭐, 그 이상 쓸 게 없긴 했을 테다.

배를 타고 서대륙 북부 해안 도시인 카이간에 도착한 나는 3일 정도를 탐문에 소비했다.

혹여나 가신들을 찾을 수 있지 않을까 해서였지만 소득은 없었다.

마차를 타고 바이언으로 향하면서도 탐문을 계속했기에 정작 바이언에 도착한 것은 편입 심사가 시작되는 당일의 새벽이었다.

이 편입 심사를 놓치면 1년을 더 기다려야 했기에 나는 숙소를 잡을 새도 없이 부랴부랴 아카데미로 향해야 했다.

엘란 왕국의 왕립 아카데미는 내 생각 이상으로 거대했다.

내심 펜실론 아카데미를 압도할 만한 아카데미는 없다고 생각했으나 여긴 그 차원을 넘어섰다.

"실화냐······."

아카데미는 도시 비율의 절반을 차지하고 있었다. 심지어 아카데미 내부에 귀족 가문의 저택과 왕궁이 위치해 있었다.

아카데미가 도시 그 자체였던 셈.

이는 역사적인 의미 때문이었다.

200년 전 멸망 직전까지 갔던 엘란 왕국은 인류 최후의 보루였다.

그렇기에 이곳 수도 바이언엔 전 세계의 모험가들과 마법사들은 물론이고 온갖 학자들이 모여 있었다.

그들은 후세를 위해 자신들의 지식과 노하우를 남기기로 했는데, 그 탓에 도시 자체가 아카데미처럼 변해 버린 것이다.

"어이쿠, 이러고 있을 틈이 없지."

이렇게나 거대하니 길을 잃어버릴 가능성도 있었다.

나는 주변 사람들에게 길을 물으며 편입 수속을 하고 있는 장소를 찾았다.

그 와중 같은 처지의 사람을 만날 수 있었다.

"뭐야. 너도 편입 희망자냐?"

20대 후반으로 보이는 남자였다. 그는 나를 보더니 눈살을 찌푸렸다.

"보아하니 그 얼굴을 믿고 온 거 같은데. 그렇다고 네가 뽑힐 거라 생각한다면 큰 오산이다."

돌연 내게 적개심을 드러내는 남자.

별로 기분은 좋지 않았지만 이놈은 정보를 가지고 있었다.

실종자 수색으로 경황이 없어 편입에 대해선 노인에게 들은 게 전부였던 상황이었기에 이놈에게 정보를 캐내 보기로 했다.

"내가 왜 너한테 그걸 알려 줘야 하는데!"

그러나 내 의도가 너무 뻔했던 탓인지 남자는 역정을 내며 가 버렸다.

모습을 보니 꽤나 신경이 곤두서 있는 모양이다.

'그 할아버지는 자기의 추천장이 있으면 알아서 잘될 거라고 했는데…….'

새삼 이제 와서 정보를 모아 봐야 무슨 소용이 있겠나 싶었다.

'조금 우려가 되긴 하지만…….'

아카데미에 들어가지 못해도 큰 상관은 없었기에 편한 마음으로 편입 수속이 이뤄지는 곳으로 향했다.

엘란 왕국의 왕립 아카데미는 알스가 우려한 대로 독특한 형태로 운영이 이뤄진다.

아카데미는 1년에 두 번에 걸쳐 학생을 받게 되는데, 2월에 있는 신입생 입학. 그리고 3월에 있는 편입생 입학이 그것이다.

무슨 차이가 있냐고 하면 신분의 차이가 있다.

일단 신입생 입학에선 오로지 귀족들밖에 입학할 수 없다. 평민들은 죽었다 깨어나도 신입생으론 입학할 수 없는 것.

그렇게 뽑힌 귀족들은 마법이 아닌 기본적인 소양 교육을 받으며 이후 3월에 입학하는 편입생들 중에 한 명을 짝으로 삼게 된다.

말이 짝이지 일종의 수행원을 두게 하는 것이다.

그렇기에 편입생들의 입학에는 변수가 있다.

제아무리 실력이 따라 준다고 해도 귀족의 눈에 들지 않으면 입학할 수 없는 것이다.

불합리한 제도이긴 했지만 아카데미에 입학함으로써 얻을 수 있는 메리트가 상당하기 때문에 매년 수만 명에 달하는 편입 희망자가 나타난다.

"이번에는 제발 선택을 받길…… 제발……!"

"하늘이시여, 제발……!"

편입생 중엔 그렇게 간절히 기도를 하는 사람이 있는가 하면 여유로운 사람들도 있었다.

미리 귀족 신입생들의 가문에 로비를 해 놓은 자들이다.

이런 사람들이 80% 이상이었던지라 순수한 편입의 문은 바늘구멍이나 다름없었다.

알스는 그 바늘구멍을 통과해야 하는 입장이었으나 당연하다면 당연하지만 멀뚱멀뚱 서 있을 뿐이었다.

그저 추천장을 가져왔으니 알아서 처리해 달라는 태도였다.

접수원은 그 자신감 넘치는 태도에 대단한 추천장이라도 가져왔나 싶어 살펴본다.

"······히버트 크로스넬?"

"예, 추천장을 써 주신 분의 이름입니다."

"크로스넬······. 크로스넬······?"

접수원은 몇 번이나 고개를 갸웃했다. 뭔가 걸리는 이름이긴 했으나 그렇다고 뭔가가 금방 떠오르지는 않았기 때문이다.

"일단 알겠습니다. 기다려 주세요."

접수원은 나중에 추천인의 이력을 자세히 읽어 봐야지 마음먹었지만 으레 이런 일을 하던 사람들이 그러하듯 일이 바빠 까먹어 버리고 만다.

알스는 알아서 잘되겠지 하며 느긋하게 기다리고 있었다.

그사이 간단한 필기시험이 시작됐다.

"헉."

그냥 추천장만 있으면 해결되는 줄 알고 있던 알스는 당황할 수밖에 없었다.

역사, 지리, 문화. 어느 것 하나 제대로 알고 있는 것이 없었기에 대부분 찍거나 백지로 제출하는 수밖에 없었다.

2일 차에는 마법 시험이 있었다.

이 시험에선 오러를 사용해도 상관이 없었으나 알스는 그걸 알지 못했다. 이곳에 편입을 하러 온 사람들 중 오러를 쓰는 사람이 거의 없었기 때문이다.

그렇기에 오러가 아닌 정통 마법을 사용해야 하는 거라 지레짐작하고 본인이 독학으로 배운 마법을 시전했다.

책에서 배운 빛의 마법이었다.

"하아앗!"

알스는 온갖 집중을 다해 자그마한 빛의 구체를 만들어 냈다.

그러나 뽕! 그 빛의 구체도 2초가 지나고 나서는 사라졌다.

"휴우! 성공했다."

그럼에도 알스는 만족스럽다며 이마의 땀을 닦았다. 추천장을 써 준 노인에게 마나를 쌓는 법을 배우고 대략 일주일. 그 짧은 시간만으로 마법 시전에 성공했다는 만족감이었다.

이는 실제로도 대단한 일이긴 했으나 시험관이 그걸 알고 있을 리가 없었다.

"뭐야, 이놈은."

시험관은 코웃음을 치며 최하점을 줘 버렸다.

그리고 그 시험 결과가 발표되는 3일 차.

알스는 보란 듯이 최하위에 랭크돼 있었다.

이곳에 오는 사람들은 다들 최선을 다해 공부를 하고 오는 자들이니 알스가 꼴찌가 되는 건 당연했다.

다만 알스는 오히려 기쁜 얼굴이었다.

"꼴찌라니. ……신선한데?"

아카데미에선 줄곧 1등만 해 왔던 알스에게 오히려 신선한 충격이었다.

알스에겐 다행스럽게도 시험 성적이 좋지 않다고 탈락이 되는 일은 없었다.

어차피 이런 성적은 신입생들의 선택을 도와주는 지표에 불과했으니까.

이후에는 심층 면접이 이뤄졌는데, 워낙 응시자 수가 많았던 탓에 신청자에 한하여만 면접을 보게끔 되어 있었다.

미리 로비를 해 놓은 응시생들은 어차피 결과가 정해져 있으니 면접은 패스.

알스도 이걸 기다리고 있느니 도시 탐문이나 하겠다며 면접을 신청하지 않았다.

그로 인해 알스의 시험 순위는 명실상부 최하위에 랭크되고 말았다.

그렇게 8일 차. 신입생들이 편입생들을 선택하는 시간이 오게 된다.

엘란 왕국은 그 역사가 제법 길었다.

기록된 국가의 역사만 500년이 넘었고, 거쳐 간 왕의 숫자도 30명이나 되었다.

당연히 왕권은 강했지만 최근 들어서는 그 왕권이 흔들리고 있었다.

애초에 엘란 왕국이 왕권을 유지할 수 있었던 건 몬스터라는 외적이 있었기 때문이다.

다만 최근 10년간은 남대륙을 가로지르는 포를란 해협을 기준으로 방어선이 그어져 있었기에 몬스터에 대한 걱정이 덜했다.

그리고 이는 곧장 왕권에 위협을 가져왔다.

남대륙을 지배하는 호족들에게 여유가 생기면서 그들이 세력을 키워 가게 된 것이다.

이는 구원자 연맹의 탓도 있었다.

구원자 연맹은 몬스터에게서 땅을 수복한 자에게 그 땅의 통치 권리를 준다.

남대륙을 몬스터에게서 되찾은 귀족들이 그 땅의 통치 권리를 원하게 된 건 자연스러운 수순이었다.

그 탓에 현재 엘란 왕국은 여러 개의 파벌이 신경전을 벌이고 있는 상황이었다.

이번 아카데미 편입생 선발 과정에서도 그 영향이 있었다.

"하아……!"

엘란 왕국의 4왕자 조셉 디바인은 깊은 한숨을 내쉬었다.

아카데미 신입생이었던 그는 수행원이 될 편입생 선택을 눈앞에 두고 있는 상황이었다.

다만 그에게 자유는 없었다.

이미 국왕파에 속한 내정자가 있었던 것.

뽑고 싶은 사람이 있었던 그에겐 한숨이 나오는 일이었다.

'그녀가 도무지 머리에서 떠나질 않는군.'

조셉은 유혹을 이기지 못하고 왕궁의 한 방으로 향했다.

똑똑! 그의 노크에 안에서 들어오라는 고운 목소리가 들렸다.

조셉은 설레는 마음을 추스르며 문을 열어젖혔다.

그곳엔 세 명의 여성이 있었다.

하나는 조셉의 쌍둥이 동생이자 세 번째 공주인 로자 디바인. 다른 하나는 로자의 유모.

그리고 마지막은 최근 로자가 데리고 온 시녀 에리나였다.

"무슨 일이신가요? 오라버니."

로자는 볼 것도 없다는 목소리로 물었다.

조셉의 시선은 이미 에리나에게 고정돼 있었으니까.

"아, 아니. 준비는 잘돼 가고 있나 싶어서 말이야. 로자 너는 신입생들 사이에선 주역이나 다름없으니까."

"걱정하지 않아도 괜찮아요. 제가 알아서 할 수 있으니까요. 게다가 편입생은 이미 결정한 상황이고요. 그렇지? 에리나."

에리나는 곤란한 표정을 지었다.

"공주님, 전에도 말씀드렸지만 저는……."

"알아. 네 낭군님을 찾으면 떠나는 거. 그래도 그 전까진 내 곁에 있어 줘. 네가 부탁한 대로 낭군님을 찾는 것도 도와줄 테니까."

"후훗, 예. 고맙습니다. 공주님."

조셉은 자기도 모르게 헛숨을 토해 냈다.

그는 에리나가 평민이라 생각하지 않았다.

'이런 기품을 가진 사람이 평민이라니. 그럴 리 없어!'

조셉이 에리나를 멍하니 응시하고 있자 로자는 에둘러 주의를 주었다.

"오라버니. 저를 걱정해 줄 시간이 있다면 식순이나 다시 확인하시는 게 어떠신가요?"

"으, 음. 그래야겠다."

로자가 조셉의 꿍꿍이속을 모를 리 없었다.

"정말이지……."

로자는 고개를 절레절레 흔들고는 말했다.

"그럼 갔다 올게."

"공주님, 저도 가야 하지 않을까요?"

"괜찮아, 에리나 너는 왕가의 추천을 받았으니까. 시험 같은 건 필요 없어. 그러니 공부라도 하고 있어. 아직 문자를 완전히 익히지는 못했잖아?"

"예, 호의에 감사합니다."

그렇게, 로자 공주는 편입생들이 모인 곳으로 향했다.

수만에 달하는 편입생들의 숫자가 1/4가량으로 줄어들어 있었다.

시험 성적을 보고 가망이 없다고 생각해 떨어져 나간 듯하다.

'그런 거라면 나도 가야 되는 건가?'

뭔가 생각대로 되고 있지 않다는 건 중간쯤에 깨달았다.

추천장만 있으면 될 거라는 노인의 말과는 달리 그럴 기미가 전혀 보이질 않았으니까.

'에이 뭐. 안 되면 안 되는 거지.'

이젠 이곳의 구조도 대충 알게 되었다. 여기서 통과를 해 봤자 누군가의 수행원이 된다고 한다.

그 짓을 하느니 마법에 대해선 그냥 독학을 하는 편이 낫다는 생각이었다.

"와, 왔다."

"꿀꺽!"

신입생들이 하나둘 모습을 드러냈다.

그 숫자는 대략 400명 정도. 한 국가의 최고 교육기관의 신입생 숫자로 생각하면 얼마 없는 것 같이 보이지만 저들 모두가 귀족이라고 보면 어마어마한 숫자였다.

그들은 편입생들을 한번 훑어보더니 기다렸다는 듯 누군가를 선택하여 어디론가 이동하기 시작했다.

어디로 가는 건가 싶어 옆에 녀석에게 물어보니 그것도 모르냐는 듯 쏘아붙인다.

"파티장으로 가는 거잖아!"

"파티장?"

"여기서 선택을 받으면 입학이 확정되는 거라고. 저녁에는 신입생 환영 파티가 열려."

"워우. 그렇게 갑자기?"

신입생들은 대략 한 달 정도 전에 입학을 했다고 하니 오히려 늦은 걸지도 모른다.

그러고 보니 여기 애들 중 몇몇은 이미 연미복을 차려입고 있다.

그에 비해 나는 움직이기 편한 평상복이다.

'알아서 준비해 주겠지.'

일단 선택을 받는 것부터다.

나는 얌전히 기다리기로 했다. 선택을 받지 못하면 받지 못 하는 대로 계획이 있었기에 별로 긴장은 되지 않았다.

그러길 잠시.

"당신…… 이름은 뭐라고 하죠?"

"……웨이드라고 합니다."

이곳에선 웨이드란 이름을 쓰기로 했다. 일단 어느 기관에 소속되는 것이니만큼 가명을 쓰기로 한 것이다.

어차피 나를 아는 사람이라면 웨이드라는 이름만 보고도 알아챌 테니 별문제는 없을 테고.

"웨이드……. 좋은 이름이네요."

수수한 인상의 귀족 영애였다.

그녀는 내 얼굴을 뚫어지게 바라보며 집사로 보이는 남자에게 관련 정보를 가져오라 지시했다.

그러나 내 성적을 보곤 실망했다는 표정이 된다.

"나이가 제법 어리군요. 그렇다는 건 아직 가망이 있다는 걸지도 몰라요. 착실히 배운다면 나아질 거예요!"

"아가씨, 안 됩니다. 아무리 그래도 이런 성적은 곤란합니다. 주인님께서 화내실 겁니다."

집사의 만류에 영애는 울상을 지으며 떠나갔다. 그러면서도 미련이 남는지 계속 내 쪽을 돌아본다.

그런 영애들이 둘이나 더 지나갔다.

나로서는 언제나 있는 일이기에 별생각이 없었으나 아무리 그래도 이어진 상황은 내 예상을 벗어나는 것이었다.

"……."

나를 뚫어지게 바라보고 있는 흑발의 영애. 평소와 다름없는 일인가 싶었으나 주변에서 소곤거리는 목소리가 들려왔다.

"로자 공주님이야……!"

"로자 공주님께서 왜 저놈을……."

공주의 출현.

나도 공주와는 별로 만나 본 적이 없었다. 캘리퍼 왕국의 파티장에서 공주들을 본 적은 있으나 가레스 국왕이 워낙 노령인 탓에 공주들도 나이가 상당했다. 가장 어린 공주가 40살이었을 정도.

가레스 국왕의 손녀들이 있긴 했으나 그들은 공주라기보단 그냥 왕족에 불과했다.

그나마 공주와의 친분이라면 괴짜 멜로디아나 공주나 마찬가지로 괴짜인 소피아 공주밖에 없었다.

눈앞의 공주는 뭐라고 할까. 내가 상상하던 그런 공주와 닮아 있었다. 외모도 그렇고, 그 기품도 그랬다.

'그런데 대체 언제까지 쳐다볼 거야?'

아무리 익숙한 일이라곤 해도 계속 구경거리가 되면 기분이 나빠진다.

나는 작위적인 미소를 지으며 그녀에게 말했다.

"제게 무슨 용무라도 있으신지요."

"……아."

그제야 정신을 차렸는지 로자 공주는 허둥지둥거렸다.

"그, 그게 그러니까. 그. 편입생인 건가요!?"

"예, 편입을 희망하고 있습니다."

어차피 공주쯤 되면 이미 내정자가 있을 게 분명하다. 그러니 적당히 하고 사라져 줬음 했다.

그러나 공주는 발이 땅에 박히기라도 한 듯 움직일 기미를 보이지 않았다.

그녀는 떨리는 목소리로 내게 묻기 시작한다.

"어, 어디서 오신 거죠?"

"……람다멘입니다."

"람다멘! 북대륙의 도시군요. 그곳에 사파이어 광산이 훌륭하다고 들었는데, 정말인가요?"

"안타깝지만 그 부분은 답해 드리지 못하겠네요. 저도 광산에는 가 본 적이 없습니다."

"그, 그렇군요."

그녀는 어떻게든 화젯거리를 찾으려 했다. 곧 내 성적을 보면 되겠다 싶었는지 수행원에게 시켜 내 성적표를 확인한다.

곧 그 표정이 곤혹스럽게 일그러졌다.

"무, 무척 인상적인 성적이네요."

그 성적을 포장하다니. 새삼 대단해 보였다.

"공주님, 슬슬 이동하시지요. 불필요하게 시선이 몰리고 있습니다."

"자, 잠깐만요. 조금만 더……."

"너무 노골적으로 행동하고 계십니다."

"그래도……."

노골적으로 행동한다.

시종이 지적한 것은 이 이상 하다간 정치적인 의미를 가지게 된다는 뜻이었다.

실제로 그 의도를 곡해한 무리가 나타났다.

"어머나, 로자 공주님. 왜 그러고 계신가요?"

짙은 갈색의 머리를 하고 있는 영애였다. 이쪽도 빼어난 외모를 하고 있긴 하지만 눈빛이 강해서 그런지 뭔가 표독스러운 느낌이 들었다.

그녀는 로자 공주, 그리고 나를 보더니 눈을 크게 떴다.

"과, 과연. 그런 건가요."

그 여자는 곧 입꼬리를 씨익 올렸다.

"그러고 보니 공주님은 이미 편입생을 골랐다고 하셨죠?

누구라고 했더라……. 뭐, 어찌 됐든. 이 남자를 데려갈 수는 없으실 텐데요?"

"그건 저도 알고 있습니다. 신경 써 주지 않아도 됩니다. 리노아 양."

"어떻게 그럴 수 있겠습니까."

리노아라 불린 여성은 음흉하게 웃었다.

"보아하니 공주님께선 이 남자의 잠재력을 눈여겨보신 것 같군요. 이런 자가 탈락을 한다면 아쉽다고 생각하신 거죠. 아닌가요?"

"마, 맞아요. 그렇습니다."

"그렇담 제가 공주님의 고뇌를 덜어 드리겠습니다."

"예?"

그러면서 리노아는 내게 손을 내밀었다.

"자, 제 손을 잡으세요. 제가 당신을 데려가도록 하겠습니다."

웅성이는 주변.

나는 머릿속으로 계산기를 두들겼다.

정체모를 아가씨를 따라가느냐. 그냥 독학을 하느냐.

어차피 입학을 한다는 관점에선 누구를 따라가도 마찬가지이니 이 아가씨를 따라가도 상관이 없어 보였다.

"영광입니다."

나는 그 손을 잡아 그녀에게 향했다. 그러자 로자 공주는 충격을 받은 듯한 표정이 된다.

나로서는 어이가 없을 뿐이다.

차라리 리노아라는 여자처럼 대놓고 타산적으로 행동해 주는 편이 알기 쉬워 좋았다.

"훗. 그럼 이만 가 보겠습니다. 공주님."

드레스 자락을 올려 보이며 공손히 인사하는 리노아.

나는 그녀의 뒤를 따라 환영회가 열리는 파티장으로 향했다.

리노아는 파티장으로 향하는 짤막한 시간 동안 본인을 소개했다.

"리노아 브랜포드라고 해요. 브랜포드라는 이름은 들어서 알고 있겠죠?"

"모릅니다만."

"……뭐라고요?"

"모른다고 했습니다."

내 태도의 변화를 감지한 걸까. 리노아는 눈매를 좁혔다.

"뭔가요, 아까와는 달리 태도가 불손해졌네요."

"뭐, 이미 선택을 받았으니까요. 게다가 남에게 고개 숙이고 다닐 처지도 아니고."

굽신거리고 다닐 생각은 없었다.

"허! 평민 주제에 말은 잘하는 군요."

어이없어하는 리노아에게 말했다.

"쳐내고 싶으면 쳐내세요. 별 상관 안 하니까."

"대, 대단한 패기군요. 뭐, 좋아요."

의외로 관대하다. 리노아는 오히려 마음에 든다며 호기롭게 웃었다.

내게 흥미가 생겼는지 뒤늦게 내 성적을 확인한다.

코웃음을 치는 건 당연한 수순이었다.

"핫! 잘도 이 성적으로 편입해 볼 생각을 했군요?"

"성적이야 마음만 먹으면 올릴 수 있어요."

"정말이지 어디서 나오는 자신감인지."

리노아의 곁에 있던 시종은 괘씸하다며 내게 호통을 쳤으나 리노아는 도리어 내 편을 들어 줬다.

"그냥 놔둬요. 적당히 건방지고 좋잖아요? 저도 고분고분 내 비위나 맞추려 아부하는 놈들보단 이런 녀석이 좋으니까."

의외로 좋은 파트너를 골라잡은 건지도 모르겠다.

"그런데…… 출신 성분이 제대로 적혀 있지 않네요. 당신에 대한 이야기를 해 주겠어요?"

"꼭 알아야겠습니까?"

"이왕 이렇게 된 거 알고 싶어요."

"음, 그럼 딴지 걸지 말고 들어요. 저는 일국의 장군이에요. 대장군까진 아니지만 그래도 바로 아래 정도는 됐어요."

"……?"

"그리고 멸망한 제국의 마지막 남은 황족이죠."

"……."

"……."

"장난은 그쯤 하세요."

리노아가 꾸중하듯 엄한 말투로 말한다.

"장난이 아닙니다만? 믿지 못하겠다면 이 이상 말해 줄 게 없습니다. 언젠가 내 말을 믿고 싶어질 때가 오면 그때 다시 물어봐요."

"로자 공주님을 곤혹스럽게 할 생각에 이상한 사람을 뽑고 말았군요……."

고개를 절레절레 흔드는 리노아.

곧 파티장의 드레스룸에 도착했다. 역시나 따로 준비를 해 주는 모양이다.

"단장을 하고 파티장으로 오세요. 편입 수속은 내가 해 놓을 테니 걱정 말고요."

"고맙습니다."

새삼 리노아란 여성에 대해 흥미가 생겼다.

그녀는 지금껏 만나 본 여성들 중에서도 독특했다.

소피아 공주가 표독스러워지면 이런 느낌일까.

단장을 해 주는 시종에게 묻자 그녀는 주위의 시선을 살피며 답한다.

"당신, 브랜포드 여백작을 몰라요?"

"여백작……? 가문의 당주라고요?"

"정말 몰랐구나……."

시종은 딱하다는 듯 나를 바라본다.

얘기를 듣자 하니 괴담으로 가득했다.

아버지와 친오빠들을 독살하여 당주 자리를 차지했다느니, 몬스터들을 조종해 경쟁 영지를 초토화시켰다느니.

말만 들으면 악영 영애의 레벨을 아득히 초월해 있었다.

"이젠 왕가에 대해서도 적의를 드러내고 있다던데……."

그래서 나를 선택하는 한이 있더라도 로자 공주를 물 먹이는 짓을 한 건가. 애초에 편입생은 누구를 선택하든 상관이 없었던 걸지도 모른다.

"저기, 힘내세요."

왜인지 응원을 받아 버렸다.

이 세계는 마법이 발달함으로 인해 식량 사정이 굉장히 풍족했다.

애초에 땅이 넓고 인구도 크게 많지 않은 만큼 식량이 부족할 이유가 없는 상황이었는데, 작물을 급속 성장시킬 수 있는 마법을 통해 식량 생산량까지 폭주하고 있었다.

땅이 좁고 인구가 많은 우리 대륙과 달리 여긴 땅이 넓은 대신 인구가 부족했다.

그런 덕인지 파티장에 차려진 음식의 양이 굉장했다.

이번 파티의 참가 인원이 대략 1천 명이니 그야 많을 수밖에 없지만, 그래도 이건 장관이었다.

파티장은 1층의 거대 홀을 중심으로 마치 연극장이라도 되는 것처럼 측면이 겹층으로 이뤄져 있었다.

이것도 마법의 덕인지는 모르겠지만 건축 기술에 한해선 우리 대륙보다 훨씬 뛰어난 것 같았다.

리노아가 기다리고 있던 곳은 5층의 파티장이었다.

리노아는 마치 외딴섬처럼 자리 잡아 와인을 홀짝이고 있었다.

내가 합석하자 그녀는 피식 웃는다.

"꾸미니까 더 빛이 나네요. 로자 공주님이 지금 모습을 보면 어떻게 반응할지 기대되네요."

"당신……. 듣자 하니 괴담이 장난 아니던데요?"

"그 시녀가 말하던가요?"

"예, 뭐. 아버지와 형제들을 죽이고 작위를 빼앗았다느니. 왕권까지 노리고 있다느니. 술술 털어놓던데요?"

"……."

리노아는 씁쓸한 표정으로 묻는다.

"정말이라면 어쩔래요?"

"천하의 몹쓸 년이라고 말하겠죠. 아무리 그래도 가족을 죽이는 건. 좀⋯⋯."

"훗, 천하의 몹쓸 년인가요⋯⋯."

세간의 평가에 대해선 크게 개의치 않는 모양이었다.

나도 그 소문이 전부 사실이라고 생각하진 않았다. 별 관심도 없었고.

그보단 이 왕립 아카데미의 수업 구조가 궁금했다.

그에 대해서 묻자 리노아는 막힘 없이 설명을 해 주었다.

이 왕립 아카데미는 기본적으로 모든 학문을 공부할 수 있지만 궁극적인 목표는 몬스터 퇴치에 있었다.

그렇기에 마법사로서, 혹은 용사로서 성공하는 것이 최종 목표였다.

용사라고 하니 뭔가 동화틱한 느낌이 났지만 명칭만 그런 것일 뿐, 그냥 국가 공인의 모험가 같은 느낌이다.

물론 메리트는 있다.

국가에서 인정한 용사가 되면 귀족의 신분을 얻음과 동시에 모험을 할 시 숙식에 관한 비용을 전부 면제받기 때문이다.

"그래서 당신과 같은 편입생들은 어떻게든 용사가 되려고 노력을 해요. 그야 귀족이 될 수 있는 거니까."

"귀족이 뭐라고…….."

목적이 변질되어 있다. 용사가 되려는 이유가 몬스터를 퇴치하여 평화를 가져오기 위함이 아니고, 그저 귀족이 되기 위함이라니.

돈을 벌려고 의사가 된다는 소리와 마찬가지다.

"당신은 귀족이 되고 싶지 않은 건가요?"

"말했잖아요. 저는 멸망한 제국의 마지막 남은 황족이라고. 이미 귀족이라니까요?"

"그 농담 재미없어요."

리노아는 피식 웃으며 말을 이어 간다.

"당신……. 의외로 잘 뽑은 걸지도 모르겠네요."

"안 좋은 의미로 들리는데요?"

"안 좋은 의미 맞아요. 전 가능한 한 모자라고 독특한 사람을 뽑으려 했거든요. 로자 공주님을 곤혹스럽게 하기 위해 돌발적으로 뽑긴 했지만 당신 성격도 그렇고, 그 바닥을 기는 성적도 그렇고, 불량한 태도도 그렇고. 딱 내가 원하던 사람이에요."

리노아는 잠시 고민하더니 낮은 목소리로 말한다.

"저와 거래를 하도록 하죠."

"갑자기 무슨 소리입니까?"

"제가 당신을 뽑아 줬잖아요? 그러니 제 부탁을 들어줬으면 해요. 만약 거부한다면 당장 내쳐 버릴지도 모른다고요."

이제 와서 거래를 하자니.

뭐, 아카데미에 미련은 없지만 얘기는 들어 보기로 했다.

"일단 들어는 보죠."

"어려운 일은 아닐 거예요. 당신, 앞으로는 최대한 오만방자하게 행동해 줬으면 해요. 이 악명 높은 리노아 브랜포드에 어울리는 행동을 하라는 거예요."

악역 영애의 앞잡이가 되라는 건가.

내게 이런 부탁을 한다는 건 그녀 또한 악역을 연기하고 있다는 뜻이 된다.

"이유를 들어 봐도 될까요?"

"나중에 자연스럽게 알게 될 거예요. 지금은…… 알려 줄 수 없습니다."

오만방자하게 행동하라니.

나와는 도무지 어울리지 않는 행동이었다.

'아니, 그렇지도 않은가?'

이전에도 웨이드였을 적엔 거만하게 행동하긴 했다. 아카데미에선 웨이드를 자칭하기로 했으니 이상할 것도 없다.

"……알겠습니다. 힘닿는 데까지 해 보죠."

기묘한 파트너와 만나게 된 것은 확실해 보였다.

리노아는 내 대답에 만족스럽게 고개를 끄덕인다.

"그럼 바로 시작해 볼까요."

"시작한다고요? 지금 바로요?"

"당연하죠. 절 따라와요."

리노아는 앞장서서 다른 영애들에게 향했다.

그녀는 한 남자를 편입생으로 뽑은 영애에게 다가가더니 음흉하게 웃는다.

"어머나, 이거야. 올센 백작가도 가세가 다한 걸까요? 그런 교양도, 기품도 없는 하인을 뽑다니 말이에요."

느닷없이 인신공격을 해 대는 리노아.

상대 영애가 화를 내는 건 당연한 수순이었다.

"입조심해 주세요, 리노아 양! 하인이라니요! 아카데미의 편입생을 하인으로 부르는 당신이야말로 교양이 없는 것 아닌가요!"

"흥, 그런 겉치레를 곧이곧대로 믿는 사람이 어디 있죠? 편입생은 하인! 모두가 그렇게 생각하고 있다고요!"

"그, 그야 일부 몰지각한 사람들은 그렇게 생각할지도 모르겠지만 적어도 저는 아닙니다!"

"과연 그럴까요? 그 남자, 올센 백작가에 빌붙어 먹고사는 상인의 자제가 아닌가요? 보나 마나 그 상인에게 돈을 받고 당신이 편입생으로 선택을 해 주기로 한 거겠죠. 그게 대등한 관계입니까? 주인과 하인의 관계가 아니면 뭔가요?"

"그걸 어떻게……!"

아무렇게나 트집을 잡는 일반적인 악당 영애와 달리 리노아는 팩트로 승부하는 유형인 듯했다.

상대는 곧 얼굴을 붉히며 자리를 피했다.

"오호호호홋!"

리노아는 소리 높여 웃었다.

이를 두고 보지 못한 다른 영애가 덤벼든다.

"리노아 양, 무례함이 도를 지나친 것 아닌가요?"

"무례하다니요, 로웰스 양. 저는 사실을 말한 것뿐인데요. 교양도 없는 평민들을 파트너로 삼고 희희낙락하는 꼴이라니. 순혈 귀족으로서 역겨울 뿐입니다."

"그러는 당신의 파트너는 어떻기에 그러는 거죠?"

"그야 더할 나위 없이 훌륭하죠. 제 안목을 뭐라고 생각하는 건가요. 평민이긴 하지만 훌륭하답니다. 아까부터 수많은 영애들이 이쪽을 훔쳐보고 있는 걸 모르겠나요?"

"으, 음……."

로웰스란 영애는 나를 바라보았다.

리노아의 말대로 다른 영애들도 내 쪽을 훔쳐보고 있었다.

이건 내가 딱 질색하는 상황이었기에 평상시였다면 슬쩍 자리를 피했겠지만 거래를 했으니 제 역할을 해 주기로 했다.

"옳은 말씀이십니다. 이곳에 저와 견줄 수 있는 자는 누구도 없습니다. 브랜포드 백작님."

나는 최대한 격식을 차려 이야기를 했다. 영애들은 내 모습에서 모종의 기품을 느낀 모양이다.

리노아도 놀라 눈을 끔뻑였다.

"봐, 봤죠? 제 하인이 이 정도라고요."

나는 한술 더 뜨기로 했다.

"백작님, 허락해 주신다면 제 기량을 선보이고 싶습니다만."

"……?"

리노아는 부채를 펼쳐 얼굴을 가리더니 내게 귓속말을 해온다.

"뭔 짓이에요!"

"왜요. 오만방자하게 행동하라면서요."

"그건 그렇지만……. 뭘 어떻게 하게요?"

"어떻게 하긴요. 파티장에서 하는 건 하나뿐이잖아요."

"설마……? 자신 있어요?"

"남들 못지않게는 합니다."

"……좋아요, 얼마나 잘하는지 두고 보죠."

리노아는 헛기침을 하며 부채를 접었다. 그러고는 내게 맡기겠다는 듯 입을 다문다.

나는 리노아와 언쟁을 벌이고 있던 로웰스란 영애의 앞으로 다가가 정중하게 춤을 신청했다.

"레이디, 당신과 한 곡 출 수 있는 영광을 주시겠습니까."

"예!? 아……!"

그러자 로웰스의 곁에 있던 남자에게 시선이 쏠렸다.

파트너가 있는 여성에게 댄스를 신청하다니. 대놓고 시비를 거는 것과 마찬가지인 무례한 짓이었다.

그리고 이럴 때 파트너의 대응 방법은 두 가지가 있다.

분노하여 상대의 춤 신청을 뭉개 버리는 방법. 두 번째는 눈에는 눈으로 상대 파트너에게 춤 신청을 하는 방법이다.

보통 후자로 가는 경우는 거의 없다.

일반적으로 남성과 여성이 짝을 지으면 남성 쪽이 발언권이 크기 때문에 그냥 전자의 경우로 남성 쪽에서 뭉개 버리며 끝내는 경우가 많다.

다만 지금은 여성 쪽의 입김이 훨씬 더 센 상황이다.

로웰스는 어떻게 할 거냐며 시험하듯 자기 파트너를 응시했다.

여기서 그냥 내게 화를 내면 무마야 하겠지만 승부에서 피했다는 인상을 주게 된다.

남자는 나를 노려보더니 역으로 리노아에게 춤을 신청했다.

웅성이는 파티장.

악명 높은 영애 리노아와 후작가 영애 로웰스의 기 싸움.

둘 다 신입생 중에선 주목을 받는 입장이었기에 사람들은 흥미로운 시선으로 상황을 주시하고 있었다.

"파트너를 바꿔서 춤을 추는 건가? 드문 일도 있군."

1층에 있던 조셉 왕자는 고개를 갸웃했다.

곁에 있던 로자 공주는 헛숨을 삼켰다.

"저분은……!"

파티장에 와서도 은근히 알스를 눈으로 찾고 있던 그녀는 알스가 1층의 무도회장으로 내려오자 어쩔 줄을 몰라 했다.

로자는 몇 발자국을 더 다가가 가장 가까운 거리에서 무도회를 지켜보았다.

곧 음악이 시작됐다. 경쾌한 음악으로, 리듬을 맞추기가 꽤 난해한 음악이었다.

리노아를 리드하는 남성은 식은땀을 흘렸다.

그는 이런 일을 대비해 댄스 연습을 하긴 했지만 실전은 처음이었다. 긴장을 한 탓인지 리듬을 계속 놓쳤고, 움직임도 뻣뻣했다.

보다 못한 리노아가 대신 리드를 하기 시작했다.

여성에게 리드를 내준다는 건 남성으로서 굉장히 망신스러운 일이었기에 남자의 얼굴은 새빨개졌고, 곳곳에서 비웃음이 흘렀다.

이는 알스도 마찬가지일 거라 생각하는 사람들이 많았지만 알스는 어렵지 않게 음악에 맞춰 갔다.

음치이긴 해도 박치는 아니었을뿐더러, 애초에 경험치가 달랐다.

알스는 로웰스의 움직임에 맞춰 어떤 식으로 움직여야 할지 계산을 끝내고는 천천히 리드하기 시작했다.

곡이 끝날 즈엔 완전히 페이스를 찾아 물 흐르듯 상대를 리드했다.

"잘하는군. 제법인데?"

조섭 왕자도 순수하게 칭찬했다.

로자는 홀린 듯이 바라보고 있었다.

곡이 완전히 끝났을 때 상대였던 로웰스는 황홀한 듯한 표정으로 거친 숨을 몰아쉬었다.

"하아……! 하아……!"

알스는 한쪽 무릎을 꿇고 그 손등에 키스를 한 뒤 자리로 돌아왔다.

그 표정은 온화했으나 속내는 달랐다.

'으엑.'

알스는 닭살이 돋은 팔뚝을 문질렀다.

'이래서 무도회가 싫다니까.'

친분이 있는 사람과 춤을 추는 거라면 모를까 생판 모르는 사람과 춤을 추고 재는 듯이 행동한다는 것 자체가 알스에겐 고역이었다.

'그래도 이걸로 됐겠지?'

리노아를 슬쩍 바라보는 알스.

리노아는 '제법 하잖아?'라는 표정으로 고개를 끄덕여 보인다.

시비가 걸렸던 로웰스는 군말 않고 물러났다. 그만큼 승패가 명백한 상황이었으니까.

로자 공주는 혹시나 자기도 춤을 출 수 있지 않을까 싶어 둘을 따라갔으나 소기의 목적을 달성한 리노아는 파티장을 떠난 상태였다.

환영회를 겸한 파티가 끝나고.

나는 바이언에 있는 리노아의 저택에 신세를 지기로 했다.

리노아는 그 거래에 응한 대가로 매달 급여를 주기로 했는데 이것이 꽤나 쏠쏠했다.

지금은 돈을 모아 둘 필요가 있었던 만큼 당분간은 리노아의 악역 연기에 어울려 주기로 했다.

본격적으로 시작한 아카데미 교육과정.

이곳 아카데미의 교육은 자율성이 부족했다.

틀에 박힌 교과 과정을 주입식으로 학생들에게 때려 박는 형식이었는데, 그 주입식 교육이 필요했던 내게는 딱 좋았다.

이 세계의 문화와 역사, 신화, 학문 등등. 다른 학생들은 지루하게 듣고 있던 것을 나는 빠짐없이 머릿속에 집어넣고 있었다.

정오 전까지는 이런 학문 교육이 있었다.

이후엔 식사를 하게 됐는데, 리노아의 시종인 안두하가 싸 준 도시락으로 해결을 했다.

"뭔가요? 그 표정은."

"아뇨, 그냥. 요리가 성에 차지 않아서요."

"안두하의 요리 실력은 나쁘지 않을 텐데요."

"후우……!"

새삼 에오가 그리워진다.

그래도 뭐. 리노아의 말마따나 음식이 맛없는 건 아니었기에 적당히 먹을 순 있었다.

그렇게 오후가 된 시점엔 본격적으로 마법의 수업이 시작됐다.

의외였던 점은 학생들의 마법적 수준이 별로 높지 않았다는 부분이다.

그렇다고 할까, 귀족 중에선 아예 재능이 없는 녀석들도 많았다.

그에 비해 평민 편입생들은 대부분 마법을 다룰 줄 알았다.

'그런 거군.'

왜 귀족들이 편입생을 직접 뽑아 가는지를 이제 알 것 같았다.

일단 귀족이니 대우는 받지만 모든 귀족이 마법적인 재

능을 가지고 있을 리 없다. 오히려 재능이 없는 사람이 대다수다.

그러니 그 무능력을 포장하기 위해 능력 있는 편입생들을 휘하에 두고, 자신의 명예를 위해 부려 먹는 것이다.

리노아가 편입생들을 두고 어째서 하인이라 했는지 알 것 같았다.

'뭐가 됐든, 마법을 익히기엔 좋은 환경이야.'

알기 쉬운 교사의 수업도 수업이지만 이곳에선 수준 높은 책들을 무료로 열람할 수 있다.

'마법은 크게 다섯 개의 등급으로 나눠진다고 했었 지……'

구원자 연맹에서 급으로 등급을 책정하는 것처럼 엘란 왕국에서도 비슷한 시스템이 있다.

비기너-유저-엑스퍼트-마스터-그랜드 마스터의 5단계다.

여기서 엑스퍼트까지만 가도 성공한 마법사로 쳐주며 마스터 수준부터는 대마법사라 칭한다.

다시 말해 엑스퍼트만 해도 재능이 있다고 할 수 있는 셈.

'알스의 재능이라면 못해도 마스터까진 가능하지 않을까?'

그야 주인공이니까.

다만 그렇게 따지기에는 뭐했던 게, 알스는 무예에 대한 재능이 아주 특출나진 않았다.

'일단은 비기너의 자격부터 따내 봐야지.'

비기너의 자격은 서로 다른 세 가지의 마법을 구사하는 것이었다.

나는 그걸 위해 내가 타고난 속성 마법들을 심도 있게 연구해 보기로 했다.

당분간은 마법을 익히는 데에 열중하기로 했다.

나는 아카데미에 살다시피 하며 마법 공부에 집중했다. 바깥에 나가는 때라곤 실종자 수색에 대한 진전이 있나 확인을 하러 갈 때뿐이었다.

그 외의 시간엔 아카데미의 서고에 틀어박혀 있었다.

'역시나, 나는 꽤나 뒤처져 있는 거군.'

어릴 때부터 마나를 쌓지 않았기 때문이다.

마나의 총량은 마법사의 실력에 있어 중요한 지표가 된다.

그렇기에 마법사를 꿈꾸는 사람들은 아주 어릴 때부터 마나를 쌓는다고 한다.

뭐, 신기한 일은 아니다. 어떤 것이든 그렇다. 어릴 때부터 해야만 효율이 붙는다.

다만 그게 전부는 아니다. 마나 친화력이 높은 사람들은 설령 늦는다고 해도 마나를 많이 쌓을 수 있다고 하니 결국엔 이쪽도 재능의 영역이다.

게다가 순수 마나가 적어도 성공할 수 있는 방법은 있다고 한다.

그게 바로 무예 단련을 통해 쌓을 수 있는 오러다.

'이 오러를 사용한 마법을 통틀어 웨폰 스펠이라고 하는 거군.'

오러에는 기본적으로 상대의 마력을 지워 버리는 효과가 있지만 그 외에도 마나로서 활용할 수도 있다.

나는 시험 삼아 오러를 이용해 비전 구체를 형성시켜 보았다.

이 비전 구체는 비전 마법의 기초 중의 기초로 이것에 여러 성질을 부여해 활용하는 것이 비전 마법사들의 주요 전술이라고 한다.

파지직! 스파크가 튀며 요동치는 구체. 이 녀석은 곧 책상 위의 물건들을 빨아들이기 시작했다.

"으읏……!?"

오러를 통해 마법을 시전했을 때 나오는 효과였다.

순수한 마나로 시전했을 때와는 달리 오러로 마법을 시전할 경우 고유의 특성을 가지게 되는 것이다.

내 비전 오러의 특성은 아무래도 빨아들이는 것인 모양이다.

그건 그렇다 쳐도 정도가 심했다.

얼마나 끌어당기는 힘이 강한지 큼지막한 책상이 덜컹거리기 시작했다.

쿠구구궁! 점점 내 통제를 벗어나기 시작하는 구체. 이걸 어떻게 처리해야 할지 순간 갈피를 잡지 못했던 나는 비어 있는 공간으로 비전 구체를 던져 버렸다.

내 손을 떠난 구체는 점점 수축하더니 이윽고 쾅! 하는 소리와 함께 폭발했다.

"큭⋯⋯!"

빨아들였던 것들이 마치 수류탄처럼 비산했다. 나는 황급히 책상을 방패 삼아 몸을 숨겨야 했다.

"⋯⋯."

겨우 찾아온 정적.

"휘유! 이렇게 위력이 강할 줄이야."

폭발이 일어난 지점을 기점으로 마치 폭탄이 터진 것처럼 초토화가 되어 있었다. 혼자 있었기에 망정이지 다른 사람이 있었으면 큰일 날 뻔했다.

그때 타다다닷! 부산한 발걸음 소리가 들려왔다.

나타난 건 서고지기였다.

그는 난장판이 벌어진 서고를 보며 내게 눈을 부라렸다.

"이게 대체 무슨 일입니까! 설마 서고에서 마법 연습을 한 겁니까!? 말했잖습니까! 서고에서 마법 연습은 금지라고요!"

"그게⋯⋯."

살짜쿵 시전하는 건 상관없을 거라고 생각한 게 실착이었다.

　나는 얌전히 사과를 하려 했으나 문득 리노아와의 거래가 떠올랐다.

　'최대한 오만방자하게 굴어 달라고 했지.'

　나는 얼굴에 철판을 깔고 말했다.

　"마법 연습이라니요. 무슨 말씀을 하시는지 모르겠습니다만."

　"뭐라고요?"

　"거기 있던 책장이 멋대로 넘어졌을 뿐입니다. 제 탓이라 해도 억울합니다만."

　"그게 무슨……!"

　"제가 했다는 증거라도 있습니까? 목격자는요?"

　"그거야……!"

　없다. 마침 이 서고는 나 혼자 사용하고 있었으니까. 그래서 몰래 마법 연습을 해 본 거지만.

　"혹시 불만이라도? 정 불만이 있다면 말해 주세요. 리노아 백작님과 상담을 해 볼 테니."

　그제야 내가 리노아의 파트너 편입생이라는 걸 알았는지 서고지기는 이를 갈았다.

　"알겠습니다. 알겠으니 당신은 이만 나가 주세요. 정리를 해야 하거든요."

그 분노에 찬 눈을 보면 연기가 성공했음을 알 수 있었지만, 그냥 가기엔 아무래도 양심이 허용하지 않았다.

"내가 한 건 아니지만……. 그래도 청소는 도와주겠습니다."

"……?"

나는 묵묵히 정리를 시작했다.

서고지기는 영문을 몰라 하며 고개를 갸웃하고 있었다.

이곳 아카데미는 분반이 잘되어 있었다.

이번에 새로 들어온 학생 1천 명은 20개의 반으로 나뉘어 각자의 구역에서 수업을 받고 있었다.

여기에 더불어 아직 아카데미생 딱지를 벗지 못한 선배들, 그리고 개인 연구자들의 연구동 등등. 그들이 사용하고 있는 반을 합하면 도합 400개의 반이 존재했다.

게다가 그 반들이 도시 곳곳에 배치되어 있었기에 같은 학년의 학생들이라 하더라도 이야기를 듣는 일은 많지 않았다.

내가 속한 17반은 꽤나 외곽에 위치해 있었던 만큼 다른 반과 교류할 일이 거의 없었으나 점심시간과 그 이후에 있는 마법 수업 시간 때에는 파트너와 함께해야만 했기에 나는 리노아가 있는 곳으로 향했다.

리노아는 2반 소속으로 2반에는 고위 귀족들이 대부분이었다.

리노아는 교실에서 외딴섬처럼 홀로 앉아 있었다.

누구도 그녀에게 이야기를 걸려 하지 않았고, 조금이라도 엮이려 하면 질색을 했다.

"어이쿠. 이건 심한데……."

나도 과거 아카데미에선 아싸의 길을 걷고 있긴 했지만 이 정도는 아니었다.

그래도 나는 도로시나 배닝스 같은 동성 친구들이 있었다. 에리나와도 친했었고. 외딴섬이긴 했지만 아카데미 생활이 괴롭진 않았다.

반면 리노아는 척 봐도 아카데미 생활이 괴로워 보였다. 그녀의 주위로 쓰레기가 구르고 있는 걸 보면 몰래몰래 누군가 던진 모양이다.

책상에도 흉측한 낙서의 흔적이 엿보였다. 리노아는 지우려 한 모양이지만 이내 포기했는지 그냥 방치하고 있다.

그녀는 나를 기다리는지 턱을 괸 채 창밖을 바라보고 있었다.

나는 작게 한숨 쉬고는 그녀에게 향했다.

그때 어떤 여성이 나를 보며 멈칫했다.

"앗, 당신……. 리노아 양을 데리러 온 건가요? 고생하네요."

"······?"

누구일까. 내가 눈빛으로 의문을 표하자 여성은 당황하며 말한다.

"저, 저를 잊은 건가요?"

"그게······. 그러니까 이름이······. 죄송합니다."

난 애초에 이런 자잘한 기억력이 좋지 않았다. 기억할 가치가 없다고 무의식적으로 판단해 버린다고 할까.

그것이 적잖이 충격이었는지 여성은 입술을 바르르 떨었다. 그러고는 떨리는 입술을 꽉 깨물고는 분노하며 떠나갔다.

"뭐야 대체."

"로웰스 양이잖아요."

나를 발견하고 다가온 리노아였다.

"당신하고 춤을 춘 로웰스 후작가의 영애예요."

"그러고 보니 그런 일도 있었죠."

"당신은 정말······. 다른 평민들이었다면 그녀와 춤을 춘 걸 두고두고 영광으로 생각할 거라고요."

"춤 하나 가지고 뭘. 그보다 빨리 가죠. 배고프네요."

장소를 이동한 나는 시종 안두하가 싸 준 도시락을 펼쳐 보였다.

"······."

리노아 쪽은 호화로운 진수성찬. 내 쪽은 빵 쪼가리 몇 개와 수프가 전부였다. 안두하는 최근에 이런 심술을 부려 왔다. 내가 리노아에게 불손한 태도를 보인다는 이유 때문이었다.

'내가 굴할 줄 알고?'

나는 자연스럽게 리노아의 도시락으로 손을 뻗었다.

리노아는 기가 차다는 표정을 지으면서도 제지하지는 않았다.

그렇게 식사를 하고 있자니 그녀가 말한다.

"웨이드, 오늘은 마법 실습이 있는 거 알고 있죠?"

"듣기는 했어요. 평가에 들어간다면서요. 근데 구체적으로 어떻게 하는 건데요?"

"단순해요. 마법 처리가 된 바위에 얼마나 피해를 줄 수 있는가로 정해지거든요."

"결국엔 위력입니까……."

"알기 쉬우니까요. 그래서? 자신은 있어요?"

나는 도리어 그녀에게 물었다.

"어떻게 할까요. 전력을 다해서 해요? 아니면 적당히 힘을 뺄까요."

"전력을? 후훗, 당신에게 전력이라고 말할 능력이 있긴 한 건가요?"

"보면 놀랄걸요."

"기대되네요. 뭐, 설령 그런 능력이 있다고 해도 지금은 힘을 빼도록 해요. 저보다 당신이 더 돋보이면 곤란하거든요."

"그것도 그러네요. 그럼 적당히 할게요."

리노아는 내 전력이라는 말을 진심으로 믿고 있지는 않은 것 같았다.

오후에 있던 마법 실습엔 나와 리노아를 포함해 200여 명의 학생들이 참가했다.

실습이 이뤄진 곳은 외곽에 위치한 운동장 같은 곳이었다.

그곳에 검은색의 집채만 한 바위가 놓여 있었다.

이를 두고 교사가 설명했다.

"여러분도 알다시피 이 이 마강석은 마법에 대한 강한 저항력을 가지고 있습니다. 하여 좋은 무구들을 제작하는 데에 사용되는 고마운 물건입니다. 그러나 또 누군가는 이 마강석이 던전과 몬스터들의 생성을 야기하는 마정석의 근원이라고 이야기하기도 하죠."

지루한 이론 수업이 잠시 이어진 뒤에는 본격적인 실습에 들어갔다.

이 마강석이라는 것에 마법을 사용해 얼마나 커다란 피해를 줄 수 있느냐를 테스트하는 것이었다.

선천적으로 마법 저항력이 높은 마강석에 마법 저항 주문까지 걸려 있었기에 어지간해선 흠집조차 내기 힘들었다.

교사는 기대도 안 했다며 가차 없이 채점을 한다.

"다음, 리노아 브랜포드 양!"

리노아가 앞으로 나서자 은근히 야유가 터져 나왔다. 리노아가 그 야유의 진원지로 뒤돌아보자 언제 그랬냐는 듯 쥐 죽은 듯 조용해진다.

"……흥."

리노아가 다시 고개를 돌리자 이번엔 우습다는 듯 비웃음이 흘렀다.

교사는 한숨을 쉬며 닦달했다.

"어서 하세요."

"알고 있습니다."

리노아는 오른 손바닥을 앞으로 내보였다. 정신을 집중하자 그 손의 앞에서 바람이 휘몰아치기 시작했다.

"하앗!"

쐐애애액! 대기를 찢으며 날아가는 바람의 칼날. 바람 속성의 응용 마법인 윈드 커터다.

제법 위력이 있어 보였지만 마강석에는 흠집을 내지 못했다. 그래도 평가는 나쁘지 않은 것 같았다.

"아주 좋습니다. 다음, 웨이드!"

리노아와 교대하듯 앞에 선 나는 마나를 끌어 올렸다.

마음 같아선 오러를 통한 마법을 시험해 보고 싶었지만 힘을 빼라고 했으니.

'일단 비전 구체를 만들고…….'

오른손에서 비전 구체를 만든 다음엔 왼손에서 빛의 구체를 만들어 냈다.

형태가 잡힌 비전 구체와는 달리 빛의 구체는 흩어져 사라져 버리려 했기에 서둘러 그 둘을 합쳐 버렸다.

"……!"

그러자 교사의 눈매가 꿈틀거렸다.

나는 그걸 확인할 겨를도 없이 그 융합된 구체를 돌에 던져 버렸다.

파지직! 펑! 저항에 의해 허무하게 사라져 버리는 마력 구체. 당연히 돌에는 흠집이 나지 않았다.

그 무력함에 나는 슬쩍 오기가 생겼다.

"……가능하다면 다시 해 봐도 되겠습니까?"

오러를 살짝만 써 보기로 했으나 교사는 고개를 흔들었다.

"괜찮습니다. 좋은 속성 조합이었어요. 잘했습니다. 다음, 크롬웰!"

아쉬웠지만 어쩔 수 없었다.

리노아는 돌아온 나를 피식 웃으며 맞아 주었다.

"비전과 빛이라니. 독특한 속성을 타고났군요. 당신도."

"특이한가요?"

"특이하죠. 빛은 흔하다고 해도 비전은 그렇지 않으니까요. 마법을 배운 지 얼마 되지 않았다고 했죠? 그런데 이 정도로 활용할 줄 안다면 충분해요. 이대로 정진한다면 3년 뒤에는 남들 못지않은 마법을 사용할 수 있을 거예요."

"3년…… 말이죠."

내게는 그 정도의 시간이 없었다. 마나 친화력을 타고난 것 같지도 않고.

그러니 오러를 통한 방법을 익혀야만 했다.

실습이 끝난 뒤에는 정리를 한 뒤 해산하기로 했다. 30분 뒤에 다음 실습반이 온다고 한다.

이후에 예정된 수업은 없었으니 그대로 집으로 돌아가면 됐으나 나는 기회를 엿보고 있었다.

나는 리노아에게 들를 곳이 있으니 먼저 돌아가라 말한 뒤 몰래 실습장으로 돌아왔다.

다행히 주변에 사람은 없었다. 교사도 다음 수업을 준비하는지 자리를 비운 상태였다.

'좋아.'

나는 실습장에 널려 있던 철창 하나를 주워 들었다.

내가 사용하는 창에 비하면 허접했지만 그래도 없는 것보단 나았다.

'교사가 돌아오기 전에 빨리해야지.'

오러를 끌어 올렸다.

오른손을 타고 흐른 오러가 창을 감싸며 이윽고 비전마력의 형태로 바뀌었다.

그러자 스르르륵! 창 주위로 힘이 소용돌이치는 것이 느껴졌다.

주변의 모든 것을 빨아들이려는 듯 울부짖고 있다.

이번엔 단순한 구체 형태가 아니라 창의 형태로 고정을 해놔야 했기에 더욱 집중력을 요구했다.

'됐다!'

겨우 형태가 잡힌 비전의 창.

나는 여기서 멈추지 않았다.

왼손의 오러를 빛의 마력으로 바꾸어 비전의 창에 주입했다.

비전의 창은 그 빛의 마력을 게걸스럽게 먹어 치웠다. 그러면 그럴수록 그 마력이 진해졌다.

"크윽!"

얼마나 오러가 많이 빨려 들어갔으면 나는 순식간에 탈진감을 느꼈다.

'이젠 무리야!'

꽉! 나는 창을 꽉 쥔 채 마강석을 겨냥했다.

"흐읍!"

쐐애애액! 마강석을 향해 쏘아진 창.

곧장 마강석에 쳐져 있던 마법 저항 결계가 발동했다.

애초에 값비싼 마강석에 흠집을 내지 않게 하려 했던 건지 저항 결계가 겹겹이 쌓여 있었다.

티티티티팅! 내가 쏘아 낸 창은 그 결계를 차례대로 깨부수며 마강석에 박혔다.

그러고는 지이이잉! 비전의 내부에 갇혀 있던 빛의 마력이 팽창하듯 일제히 대폭발을 일으켰다.

콰과과광! 눈이 부시는 폭발과 함께 산산조각이 나 버린 마강석.

"헉."

예상을 크게 상회하는 결과에 나는 멍하니 그 광경을 지켜보고만 있었다. 기껏해야 바위에 창이 박히는 정도를 예상하고 있던 나는 당황할 수밖에 없었다.

그러나 멍하니 있을 때가 아니었다.

"뭐야! 무슨 일이야!"

교사가 오고 있음을 감지한 나는 눈에 띄지 않도록 재빨리 도망치기로 했다.

사고를 쳤다는 자각이 있었던 나는 얌전히 저택으로 돌아오기로 했다.

'그렇게 간단히 파괴될 줄은…….'

그 마강석이라는 게 의외로 강도가 약했거나 내 마법의 파괴력이 강했거나 둘 중 하나였다.

'아마 후자겠지.'

그야 그 공격엔 내 전부가 담겨 있었다.

아직도 탈진감이 가시지 않는 걸 보면 명백하다. 오러 전부를 쏟아 넣은 공격이니 그 정도의 위력이 아니면 오히려 곤란하다.

'그렇다고 설마 폭발을 해 버릴 줄이야.'

비전 마법은 다른 것을 끌어당기는 성질을. 빛의 마법은 정확히는 모르겠지만 아마 폭발하는 성질을 가진 듯했다.

이게 오러를 통해 시전하는 마법의 특성이었다.

개개인마다 고유한 성질을 가진다.

다만 그게 무조건적으로 뛰어나다는 건 아니다. 오러를 사용하지 못하는 마법사라도 충분한 마법적 지식이 있다면 굳이 오러를 사용하지 않고도 똑같은 것을 해낼 수 있으니까.

오러는 일종의 지름길이며, 오러 사용자의 주력은 마법보단 그 무예의 능력이다.

그러니 나도 마법을 제대로 익힐 거라면 오러만 믿을 것이 아니라 마나 수련도 해야만 했다.

'그래도 소득은 있었어.'

그 파괴력이라면 여차할 때의 기술로 사용해도 좋을 것 같았다.

게다가 비전 마력을 두른 창은 다른 것들을 끌어당기는 성질을 가지는 만큼, 결투 시 잠시나마 상대의 무기를 붙잡아 둘 수 있을지도 모른다.

전술적인 수가 늘어난 셈.

성과가 나왔다고 생각하니 기분이 상쾌했다.

사고를 치긴 했으나 들키면 들키는 대로 리노아가 수습을 해 줄 테고.

다음 날 꿀잠을 자고 일어난 나는 휘파람을 불며 등교 준비를 하고 있었으나 왜인지 저택의 분위기가 심상치 않았다.

리노아와 아침 식사를 하던 도중, 시종 안두하가 심각한 얼굴로 말해온다.

"아가씨."

"……? 왜 그러죠? 안두하."

안두하는 무언가를 리노아에게 속삭였다.

리노아는 오만상을 찌푸려 소리치며 안두하가 속삭인 것을 무의미하게 만들었다.

"테러라고요!?"

안두하는 나를 한번 곁눈질하고는 한숨 쉬며 굳이 속삭이지 않고 말을 이어 간다.

"예, 어제 마법을 실습하는 장소에서 누군가가 마강석을 파괴하고 도주했다고 합니다."

"마강석이라면 설마 어제 그……?"

"그러고 보니 아가씨께서도 어제 실습을 하셨군요. 예, 그 마강석이 맞습니다."

"그 무지막지한 게 파괴됐다는 건가요? 대체 어떻게!?"

"조사단에 의하면 마법의 흔적이 발견됐다고 합니다. 조사단은 그것이 테러를 예고하는 무력시위가 아닐까 추측하고 있습니다."

"그런…… . 설마 그들이 벌써……?"

"속단하기는 이릅니다만…… ."

리노아의 얼굴이 백지장처럼 하얘졌다.

나는 가시방석에 앉은 기분이었다.

'테러라니…… .'

뭐, 모르는 사람이 보면 그렇게 보일 것 같기도 하다.

"어, 어흠! 저, 저는 이만 일어나 봐도 괜찮을까요. 중요한 이야기를 하고 계신 것 같으니…… ."

안두하는 잘 생각했다며 나가라 고갯짓했다.

나는 식기를 시녀에게 넘겨준 뒤 종종걸음으로 식당을 나왔다.

"휘유!"

식당을 나오자 안도의 한숨이 절로 나왔다.

'보아하니 들키진 않은 것 같네.'

내 생각 이상으로 초대형 사고였던 것 같다.

내가 어느 정도 기반을 가지고 있었다면 자백했을지도 모르겠지만 지금은 곤란했다.

보상할 돈도, 사태를 무마할 여력도 없었으니까.

나중에 그것보다 더 거대한 마강석을 가지고 와서 사과를 하기로 했다.

나는 그렇게 털어 버리고 등교 준비를 했다.

준비를 하고 기다리고 있자니 안두하가 복잡한 표정으로 도시락을 내밀었다.

"응? 평소보다 양이 적어 보이는데요?"

안두하는 작게 한숨 쉬며 답한다.

"아가씨는 당분간 아카데미를 쉴 예정이다."

"몸이 안 좋아 보이지는 않았는데요."

"너는 알 필요 없다."

"아까 그 테러이니 뭐니 때문에 그런 것 같은데……. 사실 그 마강석을 파괴한 건 저예요."

"헛소리 말고 어서 가기나 해라."

역시 믿지 않았다.

나는 어깨를 으쓱이며 말했다.

"그보다 안두하 씨. 제가 오늘은 조금 늦게 돌아올지도 모르는데, 괜찮을까요?"

"또 아카데미 서고에서 공부를 하려는 건가?"

"오늘은 조금 다르긴 하지만……. 결과만 놓고 보면 비슷합니다."

"아무래도 좋다. 오늘은 아가씨를 모실 필요도 없으

니……. 너무 늦지 않게만 해라."

"넵!"

내 기세 좋은 대답에 안두하는 쓴웃음을 짓고 있었다.

아카데미는 테러에 관한 일로 들썩이고 있었다.

학생들은 온갖 범죄자들을 들먹이며 이야기꽃을 피우고
있었다.

"모비우스가 틀림없다니까!"

"위대한 흑마법사 모비우스? 설마! 그 사람은 100년 전 사
람이라고!"

"그래도! 굳이 왕립 아카데미에 앙심을 품은 사람이라면
모비우스밖에 없지 않겠어?"

위대한 흑마법사이니, 세뇌의 달인 퓰러스라느니. 애들은
진심으로 테러를 걱정하는 게 아니라 그저 새로운 화젯거리
를 즐기고 있었다.

"야, 웨이드."

"응?"

같은 반 동기인 멜로였다.

그는 심술보가 가득한 얼굴로 말한다.

"너, 어제 실습 끝나고 딴 길로 샜다며? 혹시 범인은 못 봤

냐?"

"못 봤어."

"못 봤다고? 혹시 봤는데도 겁에 질려서 벌벌 떨고 있었던 건 아니고?"

푸하핫! 하고 웃음을 터뜨리는 녀석. 그에 동조하는 무리도 같이 웃어 젖혔다.

이곳엔 이런 놈들이 있었다.

내가 여학생들의 주목을 받는 걸 아니꼬워하는 녀석이다.

예전의 아카데미에선 그래도 내가 귀족이고, 군사과에는 여자들이 거의 없었기에 이런 일이 없었지만 성비가 고르게 분포된 이곳에선 이런 시기에 가득 찬 녀석들이 있었다.

녀석들은 나를 망신 줌으로써 내게 향하는 여자애들의 이목을 뺏어 오고 싶은 것 같았다.

'정말이지 멍청한 녀석들이네.'

평소라면 그냥 무시하고 말았겠지만 지금의 나는 오만방자해야만 한다.

나는 씨익 웃으며 녀석에게 말했다.

"그거 지금 나한테 시비 거는 거냐?"

"그렇다면 어쩔 건데?"

"너…… 내 뒤에 누가 있는지 모르는 건 아니겠지? 리노아 브랜포드 백작이야. 네가 모시는 영애와는 달리 진짜 대귀족의 작위를 가지고 있다고. 무슨 뜻인지 알겠냐?"

"하, 핫! 그 리노아 브랜포드가 어떤 평가를 받고 있는지는 너도 모르지 않을 텐데? 부모와 형제를 죽인 악귀! 그런 년을 모시면서도 자랑스럽게 얘기하다니. 만만찮게 웃기는 놈이구나, 너도."

"너 지금 뭐라고 했냐? 백작님한테 악귀? 그런 년? 평민 주제에?"

내가 꼬투리를 잡자 녀석은 눈에 띄게 당황했다. 기세 좋게 말했지만 본인이 말실수를 한 것 정도는 알고 있는 듯했다.

"위병을 불러야겠네. 평민이 귀족을 모욕한 죄는 크다고? 심지어 백작위를 가진 대귀족을 모욕하다니 말이야."

"기, 기다려! 나는 그냥……!"

"나한테 해명하지 말고 위병한테나 말해."

"기다리라고 했잖아!"

녀석은 가격을 하는 것처럼 나를 멈춰 세우려 했다.

나는 그 손길을 역으로 이용해 내 쪽으로 끌어 들이면서 퍽! 무릎으로 놈의 명치를 가격했다.

"크헉!? 커허……!"

멜로 녀석은 쓰러져서 구토를 하기 시작했다. 이에 여학생들이 기겁을 하며 녀석과 거리를 벌린다.

"꺄아! 저리 가!"

"더러워!"

내가 은근슬쩍 무릎으로 찍어 버렸다는 건 눈치채지 못했는지 느닷없이 혼자 구토를 한다고 생각한 모양이다.

나는 녀석을 방치하고 아카데미 정원으로 향했다.

어제 내가 벌인 사건으로 인해 오늘은 오후의 마법 수업이 취소돼 있었다.

덕분에 시간이 남은 나는 줄곧 해 오던 작업의 마무리를 짓기로 했다.

가스파르가 준 아이디어.

우리 대륙 귀족 영애들 사이에서 히트한 소설인 그녀들의 사정을 이 세계에 출간하는 것이다.

그걸 위해 우선은 책을 옮겨야 했다.

지금까지는 내가 이 세계의 문자에 대해 완벽하게 알지 못하는 상황이었기에 진척이 없었다. 기본적인 문자는 알아도 여러 단어나 표현은 익히지 못한 상황이었으니까.

그것이 이제는 어느 정도 숙달이 되어 책을 옮기는 것 정도는 가능해졌다.

내용이야 머리에 고스란히 있었기에 그저 옮겨 적으면 그만인 작업이었다.

다만 이 책에 나에 대한 단서를 숨겨 놔야 했기에 조금씩 수정을 가해야 했다.

"잘됐으면 좋겠는데……."

이 책으로 한 명만이라도 찾으면 다행이라고 생각했다. 그만큼 현재는 실종자 수색에 진척이 없는 상황이었다.

잃어버린 땅에 들어간 가스파르의 소식이 기다려질 정도로.

"좋아, 1권은 끝났고."

계속해 오던 것들이 있어서 1권을 옮겨 적는 작업은 1시간만에 끝이 났다.

나는 안두하가 싸 준 빵을 집어 먹으며 잠시 휴식을 취했다.

"……응?"

문득 주위의 시선이 느껴졌다.

이곳은 아카데미 정원이긴 하지만 아카데미가 도시 그 자체인 만큼 실상은 도시 내에 있는 공원 정도에 불과했다.

그럼에도 왜인지 주변엔 아카데미 학생으로 가득했다. 점심 이후의 일정이 취소된 건 그들도 마찬가지였기에 피크닉을 나온 모양이다.

그들은 돗자리 같은 것들을 깔고 티타임을 즐기고 있다.

그것만이라면 상관이 없었지만 몇몇 영애들이 내 쪽을 힐끗힐끗 쳐다보고 있다는 게 문제였다. 그게 한둘이 아니었기에 나도 시선을 느낄 수밖에 없었다.

나를 모르는 영애들은 내가 누구인지 묻고 있었고. 나를 알고 있는 영애들은 내가 누구인지 설명하고 있다.

'노골적이구만.'

이런 부분에서도 우리 대륙과 차이가 있었다.

이런 관심이야 늘상 있던 일이긴 했지만 이 정도로 노골적이진 않았다.

'내가 평민이라 그런 걸지도 모르겠네.'

이전에는 내가 귀족이기도 했고, 군대의 장교였던 만큼 접근하기가 어려웠던 반면 지금은 그런 장벽이 없으니 편하게 느껴지는 모양이다.

나는 그러거나 말거나 2권 집필을 재개하려 했다.

그러던 때였다.

"저기……. 잠시 괜찮을까요?"

"……?"

눈에 익은 여성이었다.

"테, 테이블이 있는 자리가 드물어 괜찮다면 합석을 할 수 있을까 해서요."

나는 단호하게 거절을 하려 했지만 그 전에 눈앞의 여성이 누구인지를 알아채고 말았다.

'로자 디바인 공주……!'

예전에 한번 마주친 기억도 있었고, 그 이후로도 계속해서 이름이 들려왔기에 겨우 기억해 낼 수 있었다.

'쳇.'

어느새 다들 이쪽을 주목하고 있었다.

이러면 합석을 거부하기가 힘들었다.

"예, 앉으셔도 좋습니다."

"감사합니다."

로자는 친구로 보이는 영애와 함께 합석을 했다.

간단한 자기소개를 한 후, 나는 적당히 빠져나가려 했지만 로자 공주가 억지로나마 화제를 꺼내며 나를 붙잡았다.

"그렇군요. 리노아 양은 건강 문제로……."

"너무 걱정하지 않으셔도 됩니다. 며칠이면 쾌차를 하실 테니까요."

"예에……. 그런데 웨이드 님께선 리노아 양의 저택에서 어떻게 지내고 계신가요?"

"말씀 낮추십시오. 저 같은 것에게 님이라니요. 송구합니다."

"그, 그러면…… 웨이드?"

"그걸로 괜찮습니다."

로자는 배시시 웃었다.

'슬슬 빠져나가야겠는데.'

이대로 가다간 괜한 이야깃거리가 만들어질 수도 있었다. 억지로라도 빠져나가기로 했다.

나는 로자 공주가 곁에 있던 영애와 이야기를 하고 있는 타이밍에 엉덩이를 떼었다.

"이런, 제가 두 분의 이야기를 방해하고 있는 것 같네요.

눈치가 없었군요. 저는 이만 물러가 보겠습니다."

"아……! 그럴 필요 없어, 웨이드."

"아뇨, 마음 써 주지 않으셔도 괜찮습니다. 공주님."

"웃……. 그런 게 아니라……. 이야기 상대가 필요해. 그러니……그냥 있어 줘."

생각보다 질척거린다. 나는 로자의 곁에 앉아 있는 영애에게 눈짓을 보냈다. 그녀는 내 의중을 이해했는지 로자에게 말한다.

"그러면 공주님, 에리나라도 부르는 게 어떠신가요? 그 아이라면 좋은 이야기 상대가 되어 줄 거랍니다."

"……!?"

갑자기 나온 이름.

나는 상체를 쭉 뻗어 그 영애에게 말했다.

"지금 에리나라고 하신 겁니까?"

"예!? 아, 예……. 그런데요."

"누구죠? 풀 네임은 뭐죠? 어떻게 생겼죠? 머리카락 색깔은요?"

내가 얼굴을 너무 가까이 가져다 댔는지 영애는 어쩔 줄을 몰라 했다.

"자, 잠깐만! 너무 가깝잖아!"

로자가 저지하듯 친구를 자기 쪽으로 끌어당겼다.

나는 흥분했음을 뒤늦게 자각하고 헛기침을 했다.

"죄송합니다. 저도 모르게 그만. ……그래서, 그 에리나라는 사람은요? 설명해 주실 수 있을까요?"

"……."

로자는 뭐가 마음에 들지 않는지 미간을 찌푸린다.

"웨이드 너는……. 에리나에게 관심이 있는 거구나."

"아뇨, 그냥 조금……."

"에리나는 내 파트너 편입생이야."

"……!"

나와 똑같은 편입생이라니. 시기가 공교로웠다.

나는 빨리 다음 얘기를 하라며 눈빛으로 재촉했다. 그럴수록 로자 공주의 심기가 불편해지는 것 같았다.

아예 초장부터 철벽을 치려는지 핵심 정보부터 말한다.

"에리나에겐 이미 결혼한 남편이 있어! 게, 게다가 나와 10년이나 알고 지낸 사이이기도 하고! 그 애를 그런 시선으로 물어보는 건 내가 용납 못 해!"

"남편……입니까."

거기다 로자 공주와 10년이나 알고 지냈다니. 그러면 내가 알던 에리나일 가능성은 없다.

하기야, 에리나는 흔한 이름이기도 하니 동명이인은 얼마든지 존재할 수 있다.

"송구합니다. 불쾌하셨다면 사과드리겠습니다."

이런 일에 흥분하고 말다니. 나도 겉으론 평정을 가장하고 있어도 내심으론 무척 조급했던 모양이다.

"추태를 보여 면목이 없습니다. 그럼 저는 이만 가 보겠습니다."

괜히 마음이 싱숭생숭했다.

돌아가는 길에 실종자 수색에 진전이 있나 확인이나 해 보기로 했다.

로자는 돌아가는 알스의 등을 보며 입술을 앙 깨물었다.

눈치가 빠른 그녀는 알고 있었다. 알스가 자신에게 먼지만큼도 관심을 가지고 있지 않다는 걸.

그래도 상관없었다. 자신과 함께 온 친구에게도 전혀 관심을 드러내지 않았으니까.

그냥 사람 자체가 허허실실한 거라고 생각했다.

그렇기에 에리나의 화제가 나왔을 때 알스가 보인 태도 변화가 마음에 들지 않았던 것이다.

"뭐야! 대체⋯⋯."

로자가 투덜거리자 곁에 있던 친구는 어색하게 웃으며 말한다.

"아하하⋯⋯. 아무래도 평민이니까요. 같은 평민에게 관심을 드러내는 건 자연스러운 일이 아닐까요?"

"에리나가 평민인지 귀족인지 한마디도 하지 않았잖아!"

"그, 그건……. 어떻게든 추측을 한 게 아닐지……?"

로자가 무엇보다 마음에 들지 않았던 건 알스가 정말로 에리나를 만났을 때 에리나에게 연심을 가질 것 같았기 때문이다. 그만큼 에리나는 평민이라 생각되지 않을 기품과 미모를 가지고 있었으니까.

"그, 그보다도! 뭐가 됐든 에리나를 불러오는 게 좋을 것 같습니다."

자리가 불편해진 친구는 에리나를 희생양으로 삼아 도망가려 했지만 로자가 저지했다.

"에리나는 서고에서 공부하고 있어. 괜히 부를 필요 없어."

아직 문자를 완벽하게 익히지 못한 에리나는 서고에 틀어박혀 이 세계의 상식을 비롯한 제반 지식을 습득하고 있었다.

"그렇군요……. 그, 그래! 그러고 보니 들었어요! 에리나에게 마나의 자질이 발견됐다고요?"

"그래. 타고난 속성도 그렇고. 크게 될 자질이 있다나 봐."

"그건 기쁜 일이네요. 마법사로서 성공을 하면 그녀도 귀족이 될 수 있는 거니까요. 분명 평생 공주님의 곁을 지켜 주는 좋은 친구가 될 거예요."

"응, 그렇게 됐으면 좋겠네."

로자의 반응은 시원치 않았다.

함께하고 있던 영애는 그 기분을 풀어 주기 위해 온갖 호들갑을 떨고 있었다.

로자 공주와 헤어진 이후, 나는 바이언에 위치한 용병 길드로 향했다.

이곳은 청부업의 기능과 더불어 선술집을 운영하고 있었기에 문을 열자마자 지독한 술 냄새가 풍겨 왔다.

이런 곳에 오래 있고 싶지는 않았기에 곧장 길드의 직원에게 향했다.

길드의 직원은 내 얼굴을 알아보고는 작게 코웃음 친다.

그 모습에 오늘도 허탕이었다는 걸 직감했다.

그래도 형식상 물어는 보기로 했다.

"제가 요청한 인물들에 대한 수색 정보는 있습니까?"

"없어."

간결한 대답에 많은 의미가 함축되어 있었다.

그 말은 마치 애초에 기대하지 말라는 듯한 투였다.

직원이 말한다.

"너, 이 세상에 실종자가 얼마나 많은지는 알고 있냐?"

"글쎄요. 얼마나 됩니까?"

"우리 길드에 보고된 것만으로 100만 명이야! 100만 명! 알아듣겠어?"

이 세계는 몬스터와 전쟁을 벌이고 있는 시대인 탓에 실종자가 너무나도 많다.

몬스터에게 포식되어 버리거나 형체도 알아보기 힘들 정도로 갈갈이 찢겨 버릴 경우 시체를 찾을 수 없기 때문이다. 그들 대부분이 실종자 명단에 들어간 탓에 실종자의 숫자는 기하급수적으로 쌓여만 갔다.

문제는 이로 인해 실종자를 수색하는 데 있어서도 적극적이지 않다는 부분이었다. 어차피 죽은 거라 생각하고 찾질 않는 것.

몬스터에게 당한 게 아니라고 말을 해도 뒷돈을 찔러주지 않는 한 찾는 시늉조차 하질 않는다.

'쳇, 역시 돈이 필요한 건가.'

그나마 가스파르와 귄터가 소식을 가져오길 기다리고 있는 상황이었는데, 잃어버린 땅에 들어간 가스파르는 그렇다 쳐도 귄터마저 연락 두절이 된 상태였다.

'답답하네.'

이젠 내 쪽에서도 움직임을 취해야 했다.

그 첫 번째 발걸음이 내 책의 출간이었다.

돈도 벌고, 사람도 찾을 수 있는 일거양득의 묘책.

볼일이 없어진 길드를 나와 출판소가 위치한 구역으로 이동한 나는 미리 약속을 잡은 드워프 남자와 독대를 하였다.

"네가 웨이드인가?"

"예, 잘 부탁드립니다."

드워프의 이름은 막손이라고 했다.

막손은 내가 건넨 책의 겉면을 살펴보고 있었다. 그러다 문득 내 시선을 눈치챘는지 미간을 찌푸리며 묻는다.

"뭘 그렇게 보고 있는 거지?"

"아뇨, 조금 신기해서요."

"……?"

드워프는 우리 대륙에는 없었던 종족인지라 굉장히 흥미가 있었다. 손재주가 좋기로 유명한 드워프와 소인족 들.

일곱 가신 중 하나인 명공 루크를 잃게 된 내게 있어선 그들의 존재가 흥미로울 수밖에 없었다.

"흠, 일단 읽어는 보겠어. 다음에 다시 찾아와 줘."

"아뇨, 지금 읽어 주십시오."

"뭐?"

"지금 여기서 읽어 주셨으면 합니다."

이대로 뒀다간 좀처럼 읽지 않을 거라 생각했다. 설령 읽는다고 해도 언제가 될지 알 수 없다. 그러니 억지를 부려서라도 지금 당장 읽게 만들기로 했다.

막손은 '곤란한 녀석이 왔군.'이라며 머리를 긁적이더니 고개를 돌려 빼액 소리를 질렀다.

"우콘! 나와 봐라!"

그러자 소인족으로 보이는 남자애가 종종걸음으로 달려왔다.

"무슨 일이에요?"

"언제나의 손님이 왔어. 네가 대응해라."

"아……."

우콘은 사정을 알겠다며 표정을 흐렸다. 그러고는 막손을 대신해 나를 상대하기 시작했다.

"그러니까……. 직접 집필한 그 소설을 출간하고 싶다는 거죠?"

"맞습니다."

"아, 말은 편하게 하셔도 돼요."

"그, 그래?"

묘하게 붙임성이 좋은 녀석이다.

녀석은 막손에게서 넘겨받은 내 책을 살펴보고는 '그럼 읽을게요?'라고 말하고 얌전히 책을 읽기 시작했다.

그러더니 곧 리액션을 보여 주기 시작했다.

"흐음, 흐음. 삼각관계에 관한 순애 소설입니까……. 아니, 여기사까지 합하면 사각 관계인 걸까요."

책을 전부 읽은 우콘은 나쁘지 않았다며 고개를 끄덕였다.

"좋네요. 특히 마법이 일절 등장하지 않았던 부분이 좋았어요. 묘하게 여심을 자극하는 부분도 있고. 나쁘지 않네요."

"정말이야? 그럼……."

"예, 우리 쪽에서 출간을 해 볼게요."

"어……. 그런 걸 네가 정해도 돼?"

"당연하죠. 그야 제가 이 출판장의 주인이니까."

이렇게 어린 녀석이 출판장의 주인이라니 믿기지 않았지만 그가 재차 자기소개를 하며 나이를 밝히자 나는 잠시 말을 잇지 못했다.

"40살……?"

"맞습니다. 이곳에서 일한 지 어느덧 20년이 다 돼 가네요. 으음, 이건 업계 종사자로서의 직감인데 당신의 책. 어쩌면 잘나갈지도 몰라요."

외견상 10살도 안 돼 보이는 외형에 저 나이라니.

"그럼 재차 잘 부탁드립니다. 웨이드 씨."

"그, 그래. 아니. 잘 부탁합니다."

"말은 편하게 해도 된다니까요. 그럼 계약서를 쓰러 갈까요?"

우콘은 능숙하게 계약을 주도했다. 그 계약을 끝마치고 나니 어느덧 밤이 깊어져 있었다.

아카데미에 입학한 지 어느덧 한 달.

이 시기가 되자 아카데미는 시험에 관한 것으로 들뜨고 있었다.

아카데미에 입학한 편입생들의 목표는 어디까지나 좋은 성적을 거둬 용사의 칭호(귀족의 작위)를 받는 것이었던 만큼 이 시험이 무척이나 중요했다.

귀족들도 체면이 있는 만큼 시험에 관해선 진지했다.

리노아도 시험에 관해서만큼은 허투루 하지 않았다.

그녀 왈. '그 행실에 성적까지 나쁘면 단순히 망나니일 뿐이잖아요?'라고.

악당 영애로 불리는 건 상관없어도 망나니는 되고 싶지 않은 모양이다.

하여 리노아는 식사 시간을 제외하면 모두 시험공부에 집중하고 있었다.

그 열의를 확인한 나는 겸사겸사 물어보기로 했다.

"뭐라고요? 다시 말해 볼래요?"

내 물음에 미간을 찌푸리며 되묻는 리노아.

나는 어깨를 으쓱여 보였다.

"그러니까, 내가 1등을 해 버려도 괜찮냐고요. 만약 이번에도 적당히 하라고 하면 적당히 할게요."

"……픕!"

그제야 이해를 했는지 폭소하는 리노아.

"정말이지 어디서 나오는 자신감인가요. 당신, 입학시험의 성적은 잊어버렸어요?"

"그거야 공부를 안 했으니까요."

"하면 달라진다? 1등을 따낼 수 있을 정도로?"

"당연하죠."

"후훗, 당신과 있으면 역시 지루할 틈이 없네요. 언제 어떤 우스운 소리를 할지 기대가 된다고 할까."

리노아는 피식 웃으며 허락 사인을 내주었다.

"할 수 있으면 해요. 별 상관 안 할 테니."

"나중에 딴말하기 없기입니다."

리노아의 허락이 떨어졌으니 거칠 것은 없었다.

나는 우선 시험 범위를 집중적으로 공부하며 필기시험에 대비했다.

과거엔 평소 공부한 것만으로 시험을 쳐도 전부 맞힐 수 있었기에 따로 시험공부를 한 적은 없었지만 여기는 그런 제반 지식이 부족했기에 범위에 한해 벼락치기를 해야만 했다.

'필기시험은 이걸로 충분하다고 치고.'

다음은 실기 시험이었다.

실기는 마법과 무예, 두 부분에서 평가를 받는다.

만점을 받기 위해선 두 가지 모두 능통해야 한다.

나는 서고를 뒤져 지금껏 실기 시험이 어떤 방식으로 치러졌는지를 조사했다.

무예 실기 시험은 대련 방식으로 치러진다고 하니 걱정이 없었지만 마법 실기가 문제였다.

마법은 위력, 저지력, 캐스팅 속도. 이 세 가지를 테스트한다고 한다.

'오러를 마나로 사용하면 충분하겠지만……'

그러면 의미가 퇴색된다. 가능하면 순수한 마나를 이용해 시험을 통과하고 싶었다.

'일단은 위력이야.'

나는 상시 개방이 되어 있는 연무장으로 향했다.

그곳에는 간단한 마법 저항 처리가 되어 있는 표적이 세워져 있었다.

이 마법 저항 결계를 깨부수고 표적을 파괴하면 위력 부분에선 만점을 받을 수 있다고 한다.

나는 우선 시험 삼아 비전의 구체를 생성해 던져 보았다.

마나만 가지고 시전한 것이기에 끌어 들이는 성질 없이 단순한 에너지 덩어리에 불과했다.

파지직! 비전의 구체는 결계에 닿자 잠시 저항했지만 곧 힘을 다해 없어지고 말았다.

"역시 이걸론 안 되네."

다음에는 구체에 성질을 넣어 보기로 했다.

여기서부터가 마법의 응용이었다.

나는 응용의 기초 중 하나인 진동을 부여했다.

구체는 마법 저항 결계에 부딪히자 부르르! 마구 진동하며 결계를 강하게 흔들었다.

그러나 이것마저도 역부족이었는지 결계를 뚫지 못하고 사라지고 만다.

"쳇, 곤란한걸."

이게 내가 만들 수 있는 최대 크기의 구체였다.

그 이상 크게 만들 경우 내 통제를 벗어나기 때문이다.

"다른 방법이 없을까……."

그때 내 뇌리에 문득 창의 형태가 떠올랐다.

'이전에 던졌던 비전의 창은 결계를 조금 더 손쉽게 부쉈었지.'

들어가 있는 마력의 양이 다르니 직접적인 비교는 힘들었지만 시도는 해 볼 만하다고 생각했다.

나는 구체 형태의 비전 에너지를 반죽하듯 얇게 만들었다. 이후 작대기처럼 쭈욱 늘린다.

이 과정은 어마어마한 집중력을 요구했다.

"휘유!"

겨우 만들어진 비전의 창. 나는 여기에 진동 특성까지 부여해 표적을 향해 투척했다.

쐐애액! 대기를 가르며 표적으로 향하는 마법창.

곧 2겹의 마법 결계가 발동해 창을 막아섰으나 지지지직! 창은 진동하며 결계를 깨부쉈다.

퍽! 창은 표적을 꿰뚫고 사르르 사라져 갔다.

"좋았으!"

이걸로 위력은 됐다.

"다음은 저지력인가……."

여기가 문제였다. 뭐가 됐든 파괴력만 높이면 되는 위력 마법과는 달리 저지 마법은 심오함이 있었으니까.

급하게 익혀 볼 수 있는 건 빛의 마법의 일종인 빛의 사슬 이었지만 이게 난이도는 물론이고 마나 요구량도 상당했다.

비전 마법 쪽에선 스태틱 필드라는 자기력을 응용한 저지 마법이 있었지만 이건 상당한 고위 마법이었다.

"흐음, 답이 없네."

아직은 내가 닿을 수 없는 경지.

"어쩔 수 없지. 여기는 오러를 섞어 쓰는 수밖에."

위력과 저지력의 연습을 마무리한 나는 마지막 남은 캐스 팅 속도를 높이기 위해 반복 수련에 들어갔다.

최대한 빨리 비전 구체를 형성시켜 던지는 연습이다.

그런 연습을 하고 있자니 돌연 뒤에서 목소리가 들려왔다.

"열심히 하고 있군. 들리는 소문과는 다른걸."

마른 박수와 함께 나타난 남자는 나를 보며 씨익 웃었다. 그의 뒤에는 날카로운 인상의 남자가 서 있다.

"누구십니까?"

내 순수한 물음에 남자는 순간 멍한 표정을 짓는다.

그것도 잠시. 호탕하게 웃기 시작했다.

"하하하핫! 설마 그런 말을 듣게 될 줄은 몰랐어. 정말 특이한 녀석이군. 로자가 관심을 가진 것도 이해가 가."

"……?"

내가 여전히 영문을 몰라 하고 있자 뒤에 있던 날카로운 인상의 남자가 나를 다그쳤다.

"고개를 조아려라! 이분은 이 나라의 왕자님이신 조셉 디바인 님이시다!"

나도 얼핏 이야기는 들었다.

로자 공주와 함께 신입생으로 입학한 왕족이 있다고.

'쳇, 성가신 녀석이랑 마주쳤네.'

내 감상은 그뿐이었다.

어서 사라져 주지 않을까 하는 생각뿐이었다.

그러나 나에게 용건이 있는지 조셉이 말한다.

"잠깐 이야기를 하지 않겠나?"

"왕자님께서 제게 하고 싶은 이야기라니……. 도통 짚이는 곳이 없습니다만."

"조금 말이지. 아무래도 주의를 줘야 할 것 같아서 말이야."

"주의……. 로자 공주님과 이야기를 나눈 것 때문입니까."

조셉은 순순히 인정했다.

"그래, 보는 눈이 많았기 때문인지 여러 이야기가 나오더군. 너는 특히 리노아 백작의 파트너이기도 하고."

왜 그러는가 이해는 갔다.

"그런 거라면 걱정하지 않으셔도 됩니다. 저 같은 것이 감히 공주님께 호의를 품고 행동할 수 있을 리가요. 오해를 하신 겁니다."

조셉도 오해하지 말라며 말을 덧붙인다.

"아니, 네 탓을 할 생각은 없다. 그때 일을 들어 보면 로자가 먼저 경거망동을 한 것 같으니까 말이야. 그 일과 앞으로의 일을 통틀어서 한번 얘기를 하자는 거지. 앞으로 비슷한 일이 없도록 말이야. 그러니 잠깐 괜찮겠나?"

대충 다시는 공주와 추문을 내지 말아라, 그 정도의 이야기를 하려는 거겠지.

"예에…… 알겠습니다."

애초에 거절을 용납하지 않는 제안이었다.

나는 끌려가듯 조셉 왕자를 따라 왕궁 부근의 정원으로 향했다.

그곳엔 미리 기다리고 있었는지 로자 공주가 안절부절못하며 앉아 있었다.

로자 공주는 내 얼굴을 보곤 홍조를 띠었다.

나는 골치가 아파짐을 느끼며 착석했다.

그녀는 이 자리가 어떤 자리인지 자세히 듣지 못한 모양이었다.

그렇기에 이어진 조셉의 말에 고운 아미를 찌푸렸다.

"로자, 이전번의 일을 사과하도록 해라."

"오라버니……? 그게 무슨……."

로자는 자기가 왜 사과를 해야 하냐며 눈을 휘둥그렇게 떴
다.

"지난번 일은 네가 이 친구를 곤란하게 만든 거니까. 네
탓에 이 친구가 여러 가지 곤란한 시선을 받게 됐다고. 알아
듣겠니?"

사실이었다.

그때 로자 공주와 이야기를 나눈 이후 나에 대한 묘한 소
문이 퍼졌었다.

내가 리노아의 사주를 받고 미남계를 써서 로자 공주를 홀
리려 했다든가. 하여튼 좋은 소문은 없었다.

조셉은 그 부분을 나에게 사과시키게 함과 동시에 로자 공
주의 헛된 마음을 짓밟으려 했다.

아주 좋은 판단이었다.

나는 마음속으로 조셉을 응원하며 로자 공주를 바라보았
다.

"그런……. 저는 그저 이야기를 나누고 싶어서……!"

"그게 민폐가 된다는 거야. 네 입장을 모르고 있는 것도
아니잖아."

"왕족은 이야기조차 나눠선 안 된다는 건가요!"

"입장의 차이가 있다는 거야! 네가 귀족 자제와 그런 친밀한 이야기를 나눴다면 나도 다른 말을 하지 않았겠지! 상대는 평민이야!"

"그리고 아카데미 학생이죠! 아카데미의 평민 학생은 장래 귀족이 될 수도 있어요! 그래서 오라버니도 에리나를 눈독 들이고 있는 거잖아요! 에리나가 마법사로서 성공하면 귀족이 될 테니까!"

"누, 눈독을 들이다니. 표현이 천하다!"

에리나라는 말에 동명이인인 것을 알면서도 나도 모르게 반응을 하고 말았다.

"로자!"

조셉은 버럭 소리쳤다. 조금 전의 발언은 아예 나에게 연심이 있다고 인정한 것과 마찬가지였으니까.

나로서는 기가 찰 뿐이었다.

'첫눈에 반한 거라고? 나 참.'

다시 말해 내 외모의 요소가 없었다면 먼지만큼도 관심을 가지지 않았을 거라는 뜻이다.

뭐, 인간 관계 대부분이 외모에서 시작된다고 하지만 나는 그런 관계가 질색이었다. 알스가 되고서는 더더욱.

"이 친구에 대해선 조사를 해 봤어. 그 리노아 브랜포드의 파트너 편입생이더군?"

"그, 그게 어쨌다는 거죠?"

"그래, 백보 양보해서 그건 그렇다 치지. 하지만 이 친구의 성적은 어때? 용사의 칭호를 얻어 귀족이 될 수 있을 거라고 생각하니?"

조셉도 은근히 나를 까내리고 있다.

가장 최근에 있던 공식적인 시험에선 최하위였으니 그렇게 받아들여도 이상할 건 없다.

이 부분에선 로자도 할 말이 없었는지 입을 꾹 다물었다.

조셉은 기세를 잡았다고 판단했는지 몰아붙였다.

"어른들이 누누이 말하잖니. 겉면만 보고 사람을 선택하다간 큰코다칠 거라고! 너는 지금 그런 우를 범하고 있는 거야!"

이젠 아주 대놓고 나를 깔아뭉개고 있다.

그걸로 로자 공주가 순순히 물러나 준다면 남는 장사였으니 크게 신경은 쓰지 않았지만.

"시, 싫어요. 저는 제 마음 가는 대로 하겠어요. 아버님도 그러라고 하셨고요!"

"그건 아버지가 널 예뻐하셔서……!"

"이 이상은 듣지 않겠어요!"

"후우……!"

조셉은 묵은 한숨을 토해 냈다.

그러고는 나를 향해 말한다.

"미안하다. 꼴사나운 모습을 보였군. 어쨌든, 이번 일에 대해선 너에게도 잘 전해졌을 거라 믿는다."

나는 기다렸다는 듯 고개를 끄덕였다.

"물론입니다. 왕자님의 말대로, 앞으로는 일절 공주님과 관계되는 일이 없도록 하겠습니다."

"그런……!"

로자 공주는 충격받은 듯한 표정을 짓더니 이내 분노에 가득 차 조셉을 노려보았다.

조셉은 고개를 절레절레 흔들고는 자리를 수습하기 위함인지 자신의 수행원에게 말한다.

"에리나 양을 불러오도록. 로자를 데려가라고 말이야."

"옛."

그리고 내게는 이만 물러가라며 눈짓했다.

나는 고개를 숙여 보인 뒤 슬그머니 자리를 빠져나왔다.

아카데미의 시험은 총 6일에 걸쳐 진행이 되었다.

첫째, 둘째, 셋째 날은 필기시험이 진행됐는데, 기본적인 분야는 문화, 역사, 지리 등등. 우리 세계의 과목과 별반 다를 바는 없었다.

다만 내용물은 크게 달랐다.

마법이 있는 세계이니만큼 그 내용이 스펙타클했기 때문

이다.

예를 들어 지리의 경우엔 거수 몬스터가 웅크린 탓에 생겨 버린 호수라느니, 드래곤 몬스터가 내뿜은 숨결 탓에 영구 동토가 돼 버린 땅이라느니. 지리의 생성 방법이 과학적이지 않은 것들이 많았다.

게다가 아예 던전과 몬스터에 관한 과목도 있었다.

'수많은 용사들과 모험가들을 저세상으로 보내 버린 던 전…….'

가장 흉악한 10대 던전에 관한 내용이었다.

'그중 세 개는 현재 봉인 중. 나머지는 아직도 잃어버린 땅에 있다는 건가.'

북대륙에 두 개. 남대륙에 두 개. 그리고 동대륙에 세 개가 있다고 한다.

시험 과목으로 나온 건 봉인한 던전 중 하나인 '칠죄종'에 관한 것이었다.

칠죄종은 저주의 던전으로, 상주하는 몬스터의 수준은 그렇게까지 높지 않지만 그 특유의 저주 탓에 10대 던전에 꼽힌 곳이었다.

그 저주로 인해 이 던전은 반드시 7인의 인원으로 공략을 해야 했다. 그보다 많은 인원이 들어가면 위험해지고, 더 적은 인원이 들어가면 공략이 불가능하다고 한다.

그런 내용이 시험의 문제로 출제되어 있었다.

공부를 한 내용이었던 만큼 막힘없이 풀어 나갔다.

'칠죄종의 마정석은 현재 엘란 왕국의 마정석 창고에 봉인 되어 있다…….'

좋아, 끝이다.

마지막 필기 과목까지 끝낸 나는 자그마한 탈진감에 젖어 있었다. 이후 교실에 남아 자체 채점을 하고 있자니 리노아 가 내 교실로 찾아왔다.

"웨이드, 뭐 하고 있어요. 어서 가요."

"엥? 아가씨는 채점을 하지 않은 건가요?"

대외적으론 아가씨란 호칭으로 부르고 있었다.

"안 했어요."

"하긴, 아가씨는 친구가 없으니까…….'

내가 측은한 시선으로 바라보자 리노아는 어서 나오라며 눈을 부라린다.

나는 짐을 챙겨 그녀의 뒤를 따랐다.

리노아가 묻는다.

"시험은 조금 어땠어요?"

"완벽했죠. 봐주지 않고 했으니까."

"훗, 아직도 자신감이 있을 줄은 몰랐네요. 그럼 실기 시 험은 어때요? 괜찮을 것 같아요?"

"문제없습니다."

실기에 대한 준비도 완벽했다.

리노아는 그런 내게 안 좋은 소식이 있다며 말한다.

"무예 실기에선 근위대장이 몸소 나선다고 해요."

"그래서요?"

"평민들에겐 힘든 실기가 될 거예요. 귀족들은 사정을 봐주면서 하지만 평민들은 가혹하게 시험을 치거든요."

"흐음. 근위대장입니까……."

내게 있어 근위대장의 이미지는 에오니아와 안톤이었다.

하나같이 강자들이었다.

"그거 재밌겠네요."

"재밌다고요?"

"그야 이곳의 무예가 어느 정도 수준인지 알 수 있을 테니까요."

지난번에 북대륙에서 싸웠던 여자 창잡이의 무예 수준은 만족스럽지 못했다. 근위대장이라면 적어도 그것보다 강하지 않을까 생각했다.

넷째 날부터 시작된 마법 실기 시험.

고학년들의 시험은 일정 수준의 던전을 토벌한다든지, 새로운 마법을 개발한다든지, 실전성이 높은 것들이 많았지만 신입생들의 시험은 역시 단순했다.

먼저 위력 테스트에선 내가 준비한 대로 마법 저항 결계가 쳐져 있는 허수아비를 파괴하는 것이었다.

학생들은 자신들이 준비한 마법으로 허수아비를 노렸다.

우리 17반 학생 중에 허수아비에 데미지를 준 것은 6명 정도였다.

그중 하나였던 멜로는 자신이 팔 하나를 떨어뜨렸다며 기고만장해했다.

"다음, 웨이드!"

내가 나서자 멜로는 노골적으로 불쾌감을 드러냈다. 그러고는 무리들에게 쟤는 실패할 거라느니, 얼굴만 반반하지 실력은 없다느니 험담을 늘어놓았다.

그래도 내게 얻어맞았던 게 영향이 있는지 내가 시선을 주면 합죽이처럼 입을 다물었다.

"시작해라."

시험관의 신호가 떨어지자 나는 정신을 집중해 비전의 구체를 형성했다.

"비전······?"

시험관이 눈매를 좁히며 흥미를 드러냈다.

나는 그러거나 말거나 집중력을 높이며 서서히 구체를 창의 형태로 바꾸었다.

마침내 창의 형태가 완성된 후에는 진동의 성질을 부여한 뒤 투창 형태로 잡아 허수아비의 머리를 노리고 쏘아 냈다.

"흐읍!"

쐐애애액! 비전의 마력을 흩뿌리며 허수아비의 머리로 향하는 창.

곧 마법 저항 결계가 빛을 발했지만 팅! 하는 소리와 함께 깨져 버리고 창은 허수아비의 머리를 관통하고 뒤로 흘렀다.

"우오오오……!"

탄성이 흐르는 시험장.

시험관도 입술을 둥그렇게 모으고 있었다.

"좋아. 아주 좋다! 비전은 다른 속성과 달리 형태를 잡는 것도 그 형태를 바꾸는 것도 쉽지. 그런 특성을 아주 잘 이해했군. 게다가 진동의 특성까지. 훌륭하다!"

극찬이 나오자 나도 기뻤다. 순수하게 내가 공부하고 준비한 것이기에 더더욱.

이후에는 캐스팅 속도에 대한 테스트가 진행됐다.

일정 수준의 마법을 얼마나 빠르게 시전하는가.

나는 비전의 구체를 형성하는 데에 3.3초를 소비하며 중위권을 기록했다.

이 부분에선 아무래도 어릴 때부터 마법을 수련한 녀석들을 따라잡기가 힘들었다.

'전체 1위는 힘들지도 모르겠네.'

듣자 하니 귀족 녀석들은 평민들과는 달리 보너스 점수 같은 특혜를 받는다고 하니 애초에 공평한 싸움이 아니었다.

그렇게 다섯 번째 날의 실기 시험.

여기선 마법 저지력에 관한 테스트가 진행됐다.

이 테스트엔 동물이 동원됐다.

멧돼지를 닮은 보이는 사나운 짐승이 우리 속에서 날뛰고 있었다.

쿠에에엑! 쿠에에엑!

놈은 적의에 차 우리를 노려보고 있었다.

"사슬이 걸려 있으니 안심해도 좋다. 그렇다고 긴장을 풀지는 말도록. 아마 다음 시험 때는 사슬 같은 건 걸려 있지 않을 테니까."

사슬이 걸려 있는 건 이번이 마지막이 될 거라며 음흉하게 웃는 시험관.

그 공포심 조성에 의해 애들은 긴장하며 시험을 치렀다.

우리의 문이 열리고, 짐승이 그 학생에게 달려든다.

그 학생은 저지 마법을 걸어 짐승을 막으려 했지만 짐승의 돌진력이라는 게 워낙 무시무시한 만큼 제대로 저지하지 못했다.

쿠에에엑!

짐승은 그대로 학생을 들이받으려 했지만 절그럭! 묶여 있던 사슬에 걸리고 만다.

"히이익……!"

겁에 질려 엉덩방아를 찧는 학생. 시험관은 고개를 절레절레 흔들며 다음 학생을 호명했다.

이번 시험의 결과는 시원찮았다. 실전성이 강한 시험이라 그런지 다들 긴장해서 제몫을 해내지 못한 것.

"다음, 웨이드!"

"옙."

나는 앞으로 나서 짐승을 마주했다.

짐승은 이번에야말로 치어 버리겠다는 듯 으르렁거리고 있었다.

"그럼 시작!"

신호가 떨어지자 우리의 문이 열렸다.

나는 오른손에는 비전의 구체를. 그리고 왼손에는 빛의 줄기를 만들어 냈다.

빛의 마력은 아직 형태를 잡는 게 어려웠던 만큼 마력의 줄기 정도밖에 형성하지 못한 상태였다.

준비를 끝마친 나는 역으로 짐승에게 달려들었다.

"까아아아!"

비명을 지르는 학생들.

쿠에에엑!

짐승은 마침 잘됐다며 나를 들이받으려 했지만 아무리 그래도 내가 짐승 따위에게 치일 레벨은 아니었다.

나는 돌진해 오는 녀석의 등을 타고 덤블링하며 오른손의 비전 구체를 녀석의 등에 부착했다.

오러를 조금 가미한 상태였기에 구체는 찰싹 녀석의 등에 붙었다.

그 뒤에는 왼손에 시전하고 있던 빛의 줄기를 다닥다닥 그 구체에 연결.

현재는 비전 구체 자체에 끌어당기는 힘이 있기에 그저 줄기를 연결하기만 해도 충분했다.

또 다른 비전 구체를 형성해 짐승의 등에 연결돼 있던 빛의 줄기를 그것에도 연결한 뒤 땅에 내려놓았다.

그러자 짐승은 버둥거리며 움직이지를 못했다. 빛의 줄기로 이어진 비전 구체끼리 끌어당기는 힘이 발생하면서 오히려 줄다리기에 진 것처럼 끌려오기 시작한다.

이걸로 저지 성공.

나는 시험관에게 어떠냐며 눈짓을 보냈다.

그러나 시험관은 여전히 마법의 전개를 바라보고 있었다.

쿠에에! 쿠에에에!

마치 살려 달라는 듯 비명을 지르는 짐승 녀석.

구체는 빛의 줄기를 흡수하며 서로에게 다가가고 있었다.

"······엉?"

내 계산 착오는 설마 비전 구체끼리 붙어 버릴 것은 예상하지 못했다는 점이었다.

구체는 서로를 연결하고 있던 빛의 줄기를 매개 삼아 **빠르**

게 붙기 시작했다.

완전히 붙은 뒤에는 빠르게 수축하더니 펑! 비전의 내부에 있던 빛의 마력이 폭발했다. 여기에 휘말린 짐승은 육편을 비산하며 폭사해 버렸다.

"……."

정적이 흐르는 시험장.

"아, 아하하. 이걸 위력 시험에서 할 걸 그랬네요."

나는 어색하게 웃을 수밖에 없었다.

폭발을 일으켜 버린 비전 구체.

나도 당황스러웠다.

'오러를 이 정도만 사용했는데도 폭발하다니.'

이전에 오러를 전부 사용했을 때와 비교하면 폭발의 정도는 경미했지만 애초에 폭발부터가 놀랄 만한 일인 것 같았다.

시험관은 이해하기 힘들다는 듯한 표정을 짓고 있었다.

"견인력과 폭발……? 이런 상위 응용을 어떻게……."

그는 곧 내가 편법을 썼다는 걸 눈치챘는지 나직이 중얼거린다.

"그런가……. 웨폰 스펠을 쓴 거군."

나를 바라보는 시선이 달라져 있었다.

"리노아 브랜포드가 어째서 낙제생을 선발했나 했더니……. 역시 뭔가 있었군."

"……"

"뭐, 좋다. 물러나라."

시험관은 굳이 그 이상은 파고들고 싶지 않은지 나가라고 손짓했다.

내가 짐승을 폭사시켜 버린 탓에 이 이상의 시험은 불가능했기 때문이다.

시험장을 나오는 우리 17반 학생들 사이에선 내 마법이 화제가 되고 있었다.

"폭발했다고! 말이 돼? 폭발 계열은 상위 클래스 마법이잖아!"

"웨이드 쟤, 사실은 엄청 강한 거 아니야? 괜히 브랜포드 백작이 선택한 게 아닌 거지!"

"하긴, 파티장에서 춤도 엄청 잘 췄잖아. 편입 시험 성적도 어차피 뽑힐 걸 알고 있었다면 대충 해도 상관없으니까."

술렁이고 있는 내 평가.

멜로 녀석은 인정하고 싶지 않은 모양이었다.

"헛소리하지 마! 그럼 뭐, 쟤가 특채생이랑 맞먹는다는 거야 뭐야!"

특채생이란 편입생 중의 엘리트들을 말함이었다.

재능이 있어 이미 상당한 실력을 가지고 있거나, 저명한 마법사에게 추천장을 받았거나, 왕족이나 대귀족에게 선택을 받은 자들을 일컫는다.

로자 공주의 파트너인 에리나라는 애도 그중 하나였고, 지난번에 만난 조셉 왕자의 파트너도 마찬가지였다.

그 숫자는 도합 여덟 명. 이들은 귀족들과 함께 1반에 소속되어 있었고, 그 교실도 왕궁의 내부에 있었다.

그렇기에 만나는 일은 없었다.

17반 학생들에게 있어선 다른 차원의 존재인 셈.

"아무튼! 우연이야! 그냥 어쩌다 보니 폭발이 일어난 거라고! 그게 아니면 저놈이 짐승에게 달려들어서 위험해 보이니까 시험관이 도와준 걸지도 모르고!"

멜로는 길길이 날뛰었다.

별로 화는 나지 않았지만 꼴 보기가 싫어 으슥한 곳에서 한번 더 쥐어 패 줄까 생각했지만 우리들의 시험이 조기 종료된 탓에 급하게 일정이 잡혔다.

본래는 내일 오전에 예정된 무예 실기를 오늘도 볼 수 있게 된 것이다.

그래도 시간이 많지는 않은지 희망자에 한해서만 시험을 보게 됐다.

그러자 다들 난색을 표했다. 매를 먼저 맞고 싶지는 않다는 걸까. 하기야 내일 볼 수 있는 시험을 오늘 보고 싶은 사람은 많지 않을 테다.

내게는 딱 좋았다. 오늘 시험을 보면 내일은 통째로 쉴 수 있는 거였으니까.

그렇게 나와 멜로 녀석을 포함해 세 명의 인원만이 무예 실기를 치르기 위해 왕궁으로 향했다.

❖

　왕궁의 내부.

　엘란 왕국의 국왕 슈진 디바인은 무겁게 고개를 끄덕였다.

　"이번 북대륙 시찰은 고난이었다고 하더군. 고생했네. 루크레치아 경."

　폭포가 흐르는 것 같은 청발의 머리칼을 지닌 여성. 루크레치아 아카샤는 굳은 표정으로 답한다.

　"폐하, 구원자 연맹은 위험합니다. 그들이 무엇을 꾸미고 있는지 지금은 알 수 없지만 우리를 노리고 있음이 분명합니다."

　"짐작가는 바는 있네. 조치도 취해 놨고. 그 부분에 대해선 걱정하지 않아도 좋아."

　"조치라면……. 설마 브랜포드 백작가의 일을 말씀하시는 겁니까? 저도 이상하다고 생각했습니다. 리노아가 부모님과 오빠를 독살하고 작위를 차지하다니요."

　애초에 그런 식으로 패륜을 저질렀다면 국가에서 작위를 잇게 할 리가 없다. 심지어 리노아는 여성이다. 그럼에도 작위를 이었다는 건 국가에서도 무언가를 알고 있었다는 뜻이었다.

"폐하, 구체적인 정황을 모르는 제가 말하기에는 조심스럽지만 리노아에게 너무 큰 짐을 짊어지게 한 건 아니십니까."

"큰 짐이 되겠지. 하지만 그 아이가 직접 내게 말해 온 거야. 그 큰 뜻을 존중하기로 했네."

"……."

"그보다 북대륙의 이야기를 해 주지 않겠나. 경의 이야기를 듣고 싶군."

"흥미로운 부분은 많이 있었습니다. 무엇보다 북대륙엔 강자들이 많더군요."

"호오, 경이 강자라 말할 정도라니. 경과 호각을 이룬 것인가?"

"제가 지고 말았습니다."

"뭐라!?"

국왕은 깜짝 놀라 엉덩이를 들썩였다.

"설마 진심을 다하진 않았겠지?"

"예에, 진심을 다해 싸우진 않았습니다……만. 순수한 무예 실력에 있어선 상대가 몇 수는 위에 있음이 확실했습니다. 아마 상대 또한 전력을 다하지 않았겠지요. 그럼에도 지고 말았으니 변명할 여지 없는 저의 패배입니다."

"허! 구원자 연맹에 인물이 많다고는 들었지만……."

"제가 부족할 뿐입니다."

"음."

국왕은 잠시 뜸을 들였다.

"오늘 경을 부른 이유는 북대륙 시찰에 관한 것 외에도 한 가지가 더 있네."

"……."

"예상을 하고 있던 모양이군. 그래, 근위대에 돌아오게. 그대의 아버지가 그랬던 것처럼 말이야."

"폐하, 몇 번이나 말씀드렸지만……."

"아, 그래도 착각하지 말게나. 근위대라고는 해도 자네에게 왕가를 수호하라는 둥, 시시콜콜한 이야기를 할 생각은 없으니까."

"그 말씀은……?"

"이번에 내 쌍둥이 아이들이 아카데미에 들어간 것은 알고 있나?"

"로자 공주님과 조셉 왕자님 말씀이시군요."

"그래. 그 아이들의 교사가 되어 주게나. 자네도 아카데미에서 수련을 할 수 있고 일석이조가 아니겠나."

루크레치아는 표정이 흐려지는 걸 가까스로 참아 냈다.

'이제 와서 아카데미에서 뭘 배우라는 건지.'

그녀는 던전 토벌을 나서고 싶은 입장이었다. 그러나 국왕은 감싸고돌듯 그녀에게 던전 토벌만큼은 시키지 않았다.

국왕의 눈을 본 그녀는 이번 제안은 거절하기 힘들다는 걸 직감했다.

'어차피 몇 년일 뿐이야.'

북대륙에서 알스에게 패배한 것도 있고, 루크레치아는 무예 수련이나 해 볼 생각으로 국왕의 제안을 받아들였다.

"하하, 고맙네. 그럼 조속히 쌍둥이 아이들을 만나 주지 않겠나?"

"옛, 명 받들겠습니다."

루크레치아는 작게 한숨 쉬고는 로자 공주가 있는 곳으로 향했다.

조셉 왕자는 마법 실기 시험을 받고 있었기에 짬이 있는 건 로자 공주밖에 없었다.

그 로자 공주라고 하면 시종에게 무언가를 전해 듣고 있었다.

"그래? 웨이드가 왕궁으로 오고 있다고?"

"예, 그렇습니다."

"좋아, 바로 가자!"

"하, 하지만 공주님. 조셉 왕자님께서 화를 내실 겁니다."

"그 멍청이의 말은 듣지 않을 거야."

"그렇담 적어도 에리나 양을 대동하시는 게……."

"에리나는 지금 시험을 보고 있잖아."

로자는 한숨 쉬고는 고개를 끄덕인다.

"알았어, 그럼 이러면 되는 거지?"

후드처럼 망토를 둘러써 얼굴을 가리는 로자 공주. 시종은 마지못해 고개를 끄덕였다.

로자는 루크레치아의 존재는 눈치채지 못한 채 설렌 발걸음으로 왕궁 외곽의 연무장으로 향했다.

무슨 일인지 흥미가 생긴 루크레치아는 몰래 그녀의 뒤를 밟기 시작했다.

왕궁 외곽에 위치한 연무장.

그곳에 근위대로 보이는 여섯 명의 기사들이 기다리고 있었다.

그 앞에는 20명 정도의 인원이 있었는데, 아무래도 우리와 비슷하게 시험을 보러 온 사람들인 모양이다.

다만 그 이유는 제각각이었다. 몸이 아파 미처 참여하지 못했던 사람이라든가, 내일 급하게 일정이 있는 사람이라든가, 혹은 시험 중에 소란을 일으켜 열외가 된 사람이라든가.

리노아도 그중 하나였다.

뚱한 표정으로 서 있던 그녀는 나를 보자 눈을 크게 뜨더니 곧 얼굴을 붉히며 시선을 돌렸다.

그 모습을 보고 사정을 대충 파악할 수 있었다.

"하여간, 좌충우돌 아가씨라니까. 또 누구랑 싸운 거예요?"

"시끄러워요."

리노아는 악당 영애를 연기하고 있는 거긴 하지만 근본적으로 자존심도 세고 다혈질인 탓에 연기를 하다가 진짜로 싸우는 경우가 많았다.

오늘 누구랑 싸웠는지는 뻔히 보였다. 반대편에 리노아와 사사건건 신경전을 벌이던 로웰스란 영애가 있었으니까.

그런 로웰스를 향해 멜로 녀석이 똥 마려운 듯한 표정으로 다가갔다.

보아하니 멜로 녀석이 로웰스의 파트너 편입생인 모양이다.

'잠깐.'

그러고 보니 첫날 파티에서 나는 로웰스와 춤을 췄다. 그리고 로웰스의 파트너가 리노아와 춤을 추고 망신을 당했었다.

'그게 멜로 녀석이었다고?'

그렇게 생각하면 멜로 녀석이 날 적대시하는 것도 납득은 갔다.

"잡담은 거기까지! 바로 시험에 들어가도록 하겠다. 다섯 명씩 앞으로 나와라!"

시험 방법은 간단했다. 다섯 명의 근위대 기사가 각각 한 명씩 학생을 맡아 상대하여 테스트를 한다.

대부분은 수 합 정도 만에 결판이 나 버렸기에 시험 시간은 그다지 길지 않았다.

여기서 귀족과 평민 들을 차별하는 게 드러났다.

귀족들을 상대로는 적당히 봐주면서 30합, 40합까지 겨뤄주는 반면 평민들은 초전박살을 내 버린다.

귀족들의 체면 세워 주기라고 할까.

그렇기에 먼저 나선 리노아와 로웰스는 근위대와 30합을 맞서며 실력이 훨씬 좋은 평민들보다 좋은 평가를 받았다.

"휴우!"

리노아는 레이피어를 갈무리하며 내게 시선을 보낸다.

"어땠어요?"

"어쩌냐니, 그 몸부림을 평가하라는 겁니까?"

"모, 몸부림!? 우아한 찌르기가 몸부림이라고요?"

리노아는 곧 코웃음을 치며 웃는다.

"흥, 좋아요. 그런 말을 하는 당신은 얼마나 잘하는지 두고 보죠."

나는 마지막 4조에 편성돼 있었다.

그 전에 3조. 멜로 녀석이 포함된 조의 시험이 시작됐다.

"하아앗!"

멜로 녀석은 시험관의 검을 요리조리 받아 내며 23합을 겨뤄 냈다. 평민 중에선 상위권의 성적이었다.

멜로 녀석의 담당이었던 근위대 기사는 고개를 끄덕이며 조언을 해 준다.

"잘했다. 다음엔 발놀림에 조금 더 신경을 써 보도록."

"옛!"

멜로는 의기양양하게 자리로 돌아왔다.

그 파트너인 로웰스는 나와 리노아를 향해 비웃음을 날린다.

"……웨이드, 아무리 못해도 저것보단 많이 버티도록 하세요."

절대 질 수 없다며 그렇게 말해 오는 리노아.

나는 고개를 흔들었다.

"그건 안 되겠네요. 23합이나 버틸 수 있을 리 없거든요."

"그야 그거야 그렇겠지만. 당신, 자기 비하는 적당히 하세요. 보기 흉해요."

"자기 비하요? 내 얘기를 한 적은 없는데요?"

"뭐라고요……?"

마지막 4조가 호명됐다.

나는 시험용 목창을 집어 들고 근위대 기사와 마주했다.

상대는 별다른 긴장감도, 위기감도 없이 나를 바라보고 있었다.

"그럼 시작!"

개시 신호와 함께 달려드는 상대.

그 수준은 정말이지 보잘것없었다.

최정예라 일컬어지는 크로싱의 장교들과 비교를 해 보자면, 말단 중에 말단 정도에 속하는 실력이었다.

그런 실력을 가지고 근위대라니.

부웅! 나는 상대가 휘두른 목검을 가볍게 피한 뒤, 배, 목, 머리를 연달아 찔렀다.

연습용 목창이기에 창촉에 둥그런 솜이 씌워져 있기에 망정이지 찔렸다면 그대로 사망했으리라.

탁! 퍽퍽! 배를 향한 첫 번째 공격은 막아 냈지만 목과 머리를 방어하지 못한 상대는 충격에 휘청거렸다.

나는 휘청거리는 그의 멱살을 잡고 바닥에 내팽개쳐 머리를 바닥에 처박고 등을 제압했다.

"커헉!?"

바닥에 얼굴을 박은 채 신음하는 근위대 기사.

워낙 찰나의 순간에 벌어진 일이었기에 순간 주변의 사람들은 무슨 일이 벌어진 건지 이해하지 못했다.

리노아는 미간을 찌푸리고 있었고, 멜로 녀석은 상황을 받아들이지 못하고 눈만 끔뻑이고 있었다.

그에겐 충격이었을 것이다.

녀석이 영혼을 걸고 23합을 겨뤘던 그 근위대 기사가 내 밑에 깔려 있었으니까.

도합 5합. 내 예상대로 23합까지 버티지는 못했다.

"이딴 게…… 근위대?"

나도 모르게 그런 말이 나오는 상황이었다.

바닥에 깔려 신음하는 근위대 기사.

승부가 난 것을 확신한 나는 제압을 풀어 주었다.

"큭!"

깔려 있던 근위대원은 코피를 줄줄 흘리며 황급히 일어난다.

나는 어깨를 으쓱여 보였다.

"미안합니다. 조금 거칠었나 보네요."

"너, 너……!"

근위대원은 그제야 상황 파악이 끝났는지 분노로 얼굴을 일그러뜨렸다. 자신의 패배보다 망신살이 뻗친 게 더 중요했던 모양이다.

애초에 전력을 다하지 않았다고 말하듯, 자신이 바닥에 깔린 것은 우연이라 치부하며 패배에 대한 승복은 보이지 않았다.

그는 코피를 팔뚝으로 훔치고는 다시 자세를 잡았지만 코뼈가 부러졌는지 코피는 멈추지 않았다.

나는 슬쩍 근위대의 고참으로 보이는 남자에게 시선을 돌렸다.

그는 어찌해야 하나 잠시 망설였으나 이내 묵인하듯 고개를 끄덕인다. 시험관이 계속하려는 의지가 있으니 응하라는 뜻이다.

나로서도 바라던 바였다.

이곳의 싸움은 마법이 핵심이다. 이 근위대 기사가 마법을 사용했을 경우 어느 정도로 강한가를 보고 싶었다.

"후우……!"

호흡을 가다듬은 녀석은 콰득! 부러진 코뼈를 억지로 맞춰 코피를 어떻게든 멈춘 뒤 나를 노려봤다.

'제법 터프한데?'

곧 목검을 세우고 내게 쇄도했다.

그에게서 미미하나마 오러의 기운이 느껴졌다. 적은 양의 오러에 마나를 사용한 마법을 섞어서 쓰는 것 같다.

주요 활용 방법은 신체 강화.

"흐아아앗!"

분명 달려드는 속도는 이전과 비할 바가 아니었다.

다만 그렇다고 빈틈이 없어진다는 건 아니었다.

내가 대응하지 못하는 속도라면 모를까 그게 아니었으니 적당히 흘려 주며 빈틈을 찌르면 그만이었다.

"빈틈투성이입니다. 발놀림이 허술하니까 그런 거예요."

"이……!"

이에 이 근위대원에게 똑같은 조언을 받았던 멜로 녀석은 아연한 표정을 짓는다.

"언제까지 지껄일 수 있을 것 같냐!"

분기하여 신체 강화 강도를 높이는 상대.

'이게 마법의 효율인가.'

이 정도의 신체 능력이면 크로싱의 초급 장교 정도의 레벨은 된다.

크로싱의 초급 장교라고 하여 무시할 것은 못 되는 게, 크로싱의 초급 장교들도 오러를 다룬다.

물론 무예의 수준 차이가 있으니 눈앞의 녀석은 그 초급 장교들 중에서도 최하위이겠지만.

'오러는 사용할 필요도 없겠네.'

그래도 기왕 상대가 마법을 사용했으니 나도 마법을 사용해 보기로 했다.

나는 녀석의 검을 사선으로 피해 끌어 들이며 퍽! 그 명치를 무릎으로 찍어 버렸다.

"빈틈투성이라고 했죠."

"크헉……!"

이 한 방에 상대의 발이 멎어 버렸다.

상대는 뒷걸음질을 치며 거리를 벌리려 했으나 그 전에 내가 먼저 달려들었다.

나는 파지직! 왼손으로 진동 특성이 깃든 비전의 구체를 만들어 가격하듯 상대의 흉갑에 처박았다.

그 비전 구체의 힘을 고스란히 받게 된 상대는 그 힘을 이기지 못하고 쿠당탕! 바닥을 몇 번이나 구르며 벽에 처박했다.

"……."

기절해 버린 근위대 기사.

강철로 된 흉갑은 흉측하게 찌그러져 있었고, 코에선 다시 코피가 흘러내리고 있었다.

"이……건."

근위대의 지휘관은 표정을 일그러뜨렸다.

이 소문이 퍼져 나간다면 망신을 당할 거라 생각했는지 눈을 부라리며 내게 다가왔다.

"기개가 좋은 녀석이 있군……! 좋다, 그렇다면 이 내가……."

본인이 직접 상대하려는지 허리의 검을 뽑아 들려 한다.

그러나 그때였다.

"거기까지 하세요. 당신이 나선다고 해도 이길 수 있는 상대가 아닙니다."

돌연 나타난 청발의 여성. 사람을 잘 잊어버리는 나도 금방 떠올렸다.

'뭐야, 그 가짜 에오니아잖아. 왜 여기 있는 거지?'

이름은 기억이 나질 않았지만 내가 상대했던 창잡이라는 건 기억이 났다.

그녀가 등장하자 근위대원들이 술렁였다.

"루크레치아 경!"

"근위대에 돌아오신 겁니까!"

루크레치아는 그에 대답하지 않고는 나를 지그시 응시하며 말한다.

"당신……. 왜 여기 있는 거죠?"

"응? 그쪽은 누구십니까?"

알고는 있었지만 일단 시치미를 떼기로 했다.

그러자 그녀의 눈가가 움찔했다.

"저를 기억하지 못하는 건가요? 북대륙의 라르멘에서 당신과 겨뤘던 창잡이입니다!"

"글쎄요. 사람을 잘못 보신 것 아닐까 합니다만."

지난번에도 내 무예를 보여 달라 질척거리기도 했기에 우선 모른 척하기로 했다.

이게 상당히 자존심에 거슬렸던 모양이다.

"저 같은 건 기억할 가치조차 없었던 상대였다는 겁니까……!"

그녀는 곧 가볍게 숨을 토해 내며 분을 삭였다.

"좋습니다, 좋다고요. 저에 대해선 차차 기억나게 해 드리죠. 그보다 뭣들 합니까! 시험을 진행하십시오!"

"하, 하지만 루크레치아 경."

"뭔가요."

근위대의 기사는 이걸 그대로 평가에 반영해도 괜찮냐며 눈치를 보았다. 근위대원의 처절한 패배를 공식화해도 되냐는 물음.

이에 루크레치아는 표정을 찌푸렸다.

"패배는 패배입니다! 있는 사실을 부정할 수는 없는 거예요!"

루크레치아는 채점표를 뺏어 들고는 나에 대한 채점을 적어 놨다.

어차피 우리 조가 마지막이었기에 시험은 그걸로 끝이 났다.

나는 루크레치아의 이글거리는 시선을 뒤로하고 리노아와 함께 저택으로 돌아가기로 했다.

리노아는 돌아가는 내내 얼이 빠져 있었다.

그러더니 곧 심각한 표정으로 말한다.

"웨이드 당신……. 누군가의 사주를 받고 제게 접근했던 건가요?"

"뭔 소리예요. 다짜고짜 날 뽑은 건 당신이잖아요."

"그건……. 그렇지만……. 그럼 대체 뭔가요 그건!?"

"이번엔 힘을 빼지 않아도 된다면서요. 그래서 그냥 한 건데요?"

"그거 진심이었어요!?"

머리가 아픈지 이마를 감싸 쥐는 리노아.

그녀는 곧 뭔가가 떠올랐다는 듯 묻는다.

"전에 당신이 말했죠. 본인이 유명한 장군이고, 제국 황족의 마지막 핏줄이라고. 설마 그것도 진심이었나요?"

"전 둘러대는 일은 있어도 거짓말은 거의 하지 않아요."

"어디의 장군이죠? 어떤 제국이죠?"

이제야 흥미가 생겼는지 꼬치꼬치 캐묻는 리노아.

"캘리퍼라는 왕궁의 장군이에요. 제국은…… 펜실론 제국이라고 있어요."

"처음 들어요. 어디 대륙에 있는 거죠?"

"마대륙이요."

"마대륙……?"

숨길 이유는 없었다. 애초에 리노아에게는 실종자 수색에 대한 도움을 받을 생각이었으니 솔직하게 말하기로 했다.

"자세하게 말해 줘요."

나는 저택으로 돌아가는 도중 지금까지 있었던 일을 간략하게 얘기했다.

"그, 그러니까 그런 건가요? 당신은 마대륙에서 유명한 장군이었고, 예상치 못한 사고로 인해 부하들과 함께 이 대륙으로 넘어오고 말았다?"

"정확합니다."

"하지만 어떻게……? 마대륙은 온갖 괴물로 들끓는 곳이 아닌가요?"

"그 반대예요. 던전은커녕 몬스터 한 마리 존재하지 않아
요. 그 대신이라고 할지는 모르겠지만 일부 신성 마법 외에
다른 마법들도 존재하지 않죠."

"거짓말……."

이게 올바른 반응일 테다.

이곳 사람들의 인식으론 마대륙은 마왕이 사는 마굴이니
까.

나는 이참에 리노아에게 말해 두기로 했다.

"리노아 브랜포드 양. 거래를 하지 않겠습니까?"

"거래라뇨?"

"전 제 가신들을 가능한 한 빨리 찾고 싶어요. 만약 당신
이 도움을 준다면, 저도 이후에 당신을 가능한 선에서 돕도
록 하죠."

"저를 돕는다니, 어떤 방식으로 말이죠?"

"당신이 원하는 방향대로 도와줄 수 있어요. 저는 둘째 치
고 제 가신들은 우수하거든요. 어지간한 일이 아니라면 도움
을 줄 수 있을 겁니다."

"……."

잠시 생각에 빠진 리노아는 씁쓸하게 미소 짓고는 말을 이
어 갔다.

"도와줄게요."

"거래 성립이네요. 가신들을 다 찾으면 저도 당신을……."

"거래는 괜찮아요. 난 이미 이뤄야 할 일을 전부 다 이뤘으니까."

"……?"

"그러니 그냥 도와줄게요. 당신이 허풍으로 말하는 건지, 진짜 그런 가신들이 있는 건지 확인해 보고 싶기도 하고."

"흐음……."

무슨 사정이 있는 것 같지만 얘기해 줄 것 같진 않았다.

뭐가 됐든 도와준다고 했으니 나로선 고마운 일이었다.

한편 알스가 떠난 연무장에선 루크레치아가 상황을 정리하고 있었다.

알스가 근위대원을 때려눕힌 일에 대해 어느 정도 입단속을 하고 있었던 것이다.

이건 근위대의 명예를 위해서는 아니었다.

애초에 근위대원이 실기 시험에서 패배하는 일은 아카데미 역사상 더러 있었다.

올해도 이미 여섯 명의 근위대원이 귀족들과 편입생 특채생에게 패배하고 말았다.

물론 오늘 알스가 그랬던 것처럼 묵사발을 내 놓은 것은 아니지만 어쨌든 근위대원이 진 것 자체는 이상한 게 아니다.

그럼에도 입단속을 시킨 건 다른 이유가 있었다.

'웨이드라는 가명을 사용해서 왕립 아카데미에 들어온 이유가 있을 거야. 아니, 혹은 알스 일라인이라 자칭했던 그 이름이 가명일지도 모르지.'

뭐가 됐든 수상하다.

루크레치아는 알스가 구원자 연맹의 첩자일지도 모른다고 생각했다. 라르멘에선 위험해 보이는 수인과 한패이기도 했고.

심지어 파트너가 그 리노아 브랜포드이니 더더욱 미심쩍다.

'다만 그렇다면 폐하께서 사실을 모르고 계실 리 없어. 브랜포드 가문을 그렇게 처리하신 뒤에 연맹의 첩자가 리노아에게 접근하도록 방치를 할 리가…….'

분명 무슨 사정이 있을 거다. 하여 그 사정을 알기까지는 알스에 대해선 요주의 대상으로 경계를 하기로 했다.

그녀는 곧 한 지점으로 시선을 돌려 걸어갔다.

"로자 공주님."

"……!?"

숨죽이며 상황을 지켜보고 있던 로자는 움찔했다. 곧바로 도망가려 했지만 루크레치아가 한발 빨랐다.

"어딜 가시려는 건가요."

"루, 루크레치아……."

"오랜만에 인사드립니다. 공주님, 잠시 이야기를 할 수 있을까요."

"응⋯⋯."

루크레치아는 로자가 알스의 일거수일투족을 주시하고 있다는 것을 눈치채고 있었다.

거기에 무슨 이유가 있나 궁금했다.

"공주님께선 저 알스 일라인이라는 자와 어떤 관계이신 거죠?"

"뭐⋯⋯!?"

로자는 부릅뜬 눈을 끔뻑일 뿐이었다.

"공주님? 왜 그러시죠?"

"지, 지금 뭐라고 한 거야?"

"예?"

"알스⋯⋯ 일라인이라고?"

"아, 이렇게 말하면 알아듣기 힘드셨겠군요. 그 웨이드 녀석 말입니다. 어디가 본명인지는 모르겠지만 이곳에선 웨이드라 부르는 게 맞겠군요."

"그 웨이드를 왜 알스 일라인이라 부른 건데!"

"과거 그자와 대면했을 때 그자가 자칭했던 이름입니다. 굳이 신경 쓰실 필요는 없습니다."

"아⋯⋯."

로자는 망연하여 말문을 잃고 말았다.

루크레치아는 영문을 몰라 고개를 갸웃하고 있을 뿐이었다.

6일에 걸쳐 끝이 난 시험 일정.

신입생들이 입학 이후 처음으로 보는 시험인 만큼 그 관심도가 남달랐다.

편입생들에겐 일종의 서열 정리이기도 했기에 결과가 발표되자 너 나 할 것 없이 벽보가 붙은 곳으로 향했다.

"멜로! 보러 가자고!"

"으, 응."

멜로 녀석은 내 눈치를 보고는 무리와 함께 떠났다.

나는 할 일이 있었기에 잠시 교실에 남기로 했다.

리노아가 도움을 주기로 했으니 어떻게 수색을 할까 궁리를 하고 있었다.

'리노아의 본가가 남대륙에 있다고 하니 일단은 남대륙 위주로 수색을 해 봐야겠네.'

남대륙에 갔던 권터의 소식이 끊긴 상황이었으니 우선 권터의 소재를 명확히 하는 게 우선이었다.

나는 권터의 행방불명에 이유가 있을 거라 생각했다. 실종자에 대한 단서를 잡고 그 실종자를 데리고 오기 위해 어떤 사건에 휘말렸을지도 모른다.

'그보다 브랜포드 가문의 힘……. 생각 이상인걸.'

정보대로라면 대귀족에 속하는 가세를 가지고 있었다. 리노아가 작위를 잇기 전에는 정말로 대귀족이었을지도 모른다.

'리노아가 부모와 오빠를 독살했다고 했지…….'

그럴 만한 사람은 아닌 것 같았지만 묘하게도 그 말을 할 때 리노아는 거짓말을 하는 것 같지 않았다.

'차차 사정을 알아봐야겠네.'

리노아가 정말 실종자 수색에 도움을 준다면 은혜는 갚을 생각이었다.

'좋아, 우선은 귄터의 정보가 끊긴 지점에서부터 정보를 얻어 봐야지.'

계획을 정했을 때 이미 벽보를 본 애들이 반으로 돌아오고 있었다.

슬슬 인파가 줄어들었을 시점이니 나도 결과를 확인해 보기로 했다.

그렇게 교실을 나가려 하자 돌아오고 있던 반 학생들의 내게 묘한 시선을 향했다.

"특채생과 어깨를 나란히 하다니……."

"쟤 대체 뭐야?"

분위기를 보아하니 결과가 잘 나온 것 같았다.

예상대로 느지막이 가니 결과가 나온 벽보 주위로 인파가
줄어들어 있었다.

나는 우선 최상위를 살펴보았다.

최상위는 귀족들이 점거하고 있었다.

거기에 평민은 존재하지 않았다.

어쩔 수 없는 것이었다. 귀족들에겐 궁중 예절이라는 필기
과목이 한 과목 더 있었기 때문이다.

편입생들의 총점이 800점이라면 귀족들의 총점은 900점이
다.

평민들이 전체 1위를 차지할 수 없는 구조였던 셈.

'대놓고 차별을 하다니.'

내가 다니던 캘리퍼 아카데미도 귀족들에게 특혜가 있긴
했으나 이 정도는 아니었는데 말이다.

어쨌든 그렇게 된 이상 내가 확인할 부분은 800점대였다.

나는 시선을 내려 800점대를 확인해 보았다.

그쪽의 순위는 이러했다.

174위. 다이언 키로스 800점

175위. 아이븐 르디 798점

176위. 에리나 797점

176위. 학센 로케일 797점

……중략……

192위. 웨이드 772점

전체 192위이자 평민만 놓고 보면 10위의 성적.

나쁘지 않은 결과였지만 마음에 드는 성적은 아니었다.

'역시 마법 시험이 걸림돌이었나.'

위력과 저지력은 둘째 쳐도 캐스팅 속도는 평범했으니까. 혹은 근위대가 앙심을 품고 감점을 시킨 걸지도 모른다.

'어쩔 수 없지.'

자신만만하게 1위를 차지해도 괜찮겠냐고 말한 입장에선 뻘쭘한 결과이긴 했지만 상위권을 차지했으니 만족하기로 했다.

그렇게 반으로 돌아가려던 내게 반의 인솔을 담당하는 아카데미 교사가 다가와 말한다.

"놀랍군. 편입 시험은 대충 한 건가? 이미 리노아 양이 뽑아 주는 것이 결정되어 있어서?"

"하하……. 예, 뭐."

"음, 특채생과 어깨를 나란히 하는 학생이 17반에서 나올 줄은 몰랐는걸. 그래도 파트너와 성적을 맞출 수 있어 다행이군. 파트너의 발목을 잡지는 않을 테니까."

리노아의 점수는 889점으로 전체 9위의 성적이었다.

그게 왜 다행인가 싶었으나 꽤 중요한 의미가 있었던 것 같다.

그건 곧 있을 여름 축제에 개최될 아카데미 연무대전에 관한 것이었다.

6장

이번 축제는 내게 있어 좋은 기회였다.

축제를 좋아하는 편은 아니었지만 즐긴다는 의미보다는 전략적인 의미가 컸다. 큰 축제이니만큼 사람을 찾기에도, 사람이 찾아오기에도 좋은 기회였으니까.

일정이 꽤 바빴다.

무엇보다 연무대전이다.

연무대전은 이곳 바이언이 인류 최후의 보루였던 것과 맥을 같이한다.

당시엔 온갖 모험가들과 무도가들이 바이언에 모여 있던 만큼 누가 더 강하냐에 관한 이야기가 끊이지 않았던 것.

이에 왕국에선 사람들의 희망을 북돋아 주고 유흥거리를

제공하기 위해 연무대전이라는 이름의 무예 대회를 개최하게 된다.

그 역사가 어언 200년을 넘어서고 있었다.

아카데미에서도 그 일로 시끌시끌했다.

애들은 나를 훔쳐보며 속삭이고 있었다.

"우리 반의 출전자는 멜로와 웨이드 녀석뿐인가……."

"웨이드 저 녀석, 정말로 시험에서 사기를 친 건 아닌 거지? 왜, 리노아 브랜포드가 시험관을 매수했을 수도 있잖아."

"내 생각도 그래! 그 낙제생이 갑자기 그런 성적을 올린다는 게 말이 돼? 특채생들과 어깨를 나란히 하는 게 말이 되냐고!"

근거 없는 음해가 난무했다. 평소의 행실이라는 게 그만큼 중요하다는 거겠지.

어쨌든, 나는 리노아와 함께 연무대전에 출전하게 됐다.

아카데미 신입생들은 아직 경험이 미천하니만큼 두 명이 한 조로 출전하게 되어 있었다.

대진도 신입생들끼리만 싸우게 된다.

다시 말해 어린애들 싸움이었으니 나로선 딱히 긴장이 된다거나 하는 이벤트는 아니었던 것.

다만 리노아는 생각이 다른 것 같았다.

수업이 끝나는 즉시 연무장으로 오라고 한 걸 보면 연습이라도 하려는 모양이다.

그 연무장에는 리노아를 비롯해 연무대전에 출전하는 귀족들과 그 파트너 편입생들이 득실득실했다.

"웨이드, 빨리 와요!"

부채질하듯 손짓하는 리노아.

그녀는 어린아이처럼 흥분하고 있었다.

왜 그러냐 물으니 당연하다는 듯 말한다.

"왜냐니, 연무대전이잖아요! 거기에 출전하는 거라고요!?"

놀이공원에라도 온 것같이 싱글벙글하는 리노아. 엘란 왕국 사람들에겐 그만한 이벤트인 것 같다.

리노아는 악당을 연기하고 있다는 것도 잊은 채 마법 수련에 열중했다.

"하아앗!"

샤샤삭! 표적을 무자비하게 절단하는 바람의 칼날.

그녀는 허수아비가 동강 난 모습을 보며 만족스럽게 웃었다.

그런 그녀의 마법을 보며 다른 학생들도 경계심을 표했다.

그만큼 리노아의 수준이 나쁘지 않다는 것이었다.

무엇보다 바람의 마법이 지닌 특성이 그러했다. 바람의 마법은 형태를 잡는 건 독보적으로 어려우나 빠른 캐스팅 속도와 마나 소모량이 적은 점에 있어선 타의 추종을 불허했다.

일단 형태를 잡는 방법을 알면 리노아가 사용한 윈드 커터

하나만으로 제 몫을 해낼 수 있다.

"봤어요?"

"나쁘지 않네요."

"후훗, 당신은 비전 마법이라고 했었죠? 파괴력은 제가 우위에 있겠네요."

"과연 그럴까요?"

나는 양손에 비전 구체를 하나씩 생성해 냈다.

그다음 정신 집중을 하여 그 구체를 반월의 칼날 모양으로 변형시켰다.

"잇챠!"

그 두 개의 칼날을 표적에 투척. 내 비전의 칼날은 허수아비를 X 자로 동강을 내 버렸다.

"……."

리노아는 망연하게 그 모습을 바라보고 있었다.

"다, 당신. 언제 그런……. 아무리 비전 마법이 형태를 갖추기 쉽다고 해도……."

"지난번에 구체를 창으로 만들어 보면서 감을 잡았어요."

"감을 잡았다고요? 고작 그런 걸로!?"

"자랑하는 건 아니지만 요령을 파악하는 데에는 자신이 있거든요."

리노아는 뭐라 말을 잇지 못했다.

"이왕 보여 준 거 하나 더 해 볼게요."

이참에 구상만 하고 있던 새로운 마법에도 도전해 보기로 했다.

양손에 비전 구체를 하나씩 만든 뒤 한쪽에는 진동의 특성을, 다른 한쪽에는 방출의 특성을 부여한 뒤 두 구체를 합친 것이다.

파지지직! 융합하며 미쳐 날뛰는 비전의 마력. 나는 양손으로 그 에너지를 컨트롤하며 안정이 된 뒤에는 표적을 향해 양손을 펼쳤다.

그러자 큼지막한 비전의 구체에서 맹렬한 에너지 파동이 발생해 표적에 쏘아졌다.

파파파파팍! 거친 소리를 내며 산산조각이 나 버리는 허수아비.

"휴우! 성공했네."

생각만 하던 것이었지만 실제로 성공하니 보람이 느껴졌다.

"아……."

리노아는 입을 떡 벌린 채 그 광경을 지켜보고 있었다.

비단 그녀뿐만이 아니었다. 어느새 연무장의 사람들이 내 쪽을 바라보고 있었다.

리노아가 꽤액 소리쳤다.

"방금 그건 뭐예요!?"

"뭐긴요. 서적에서 배운 에너지 방출 마법인데요?"

"에너지 방출은 초급 마법의 최종 단계 중 하나잖아요! 그걸 그렇게 쉽게……!"

"재능이 있나 보죠."

새삼 말하지만 알스에게 재능이 없는 게 이상했다. 그렇기에 나도 의도적으로 두 계단씩 건너뛰듯 마법을 익히고 있었다.

나와 알스라면 가능하다고 생각하고서.

"……?"

문득 느껴진 강렬한 시선에 뒤를 돌아보니 로자 공주와 조셉 왕자가 있었다.

둘은 의미심장한 눈으로 나를 응시하고 있었다.

로자 공주는 뜨거우면서도 복잡한, 조셉 왕자는 경계심이 가득한 눈으로.

그 외에도 특채생이란 녀석들이 힐끔 나를 훔쳐보고 있었다. 연무대전의 경쟁자를 탐색하듯이.

특채생 중 하나인 에리나란 여성에 대해 조금은 궁금한 부분이 있었기에 눈으로 찾아보았지만 이곳엔 없는 것 같았다.

로자 공주가 있는데 파트너인 그 여자가 없는 건 부자연스럽긴 했지만 뭐, 내가 상관할 부분은 아니었다.

축제는 무려 15일에 걸쳐 진행되었다.

역시 왕국 최대의 축제라는 걸까.

각지에서 모인 사람들이 바이언을 찾았다.

나로선 그 인파에 가신들이 있기를 바라며 탐문을 하고 있었다.

연무대전은 5일 차부터 시작을 하니 그때까지는 여유가 있었다.

그러나 첫 3일간은 허탕이었다.

그 3일째의 밤. 나는 지친 몸을 이끌고 용병 길드로 향했다. 여기서 얻을 만한 정보는 이제 거의 없었지만 그래도 가스파르와 만들어 둔 연락망이 이 용병 길드를 매개로 하고 있었다.

가스파르와의 연락이 끊긴 것도 어언 한 달이 다 되었으니 큰 기대는 하지 않은 채 길드 직원에게 정보를 물었다.

그러자 생각지도 못한 대답이 돌아왔다.

"아아, 그리고 보니 람다멘 쪽에서 편지 한 통이 도착하긴 했어. 알스 일라인…… 너 맞지?"

"맞습니다!"

"500릴랑만 줘."

"여기 있습니다."

나는 500릴랑을 지불하고 서둘러 편지를 뜯어보았다.

그 편지엔 이곳 대륙이 아닌 우리 대륙의 문자가 적혀 있었다. 가스파르가 직접 썼다는 뜻이다.

나는 선술집 한편에 자리를 잡고 그 편지를 읽어 보았다.
편지는 가스파르답게 용건만 간결하게 적혀 있었다.
먼저 수색에 대한 결과였다.

잃어버린 땅은 인외마경이란 말이 어울리는 장소다. 이런 곳
에서 능동적으로 살아남을 수 있는 건 일리야 안페이나 유미르
정도밖에 없을 거라 생각해. 다만 이런 곳에서도 사람들은 무
리를 짓고 숨을 죽이며 살아가고 있다. 만약 몬스터와 마주치
지 않고 사람을 먼저 만날 수 있다면 잃어버린 땅에서 지내는
것도 불가능한 일은 아닐 거야. 그러니 다음엔 더 깊숙이 가 볼
생각이다.

가스파르가 인외마경이라 말할 정도이니 어느 정도인지
대충은 짐작이 갔다.
'잃어버린 땅인가……'
만약 가스파르가 그 잃어버린 땅에서 가신들을 발견하기
라도 한다면 나도 행동 방침을 바꿔야 했다.
그건 다시 말해 실종자들이 동대륙이나 남대륙의 잃어버
린 땅에 있을지도 모른다는 뜻이니까.
나는 그런 일이 없기를 기도하면서도 그 가능성을 부정하
지 못했다.
편지의 다음 내용으로 넘어갔다.

잃어버린 땅의 수색에서 돌아온 가스파르는 부하들을 통해 얻어 낸 정보를 취합한 것 같다.

그 부하들도 이제는 도적질을 접고 상단 호위나 건설 현장에서 일을 한다고 한다.

부하들에게서 흥미로운 정보를 얻었다. 북대륙 근해에 위치한 엘간다라는 섬이 있어. 그곳에서 들어온 정보인데, 배를 얻어 타고 싶다며 상인들을 상대로 난동을 부렸던 녀석이 있는 것 같아. 마음에 걸려서 당시의 상인을 만나 조사를 해 봤는데. 그 난리를 피웠다는 녀석이 애거트가 아닐까 싶다. 지금은 녀석도 내륙으로 들어왔는지 정보가 끊겼다만 이대로라면 조만간 접촉할 수 있을지도 모르겠다. 만약 그렇게 된다면 애거트는 내 휘하에서 사용하겠다. 녀석을 단련시키며 잃어버린 땅을 수색해 보겠어. 그래도 일단은 네 곁으로 한번은 보내도록 하지. 너도 그 녀석이 애거트이길 빌어 다오.

애거트라.

분명 애거트라면 억지를 피우며 난리를 부렸어도 이상하지 않다.

'애거트가 발견됐다면……!'

애거트와 함께 전이된 어머니가 있을지도 모른다.

지금은 비전투 인원에 대한 수색이 최우선인 상황이었기

에 어머니의 발견은 커다란 위안이 될 테다.

　나는 길드의 사람에게 편지지와 편지 봉투를 받아 가스파르에게 보낼 답장을 작성했다.

　그 답장을 보내고 나니 어느새 밤이 완전히 깊어진 상황이었기에 얌전히 저택으로 돌아오기로 했다.

　그런 와중이었다.

　"……."

　나를 감시하는 시선.

　우리 대륙에서는 이런 감시의 시선이 일상적이기도 했고, 워낙 다양한 세력에서 감시를 보냈기에 애초에 신경을 쓰지 않았지만 이곳에선 달랐다.

　나는 감시를 붙인 자가 어느 쪽인지 단박에 눈치를 챘다.

　'조셉 왕자인가? 그도 아니면 그 가짜 에오니아일지도 모르겠네.'

　뭐가 됐든 성가셨다.

　나는 기적을 숨기며 미행을 따돌린 후에 저택으로 돌아왔다.

　따라붙기 시작한 미행.

　짜증이 났던 나는 다음 날 오전에 곧장 루크레치아가 있는 곳으로 향했다.

무예를 단련하고 있는지 땀을 흘리며 창을 내지르고 있던 그녀는 내 등장에 눈썹을 치켜올렸다.

"뭡니까, 이런 시간에."

"전할 얘기가 있어서 왔습니다."

"전할 얘기라면……?"

"내게 붙어 있는 미행을 당장 철수시켜요."

"……."

루크레치아는 잠시 침묵하더니 발뺌하듯 고개를 흔든다.

"무슨 말을 하는지 모르겠네요. 미행이라뇨?"

"좋습니다. 당신이 모르는 거라면 내가 그놈들을 모조리 죽여도 상관이 없겠네요. 그런 걸로 알고 있겠습니다."

내가 몸을 돌려 떠나려 하자 그녀는 다급히 제지했다.

"잠깐만요!"

"이제야 생각이 바뀌었습니까?"

"으음……. 불쾌했다면 사과를 하겠습니다. 하지만 제 입장에선 어쩔 수 없는 것이었어요. 당신처럼 강한 자가 실력도, 정체도 숨기고 아카데미에 잠입해 있으니 무슨 의도가 있는지 알아보려고 하는 것도 당연하잖아요?"

"딱히 다른 의도는 없어요."

"그걸 알아내기 위한 조치입니다. 정말로 당신이 무해하다는 게 밝혀지면 붙여 둔 사람은 언제라도 철수를 시키겠습니다."

"안 됩니다. 계속 붙여 놓는다면 오늘 밤 모조리 처리를 할 겁니다."

"그러고도 당신이 무사할 수 있다고 생각합니까……!"

"충분히 무사할 수 있다고 생각합니다만?"

강 대 강으로 나서는 건 나도 부담이 있긴 했지만 여기서 꺾어 놓지 않으면 다음이 골치 아파진다.

나는 지지 않고 그 시선을 마주했다.

루크레치아는 한숨 쉬며 고개를 끄덕였다.

"알겠어요. 직접적인 미행은 당분간 하지 않도록 하죠. 그래도 당신의 행적을 조사하는 것 정도는 감안을 해 줬으면 합니다."

"미리 말하지만 전 구원자 연맹과는 관련이 없습니다. 애꿎은 짓은 하지 말아요."

"그랬으면 좋겠군요."

일단 이야기는 잘된 것 같았다.

나는 떠나기 전에 가볍게 훈수를 해 주기로 했다.

"그런데 그 창술 말입니다만. 창을 쥐는 방법부터가 잘못됐어요."

"……예?"

"파지법이 잘못됐다고요. 창을 쥐고 대치를 할 땐 이렇게."

나는 진열장에 놓여 있던 창을 하나 뽑아 들어 자세를 취해 보였다.

"자기보다 커다란 몬스터가 상대이니 자세가 위로 올라가는 건 이해를 하지만 그렇게만 단련을 하니 기본적인 게 안 되는 거예요. 자, 이렇게 창을 잡고 자세를 낮추면……."

휙휙휙! 바람을 가르는 창촉.

"더 간결하고 빠르죠? 자기보다 커다란 몬스터를 상대로도 결과적으론 이 자세가 정답입니다. 알겠어요?"

"그, 그렇군요……."

루크레치아는 멍하니 내 창의 궤적을 바라보고 있었다.

나는 창을 내려놓고 갈 길을 가려 했다.

그러나 그녀가 급히 만류한다.

"자, 잠깐만요! 그럼 이 자세는 어떻죠? 어떻게 해야 할까요?"

"문제가 많네요. 정말이지."

"알려 줘요. 어떻게 해야 할까요?"

"전 당신의 스승이 아니거든요."

"그러지 말고요!"

자신에게 적절한 훈수를 하는 사람은 지금껏 거의 없었는지 매달리듯이 말하는 루크레치아.

거기까지 서비스해 줄 만큼 친한 사이는 아니었기에 애만 태운 뒤 돌아가기로 했다.

축제 5일 차.

오늘은 각지에서 모인 사람들로 인해 인파가 최대치에 달하는 날이자 연무대전의 첫째 일정이 있는 날이었다.

우리 신입생들은 5일 차, 8일 차, 11일 차, 15일 차에 경기를 치르게 되어 있었기에 준비를 해야 했다.

형식은 알기 쉬운 토너먼트 방식이었다.

이번 시험에서 좋은 성적을 거둔 상위 16인의 귀족들과 그 파트너 편입생들이 출전을 한다.

귀족들의 순위에서 참가 자격을 결정한 것인지라 편입생들의 수준은 들쭉날쭉했지만 그래도 특채생들은 모두 참가 자격을 얻었다.

"웨이드, 알겠어요? 가능한 한 높게 올라가는 거예요. 왕족을 만나기 전까지는 질 수 없다고요!"

"알겠다고요. 그러니까 의욕 좀 낮춰요."

리노아는 동경하던 연무대전에 참가한다는 생각에 콧김까지 내뿜으며 경기를 학수고대하고 있었다.

그러나 대진표가 나오자 그 호기로움도 사그라들었다.

1회전 상대가 로자 공주였기 때문이다.

"이건……."

"왜요, 이겨 버리면 그만인데. 공주고 뭐고 한 대 쥐어박아 버리죠."

"아, 안 돼요. 아무리 그래도 왕족을 상대로 이길 수는……."

"그런 게 어디 있습니까."

라고 하지만 이해는 갔다. 귀족이 왕족을 이겨 먹는 모양새가 나오는 건 남 보기에 꺼림칙하기도 했고, 무엇보다 리노아가 그걸 싫어했다.

그녀는 악당 연기를 하고 있으면서도 묘하게 왕족에 대해선 조심스러웠다.

지금에서야 생각하는 거지만 나를 파트너로 뽑아 버린 것도 로자 공주가 내게 깊은 관심을 드러냈기 때문이 아닐까 싶었다.

로자 공주를 물 먹이려던 게 아니라 괜히 로자 공주에게 이상한 소문이 흐르지 않도록 본인이 막은 게 아닐까 하는.

'너무 깊게 생각한 걸까.'

어쨌든 리노아는 이번 대결을 적당히 패배하려는 듯했다.

나로선 마음에 들지 않았다. 여기서 우승을 해서 이름을 떨칠 생각이었으니까. 그 명성을 듣고 가신들이 찾아오게끔.

'그래도 리노아가 안 한다고 하면 어쩔 수 없지.'

나는 편한 마음으로 연무대전이 벌어지는 중앙 연무장으로 향했다.

그곳엔 아카데미 재학생들은 물론이고 나이가 지긋한 자

들도 가득했다. 그중 몇몇은 내 신경을 곤두세우게 할 만큼의 기운을 품고 있었다.

'이게 고위 마법사의 아우라라는 건가.'

지금까지 상대하던 송사리들과는 다르다. 이들이야말로 최전선에서 던전을 개척하는 자들. 이 대륙의 강함을 상징하는 자들이었다.

이번엔 이들과 마주할 일은 없었다.

출전 부분이 다르니까.

신입생 부분에 출전한 나와 리노아는 대진을 기다리고 있었다.

'그러고 보니 에리나라는 사람과는 처음 만나는 거네.'

루크레치아가 가짜 에오니아라면 이쪽은 가짜 에리나인 걸까.

이 여성과는 묘하게 만나는 일이 없었다. 마치 중간에 방해하는 사람이 있는 것처럼 말이다.

그래도 오늘은 대진 상대이니 얼굴을 마주할 수 있겠지.

그런 생각을 하고 있었으나 곧 예상 밖의 소식이 들어왔다.

리노아도 화들짝 놀라 되물었다.

"예? 기권이라고요? 로자 공주님이 말입니까?"

"그렇습니다. 그러니 브랜포드 백작님께선 곧장 다음 대진으로 올라가게 되셨습니다. 다음 경기는 축제 8일 차에 예정되어 있으니 그때까지 준비를 하시면 됩니다."

"공주님께선 어째서……."

"건강상의 문제라고 들었습니다. 그 외에는 저도 들은 바가 없습니다."

"그렇군요."

리노아는 걱정을 하면서도 연무대전을 계속 이어 나갈 수 있다는 생각에 안도의 한숨을 쉰다.

우승을 노리던 내게도 다행인 일이었다.

'그런데……. 결국 가짜 에리나와는 이번에도 만나지 못했네.'

이 정도면 정말로 방해하는 사람이 있는 게 아닐까.

나도 모르게 쓴웃음이 나왔다.

에리나는 이 세계에서의 생활에 익숙해져 가고 있었다.

알스 일행과 함께 전이 사고를 당한 그녀가 떨어진 곳은 공교롭게도 바이언의 왕궁 정원이었다.

그냥 왕궁 근처에 전이를 했다면 문제가 없었겠지만 왕궁 내부에 떨어진 탓에 첩자로 오해를 받게 되었다.

에리나는 처음 그곳이 크로싱의 궁전이 아닐까 생각을 했다. 그만큼 상황을 받아들이기가 힘들었다.

근위병들이 그녀를 구속하고 알아듣기 힘든 말로 취조를 시작하고 나서야 자신이 다른 세계에 왔다는 걸 깨달았다.

그녀는 좌절했다. 알스가 나타나 구해 주길 바랐다.

그러나 그것도 잠시였다.

그저 좌절하고만 있기엔 그녀가 너무 당돌하고, 영리했다.

에리나는 어떻게든 상대의 말을 해석하여 자신을 변호했다. 이곳이 왕궁이라는 것을 빠르게 파악하고는 적당히 시종으로 왔다고 둘러댄 것이다.

그렇게 말하자 근위병들도 사정을 파악하기 위해 움직여야 했다.

혹여 왕족의 시종으로 온 사람이라면 얘기가 달라지니까.

그러니 감옥에서 풀어 주고 왕궁의 별실에 가둔 채 사실 파악에 들어갔다.

에리나는 그 짧은 사이 최대한 언어를 익히며 다음 방법을 강구했다.

그런 그녀에게는 행운이었을 것이리라. 호기심에 에리나를 만나러 온 로자 공주가 연인을 찾고 있다는 에리나의 사정을 듣고는 자신의 시녀로 삼기로 한 것이다.

당연히 반대가 극심했으나 로자 공주는 에리나가 10년 전 자신의 친구였으며 자신이 왕궁으로 부른 거라 억지를 부렸다.

억지에 불과했지만 그녀의 쌍둥이 오빠인 조셉 디바인 왕자마저 로자의 말이 사실이라 거짓 증언을 해 주자 에리나는 정식으로 시녀로 자리 잡을 수 있었다.

그 이후 에리나는 이 세계에 대해 공부를 하며 알스를 찾을 준비를 하고 있었다.

마법사가 되는 건 그녀에게 있어서도 뜻밖의 일이긴 했다.

막 신입생으로 입학하는 로자 공주가 에리나를 끌어들인 것이다.

더군다나 에리나에겐 마법사로서의 재능이 있었다.

마나 친화력이 타고나 빠르게 마나를 쌓을 수 있었고, 타고난 속성인 번개 속성은 희귀한 속성 중 하나였다.

상황이 그렇게 되자 에리나는 계획을 변경하기로 했다.

당장 알스를 찾기 위해 떠나는 게 아니라 자신의 실력을 충분히 쌓은 뒤 알스를 찾아 나서기로 한 것이다.

지금 알스에게 합류해 봤자 짐이 될 거라 생각했다.

어차피 알스가 어머니나, 누나. 그리고 유미르 같은 가족을 먼저 찾을 것이라며 상황을 비관했던 것도 있다.

그렇게 아카데미에 입학한 에리나는 차근차근 마법 공부를 하고 있었다.

그러던 중의 일이었다.

"웨이드……."

로자 공주가 흘린 말에 에리나는 벌떡 자리를 박차고 일어났다.

"공주님? 지금 뭐라고 하신 거죠?"

"응? 왜 그래?"

"지금 웨이드라고 하지 않으셨나요?"

"그랬는데?"

"혹시 웨이드란 사람을 만나신 건가요?"

에리나의 물음에 로자는 애매하게 웃으며 답했다.

"편입생 중에 그런 사람이 있거든."

"생긴 거는요? 말투는요? 왜 이런 곳에 있다는 거죠?"

"자, 잠깐 진정해. 왜 그러는데? 에리나 네가 찾는 사람은 알스라는 사람 아니었어?"

"아, 예에……. 그렇긴 하지만……. 어쨌든, 그 사람에 대해 더 말해 주세요."

로자는 웨이드에 대한 에리나의 관심이 마음에 들지 않았지만 일단 대답은 해 주었다.

그럴수록 에리나의 흥미는 떨어져 갔다.

"경박한……. 게다가 낙제생이라고요……."

"응, 듣자니 리노아 브랜포드 백작이랑 친분이 있었던 것 같아. 그래서 그 성적임에도 편입생으로 뽑힌 거겠지."

"리노아 브랜포드라면 그 악명 높은 영애분 아닌가요?"

"맞아."

알스가 그런 사람의 시종 짓을 하고 있다고 하니 에리나는 믿을 수가 없었다.

게다가 경박하고 오만방자하다고 하니 도무지 알스와 어울리지 않았다.

웨이드란 이름도 비교적 흔했기에 동명이인이라 생각할 수밖에 없었다.

오히려 그런 자에게 로자가 관심을 드러내는 것이 걱정이었다.

그러던 차 아카데미에서 시험이 치러지고.

에리나는 웨이드의 이름이 자신과 멀지 않은 곳에 있다는 걸 눈치챘다.

'낙제생이라고 하지 않았었나?'

지금 성적은 특채생과 비견됐다.

자신이 잘하지도 못하는 무예 실기에서 만점을 받은 것처럼 특채생들의 경우 보너스 점수를 받는 경우가 많으니 오히려 웨이드의 성적은 특채생들보다 좋을지도 몰랐다.

게다가 사람들이 소곤거리는 걸 들으니 자신과 같은 금발을 가지고 있다고 한다.

에리나는 알스를 떠올릴 수밖에 없었다.

아니라는 걸 알아도 한 번쯤은 얼굴을 보고 싶어졌다고 할까.

에리나는 로자가 웨이드에 관한 이야기를 자주 꺼냈다는 걸 기억해 내고 말상대라도 되어 주기 위해 그 이야기를 해 보았다.

"어, 어!?"

그러나 로자 공주는 눈에 띄게 당황했다.

"웨, 웨이드 말이지……. 아니, 전혀 멋지지 않아. 경박하고, 예의도 없어!"

"그런가요? 전엔 소문과 달리 예의도 바르고 멋진 사람이라고 하시지 않았나요?"

"다시 보니 그렇지 않더라고!"

"예에……."

로자가 웨이드에 대한 화제를 꺼린다는 걸 느낀 에리나는 눈치껏 입을 다물었다.

그러자 로자는 입술을 질끈 깨물더니 조심스럽게 말했다.

"에리나, 네가 찾고 있는 사람의 이름은 알스라고 했지. 뭐였더라? 알스 길라임? 알스 딜란?"

"알스 일라인이에요. 공주님. 일라인."

"……따로 성이 있다니 마치 귀족 같네."

"귀족이었어요. 지금은 평민이겠지만."

"……."

로자의 얼굴이 점점 하얗게 질려 갔다.

이윽고는 떨리는 목소리로 물었다.

"그, 그 사람과는 사실 결혼을 하지 않은 거지? 엄밀히 말하면 제대로 된 연인조차 아니라며!"

"예? 아, 예."

"그럼 어떻게 될지는 모른다는 거네."

"그렇……긴 하죠."

그 부분에 대해선 에리나도 자신이 없었다.

"그래, 그렇구나. 아직은……."

그 말에 자기 합리화를 하는 것처럼 로자는 고개를 끄덕였다.

그리고 그 이후부터 에리나는 로자와 자주 만날 수가 없었다.

자기는 외출을 할 테니 서고에서 공부를 하고 있는 게 어떠냐는 제안을 자주 받았다. 에리나로서도 바라 마지않던 일이었기에 서고와 왕궁 연무장에서 마법 공부를 계속했다.

그래도 연무대전에선 그녀도 출전을 해야 했기에 로자와 함께 외출하려 했지만 로자는 건강상의 문제로 기권을 해 버렸다.

로자 공주는 침울한 얼굴로 침대맡에 앉아 있었다. 그 안색은 정말로 몸이 나빠 보였을 정도였기에 에리나는 걱정스럽게 지켜보고 있었다.

그런 시선에 로자는 복잡한 심경을 감출 수 없었다. 죄책감이 들어 이내 시선을 피해 버렸다.

에리나는 그런 내심은 파악하지 못하고 로자의 등을 쓰다듬어 주었다.

그녀의 시선에는 로자를 향한 애정과 고마움이 담겨 있었다.

'이곳 생활에 익숙해질 수 있던 것도 전부 공주님의 덕분이야.'

뭔가 힘이 돼 줄 수 없을까 생각한 에리나는 로자가 침대에 누워 읽을 만한 책을 가져다주기로 마음먹었다.

'소설이 좋겠지.'

가능하면 마땅한 소설을 사고 싶었으나 로자가 왕궁 밖으론 나가지 말라 말했기에 어쩔 수 없었다.

에리나는 직접 소설을 써서 로자에게 주기로 했다.

바로 알스와 함께 합작했던 그녀들의 사정을 말이다.

그 책은 몇 번이고 읽어 내용을 전부 기억하고 있었기에 책으로 옮기는 건 어렵지 않았다.

상대의 기권으로 자유 시간을 얻은 나는 책의 판매 현황을 보기 위해 중앙 광장으로 향했다.

그곳에선 드워프 막손이 좌판을 열고 책을 쌓아 둔 채 호객 행위를 하고 있었다.

쌓아 둔 책의 숫자는 무려 300권. 이 세계는 마법을 통한 책의 인쇄가 잘 발달되어 있었기에 책을 찍어 내는 속도가 우리 대륙에 비해 월등했다.

그렇기에 경쟁도 심했다.

무려 30개에 달하는 책 판매 좌판이 광장에 설치되어 있었고, 유통되는 신간의 숫자도 100가지에 달했다.

"헉⋯⋯."

예상 이상의 열기였다. 이거라면 내 책이 흥행하지 못한다 해도 이상하지 않았다.

'어쩔 수 없지.'

내가 레인폴에서 했던 세일즈 방법을 다시 한번 사용하는 수밖에.

"막손 씨. 저도 거들게요."

"엉?"

막손은 나를 보고는 좋은 방법이라 생각은 한 모양이지만 이내 고개를 흔들었다.

"조급하게 생각할 필요 없어. 걱정 마라, 축제 기간 내내 어떻게든 전부 판매할 테니까. 그보다 넌 당장 출판소에 가 봐."

"출판소에는 왜요?"

"널 찾는 녀석이 있던데? 구원자 연맹의 사람인 것 같던데."

날 찾는 사람이라는 말에 눈이 번뜩 뜨였지만 구원자 연맹이라는 말에 의문이 들었다.

내가 아는 구원자 연맹 사람이라고 하면 그때 그 섬에서 만난 켈리 일행밖에 없다.

'걔들이 날 찾아왔을 리는 없고. 누구지?'

직접 확인하는 편이 빠르다는 생각에 출판소로 향했다.

그곳엔 사장인 우콘이 누군가에게 차를 대접하고 있었다.

구원자 연맹의 복장을 하고 있는 남자.

'저건……?'

나도 얼핏 본 게 전부이지만 분명했다.

구원자 연맹의 최고 아카데미. 연맹 아카데미의 복장이었다.

가슴에 달린 배지는 그 계급을 뜻하는 것이다.

"아, 오셨습니까."

우콘이 나를 보며 반색했다.

구원자 연맹의 남자도 모자를 들어 올리며 나를 바라보았다.

그 얼굴을 본 나는 멈칫할 수밖에 없었다.

상대는 환하게 웃으며 말해 왔다.

"역시 알스였구나!"

"도로시!?"

도로시 그림우드. 내 가장 절친했던 친구가 구원자 연맹의 복장을 하고 바이언에 찾아온 것이다.

다음 권으로 이어집니다

윤신현 신무협 장편소설 **무인환생**

끝나지 않는 환생의 굴레
이번엔 마지막 여정이 될 수 있을까?

죽으면 새로운 육체로 다시 시작되는 삶!
천하제일인? 무림황제?
무인으로서 할 수 있는 건 다 해 봤건만……

"또야? 또냐고!"
"대체 왜 자꾸 환생하는 거야!"

어떤 삶도 대충 살았던 적은 없다
오로지 나를 위해 살아왔지만
이번엔 다른 이들과 함께 살아가 볼까?

수백 번의 환생 경험치로
절대자의 편안한(?) 무림 생활이 펼쳐진다!

꿈의 도약, 로크에서 하십시오
(주)로크미디어에서 신인 작가를 모십니다

즐거운 세상, 로크미디어는 꿈을 사랑하고 도전을 두려워하지 않는 작가 분들의 참신한 작품을 기다리고 있습니다. 21세기 장르 문학계를 이끌어 갈 차세대 선두 주자 (주)로크미디어에서 여러분의 나래를 활짝 펴 보시길 바랍니다.

모집 분야 판타지와 무협을 포함한 장르 문학
모집 대상 아마추어 작가, 인터넷 작가
모집 기한 수시 모집
 작품 접수 시 유의 사항
  1. 파일명은 작가명_작품명.hwp형식을 갖춰 주십시오.
  1. 파일에 들어갈 내용은 다음과 같습니다.
   ─ 성명(필명인 경우 실명을 밝혀 주세요), 연락처, 이메일 주소
   ─ 제목, 기획 의도
   ─ A4용지 1장 분량의 등장인물 소개
   ─ A4용지 2장 분량의 전체 줄거리
   ─ 본문
  1. 작품이 인터넷에 연재되고 있다면, 게시판명과 사이트의 구체적이고 정확한 주소를 기재해 주십시오.

선택된 작품은 정식 계약 후 출판물로 간행되어 전국 서점에 유통됩니다.
작가 분은 (주)로크미디어의 전폭적인 지원하에 전속 작가로 활동하시게 됩니다.
※ 자세한 내용은 로크미디어 홈페이지(rokmedia.com)를 참조하세요.

(04167)서울시 마포구 마포대로 45 일진빌딩 6층
(주)로크미디어 편집부 신간 기획 담당자 앞
전화 : 02) 3273 - 5135
www.rokmedia.com   이메일 : rokmedia@empas.com

망한 가문의
검술 천재가
되었다

소구장 퓨전 판타지 장편소설

역사에서도 잊힌 비운의 검술 천재
최강의 꼰대력으로 무장한 채
후손의 몸으로 깨어나다!

만년 2위 검사 루크 슈넬덴
세계를 위협하던 마룡을 물리치며
정점에 이른 순간

이대로 그냥 죽어 다오, 나를 위해서.

라이벌인 멀빈 코넬리오에게 목숨을 잃……
……은 줄 알았는데,
200년 후의 몰락한 슈넬덴가에서 눈뜨다!
가족이라고는 무기력한 가주, 망나니 1공자뿐
망해 버린 가문을 살리기 위해
까마득한 조상님이 팔을 걷었다!

설풍 같은 검술, 그보다 매서운 독설로
슈넬덴가를 정점으로 이끌어라!